鷗外の漢詩と軍医・横川唐陽

佐藤裕亮
SATO Yusuke

論創社

瞳朧海旭映旌旆白古東方千騎豪
大漠堂堂兵氣壓狂濤長城萬里雲中盡天下一關空
裏高雄鎮如斯終不守孫吳應哭此龍韜
雁背霜天西風關塞馬蹄遲淒涼鐘皷角山寺
古牘會盟姜女祠石疊紅流望夫淚
臨吞醉酒渾閒事一片秋心落照知

蘭谷臨檢貔貅午閃目邊鋒本天馬賊齊雲散
笑拜當
曾弄清波洛鴨河玲瓏今愛水如羅杠將京洛論楡塞

飈飈風聲連
亭容
我兵屯在焉
写夫石在姜女祠後

鷗外の漢詩と軍医・横川唐陽

序

横川　端

父祖が呼び寄せた大連

平成二十二（二〇一〇）年春、唐突な話が舞い込んできた。中国・大連市が東京交響楽団を招き、年内にコンサートを開きたいというのである。通常、オーケストラの公演予定は一年以上先まで決まっている。しかも、海外公演は経費の関係で、現地では複数回の演奏を行うのが当たり前である。

だが、その時点で東響の年内スケジュールは、七月に無理してやっと三日しか空いていなかった。移動時間やリハーサルを考えれば、公演は一回しかできない。さらに先方が提示してきた経費は、当方で見積もった金額の三分の二に足りなかった。これはとても不可能な話だと当初は思った。

ところが、双方のねばり強い交渉が実を結び、大連公演は決定したのである。

コンサートは七月二十七日の夜一回のみ、総勢百名のツアーである。心配した費用もすべて大連市の負担となった。

私はかつて東京交響楽団のスポンサーだった関係で、当時理事長の立場にあったので、自分からこのツアーに随行しようと思った。というのは、長野県から満蒙開拓団に加わった私の父親が、日中戦争の頃、中国に住んでいたことがあり、黒龍江省牡丹江の近くで病死し、そこに眠っているからである。父親が大連を訪れたかどうかは分からない。しかし、ハルピン、新京、大連と口の端に上ったような覚えがある。

初めての大連は活気があり、清潔で親しみやすいという印象だった。楽員諸君のリハーサルには立ち会ったが、時間の余裕があったので、旅行社に頼んで車とガイドを用意し、往復五時間ほどの旅順へ観光に出掛けた。子供の頃に口ずさんだ歌で名高い水師営《すいしえい》を訪ねてみたかったのである。乃木希典《まれすけ》将軍とロシアのステッセル将軍との会見は、粗末な農家で行われたが、その家は昔のままに復元されていた。細長く何の変哲もない土壁の建物で、屋根にはペンペン草が生えていた。じつはここ二〇三高地と会見の家は、前年から一般開放され、ようやく日本からの観光が許されたのだという。

内部は薄暗く、とりたてて目にとまるものはない。ただ会見に使われた机が狭い部屋の大部分を占めていた。中国人の女性が説明してくれたが、この机は当時使ったものであるという。その机の表面に墨の文字が書かれていた。

「明治三十八年一月二日水師営に於ける第一師団衛生隊包帯所を以て、日露両軍使旅順開城談判所に充てられたる際、この手術台上に白布を被いて卓子と為し、両軍使相対して、条約を締結し

たるものなり」（片仮名は平仮名に変更し、句読点を追加）

　農家は日露戦争中、野戦病院として使われており、乃木とステッセルが向き合った机はもともと手術台だったというのである。

　そして、ふと文の末尾の文字を読んで、思わず「えっ」と息をのんだ。そこには「第一師団衛生隊医長　横川徳郎識す」とあった。私の大叔父である。

　わが家系の幻が現れたのであった。かつて、亡き父の叔父徳郎が軍医であったことだけは聞かされていたが、どこにいてどうなったのかは、まったく知らない。それを聞ける人は、この世にもう一人もいない。この出会いはどう考えても、単なる偶然とは思えない。

　その夜、その衝撃を胸に置いて、大連での東響のコンサートに臨んだ。満席で札止めとなった会場は、フィナーレで盛り上がった。

　ブラームスの交響曲も、シューベルトの未完成交響曲も、音楽監督指揮者ユベール・スダーンの意気込みで、素晴らしい出来であった。そして、アンコールの二曲は、中国の人たちが馴染みのメロディーをアレンジしたものだったので、大変な感動を呼び、会場は拍手で総立ちとなった。

　こうしてただ一回だけの大連コンサートは、日中友好の橋渡しの一助としても、大成功を収めることができた。

　父と大叔父が、私を大連に引き寄せたのではないか――。そんな不思議な思いを抱いた夏だった。


（初出「文藝春秋」二〇一〇年十二月号）

旅順その後——鷗外とつながる

旅順での思いがけない体験から帰国してとりかかったのは、横川徳郎がわが大叔父であるかどうかの確認である。生き証人は一人もいない。記録もなく、言い伝えによる伝説に近い。

旅順で会見に使われた件《くだん》の手術台は二台残っていて、一台は日本にあると聞いていた。調べたところ、旧乃木邸で保管していることが分かった。乃木邸は現在、港区が管理しており、毎年一回だけ内部を公開している。

その年、平成二十二（二〇一〇）年九月十二日、公開された赤坂の乃木邸に出掛けた。目指す手術台は、立ち入りができない奥に置かれていた。じかには見えない。手術台に書かれたあの文字は、写真で展示されていた。その説明文で分かったことは、こちらが本物で、旅順のものはレプリカということである。

乃木邸では、徳郎大叔父の手がかりは得られなかった。ところが、思わぬところから糸口が開けた。娘のマンションの隣人で、日頃お世話になっている井上雅靖さんが、ネット検索による情報をくださった。

藤川正数著『森鷗外と漢詩』の中に、横川徳郎（筆名唐陽）の名がしきりに現れる。鷗外は漢詩を能《よ》くし、軍医としては後輩にあたる横川徳郎に、詩作について指導助言を受けていたというのである。横川徳郎の漢詩集も存在し、古書店に一冊だけ在庫があった。急ぎ入手してみたが、全文が漢字で歯が立たない。そこで、このときは大正大学で非常勤講師を務めていた赤羽良剛氏に頼んで、漢文詩を研究されている先生を探した。

平成二十五（二〇一三）年春、赤羽さんは大正大学の森晴彦先生に相談を申し上げ、明治大学大学院文学研究科博士課程の佐藤裕亮さんをご紹介くださった。佐藤さんは、そもそものこの経緯に興味を持ち、精力的に横川徳郎（唐陽）に関する資料収集に当たってくださった。

私としては、とにかく日露戦争での乃木将軍と徳郎大叔父との関係を知りたいと思っていた。ところが、調査が進むうちに、森鷗外との関係が深いことが明らかになってきた。

私の祖父横川庸夫（筆名三松）が漢詩人であったことは、母親から聞かされていたし、村の中でも言い伝えられている。にもかかわらず、その弟である大叔父徳郎が、同じく漢詩を能くしていたとはまったく初耳である。しかも、医師としての職業のかたわら、残した作品は千編に及ぶという。

肝心の徳郎大叔父の出自《しゅつじ》については、「信州諏訪郡四賀村にて出生」という明らかな記述が出てきた。そして、軍医としての経歴の中に「日清および日露戦争に従軍」という足跡も確認され、乃木将軍との接点もはっきりした。鷗外の日記（明治四十二年七月二日）の中に「横川徳郎の妻いち子歿す。弔詞を遣す」とあることも見つかった。

わが家の墓地は旧四賀村（現・諏訪市四賀神戸）の「頼重院」にある。じつは先祖代々の石碑の一角に一基別の墓石があり、かねてからこれは誰の碑で、なぜここにあるのかと思っていた。

私が上京してから墓守をお願いしている、隣家の神澤清さんに電話で碑の銘を確かめていただいた。それにはやはり「徳郎妻イチ子」と刻まれていたのである。

分家である徳郎大叔父の墓地は、どこか別にあるはず。にもかかわらず、連れ合いだけがわが墓地にあるのは異例ではないか。おそらくイチ子大叔母は、若くして亡くなった。そのためにまだ自らの墓がなく、兄の家の墓に葬ったのではないかと思われる。

このようにして、幻のごときわが係累との出会いが、明らかとなったのである。

佐藤さんはさらに調査を続け、レポートをくださった。それは『弾雨をくゞる担架』と題する本の抜粋で、昭和九（一九三四）年九月十五日発行。著者は清水秀夫と記されている。

それによると著者は、奉天兵站病院長横川徳郎の部下として、一時期働いた。旧満州奉天で日露両軍入り乱れての戦いでの、おびただしい負傷者を受け入れる野戦病院の設置と、治療に従事していた。手記の一部には次のように記されている（一部意訳）。

病院で僕は朝から晩まで傷者の収容後送、治療も受け持ち、多忙な日を送っていたが、事務のことではよく横川病院長にお小言を頂戴した。

院長は陸軍部内で相当に名のある漢詩人で、雅号は唐陽山人といった。だから新米の僕が書いた文案などは気にいるはずがない。一々その字句を直される。暇なときなら畏まって承りもするが、この忙しい眼の回るようなときに、字句の説明をやられては気まずい思いをした。

その頃、第二軍司令部が奉天に入場していた。軍医部長は森軍医監で人も知る文豪森鷗外博士であった。

横川院長があるとき、「ちょっと森閣下のところへ伺候してくる」と言って出て行かれた。しばらくして帰ってこられたが、いつものような元気がない。余計なことを尋ねてご機嫌を損じてはと、僕は事務を執っていた。「君、今日は森閣下から一本やられたよ」「どうなさいました?」「実はね、奉天会戦のご感想をとお尋ねしたら、〝いやしくも軍服を身に着けた軍人が戦争の感想など言えるはずがない。強いて言うなら、悲惨の極みでも言わねばならない。そういう質問は慎んだがよかろう〟と言われたのには、閉口したよ」「それから奉天城の起源や故事来歴、皇陵の歴史などを詳しく質問せられて、全く閉口したよ」と述べられた。

僕は「そうでしたか」と返事をしたきりだった。内心では僕がふだん字句でお小言を頂戴するから、その仇討ちをして貰ったんだくらいに思った。それからは、いくらかお小言が止むかと思ったが、相変わらずであった。

四月二十二日、軍の参謀長から電報で、僕の転任を命じてきた。辞令の到着を待たずに、すぐ出発せよとのことだった。

横川院長も驚いたが、僕自身も驚いた。せっかく病院の事務にも慣れ、職員とも懇意になったのに、命令ではすぐ出発せねばならない。二十四日の夕食時に、僕のための送別会が開かれた。横川院長をはじめ職員一同から、決別の辞が述べられた。

翌二十五日、僕はひとり旅立った。院長はじめ職員一同村外れまで送ってくれた。僕は支那馬車の上に乗っかって、後ろを振り返り振り返り、幾度も挨拶を交わした。

大叔父の足跡を検証するうちに、その人柄を彷彿《ほうふつ》とする記録にも接し、あらためて、父祖の叫ぶ声を聞いたような気がしたのであった。

（初出『エッセイで綴るわが不思議人生』文藝春秋企画出版部、二〇一六年）

（よこかわ・ただし）

鷗外の漢詩と軍医・横川唐陽　目次

序　父祖が呼び寄せた大連　旅順その後——鷗外とつながる　横川　端

序　父祖が呼び寄せた大連　ii
旅順その後——鷗外とつながる　v

序章　唐陽山人とは誰ぞ　1

第一章　明治漢詩の世界へ　13

近代日本の漢詩文を知るために　14
明治期における「詩」　21

第二章　横川唐陽の前半生　37

明治という時代に生まれて　38
横川塾と神戸学校　46
諏訪三俊——横川唐陽とその兄弟　56
第一高等中学校医学部に学ぶ　68
軍医となるためには——明治陸軍の軍医養成・補充について　79
日清戦争従軍とその後　84

第三章　日露戦争における横川唐陽　101
軍医たちの日露戦争　102
旅順開城の日の水師営包帯所　121
乃木大将の感状——奉天会戦における第一師団衛生隊　135
奉天の鷗外と唐陽　154
鷗外からの手紙　173
終　章　唐陽の足跡を辿って　193
附　論　217
藤川正数の鷗外漢詩研究をめぐって　218
横川唐陽の蔵書と蔵書印　225
あとがき　239
横川唐陽略年譜（稿）　241

序　章　唐陽山人とは誰ぞ

横川唐陽（名は徳郎、慶応三年～昭和四年）に関心を抱いたのは、大正大学の森晴彦氏からいただいた一本の電話による。明治時代のある漢詩人の詩集の中から、漢詩を数篇選んで翻訳をしてみないか、という思いがけないお話であった。横川唐陽――その漢詩人の名は初めて耳にするものであり、私がどの程度この分野で貢献できるのかも未知数ではあったが、唐陽に関する断片的な情報、とりわけ森鷗外と関わりのある人物であるらしいというお話からは、研究対象としての面白さを感じ取ることができた。依頼に応えることができるのだろうか――期待と不安を抱きつつ、受話器を置いた。

しばらくして、森氏と共に赤羽良剛氏のもとを訪ねることになった。この件に関する詳しいお話をうかがうことと、漢詩人横川唐陽の詩集『唐陽山人詩鈔』を拝見するためである。その際に、唐陽に関連するさまざまな情報や資料が提供され、今後の作業の見通しを得ることができたのは、大きな収穫であった。このとき口の端に上った話題は多岐にわたるが、とりわけ印象深かったのは、今回の依頼が、唐陽を大叔父にもつ横川端氏のある「偶然」に端を発するものであった、ということである。

――かつて、亡き父の叔父徳郎が軍医であったことだけは聞かされていたが、どこにいてどうなったのかは、まったく知らない。それを聞ける人は、この世にもう一人もいない。この出会いはどう考えても、単なる偶然とは思えない――その「出会い」がどのようなものであったのかは、横川氏の「父祖が呼び寄せた大連」に詳しい(1)。この佳品は『文藝春秋』誌に掲載されたもので、東京交響楽団の理事長であった横川端氏がたまたま水師営を訪れ、かつての手術台に遺された大叔父横川徳郎（唐陽）の筆跡に邂逅するまでが記されている。もしこのとき、横川端氏が交響楽団の大連公演に随行せず、余暇に水師営を訪れることがなかったならば、筆者が、漢詩人横川唐陽に注目することもまた、なかっただろう。

明治漢詩壇における中心的な人物の一人で、当時、詩人としての名声をほしいままにした森槐南でさえ、いまだ十分に研究がすすめられていない状況のなかで、その門下にあって兼業の漢詩人として生きた横川唐陽の軌跡を追いかけようなどということは、少なくとも近代文学の専門家ではない筆者にとっては、夢想だにしないことであった。

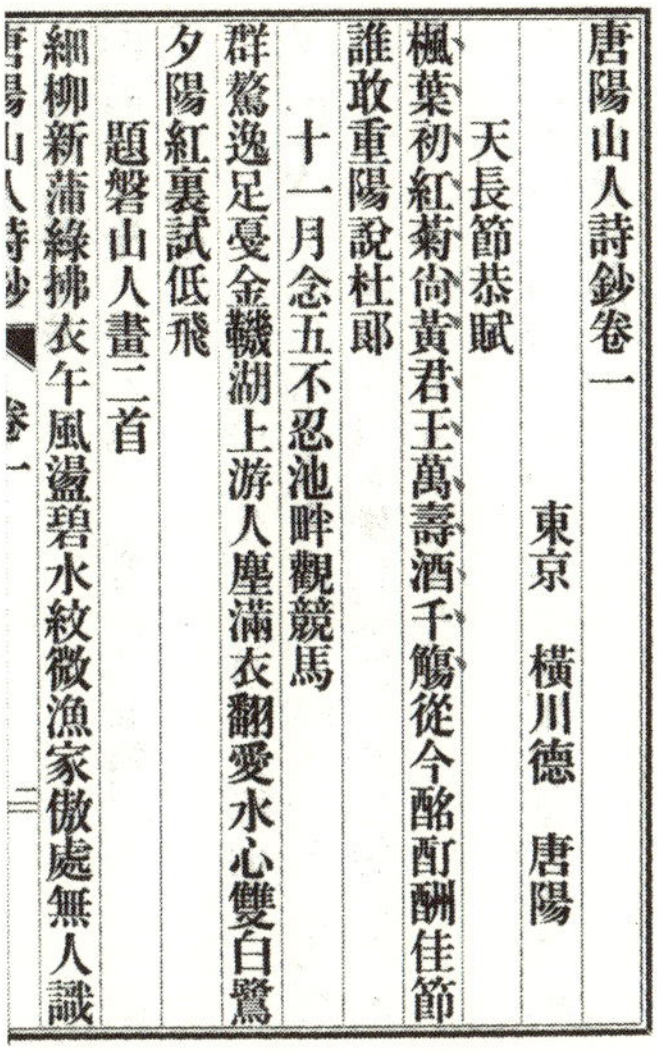
唐陽山人詩鈔卷一
東京　横川德　唐陽
天長節恭賦
楓葉初紅菊尚黄君王萬壽酒千觴從今酩酊酬佳節
誰敢重陽說杜郎
十一月念五不忍池畔觀競馬
群鶩逸足戞金鑣湖上游人塵滿衣翻愛水心雙白鷺
夕陽紅裏試低飛
題磐山人畫二首
細柳新蒲綠拂衣午風盪碧水紋微漁家傲處無人識
唐陽山人詩鈔　卷一

『唐陽山人詩鈔』（筆者架蔵）

『唐陽山人詩鈔』に収録されている漢詩は夥しい数に上る。一人の漢詩人が、公務の余暇に――とはいえ、その一生涯を通じてよみつづけた作品が収録されているのであるから、当然といえば当然であろう。収録されている漢詩の一部には自注がつけられ、その作品がよまれた背景が、唐陽自身の言葉で解説されているものもあるが、大部分の作品については、よまれた時期や背景について明確ではないものも多く、これらの作品を、一つひとつ正確に翻訳していくことはきわめて困難ではないか、という印象をもった。その文学を研究の対象として鑑賞し、考察を深めていくためには、作品そのものの精読が不可欠であるが、『唐陽山人詩鈔』の場合、作者の横川唐陽に関する基礎的な研究がいまだ不十分な状態にとどまっているために、作品の鑑賞や研究のための基盤となるものがない。

この段階で、唐陽の事跡をうかがうための手がかりとなった資料が二つあった。一つは『唐陽山人詩鈔』に寄せられた序、[2]もう一つは、一九八三（昭和五八）年に『明治文学全集』の一冊として刊行された『明治漢詩文集』所収の「略歴」である。[3]

漢詩集に限らず多くの書物には「序」が載せられ、その書物編纂の経緯や著者、作品について紹介されていることが多い。中国南北朝時代のアンソロジー集『文選』に、当時の名文家たちの手による「序」が載せられている所からもうかがえるように、古代中国において「序」とは、著作を紹介し批評を加える文体のことを指していた。

漢詩人横川唐陽の詩集『唐陽山人詩鈔』へ序を寄せたのは、書家として名高い高島九峰（張輔）と、関西詩壇における領袖の一人であった磯野秋渚の両名である。

高島九峰は長州萩の人で、画家、高島北海の兄にあたる。[4]藩校明倫館に学び、漢学を修め若い頃から詩文をよくし、一八八二（明治一五）年に上京して内務省に入り一九二四（大正一三）年まで諸官を歴任する傍ら、書家・漢詩人としても活動している。上京後、九峰は漢詩を森春濤の門に学び、その子槐南とも親しく、一八九〇（明治二三）年の星社結成にも参じ、一八九七（明治三〇）年に関澤霞庵が雲門会を結成すると、唐陽らと共にこれに関わっている。九峰が序の中で漢詩人としての唐陽について「君公余学詩于槐南詞宗、刻苦砥礪、与寧斎・霞庵・東郭諸子、為所謂雪門翹楚（君は公余に詩を槐南の詞宗に学び、刻苦砥礪し、寧斎・霞庵・東郭諸子と、いわゆる雪門の翹楚と為る。）」と述べているのは、星社設立のころから同門の漢詩人として活動をともにしていたためであろう。

一方の磯野秋渚については、水原渭江氏が「磯野秋渚の文芸」と題する論考の中で考察されているので、この成果をもとに紹介しておきたい(5)。秋渚は、一八六二（文久二）年に三重県阿山郡の上野藩に仕える武家に生まれた。一〇歳のとき藩校崇廣堂に入り町井臺水に漢籍を学んだものの、まもなく大阪に出て東区第一使用学校の習字の助教師となり、月給一二円の貧しい生活を送りながら、自学自習で書道・漢学の自己研鑽に励んだという。一八九六（明治二九）年二月、秋渚三五歳の時に朝日新聞に入社、編集局で校正係として務めるかたわら、『なにわがた』『浪華文学』『都の花』『しがらみ草子』などに漢詩を寄稿、書論や評論なども手がけるなど、幅広い活躍をみせるようになる。秋渚は、西村天囚らとともに上方の朝日新聞社を背景として詩筆をふるい、戊申吟社・鷗雨吟社・成春吟社・玉水吟社・華城吟社・精華吟社・桂社・碧社・黄梅吟社など多くの詩社に主盟及び同人として関係をもち、上方詩壇を代表する詩人の一人として頭角をあらわす一方で、森川竹磎や国分青岸といった明治・大正期を代表する詩人たちとも交わりをもったという。

秋渚と唐陽の関係については今のところ不明な点が多く、両者の邂逅がいつ頃のことであったのかを特定することは今後の課題に属するが、少なくとも、当時の東京・上方を代表する漢詩人の手によって序が寄せられることで、漢詩人横川唐陽最後の仕事となった『唐陽山人詩鈔』に一層の輝きが加えられたことは、想像に難くない。

横川唐陽という人物について知る手がかりを得るためには、まず、先に紹介した二つの「序」に訳注を施す必要がある。たとえば高島九峰は序の中で、唐陽の陸軍軍医としての経歴について、

従日清日露両役、又就任東中二京南海北海、諸処戍役、北京・天津・台湾・遼陽等、皆有功績。就中、日露之役在第一師団、以衛生隊医長、出入生死之際、能完其職責。其隊受感状。君功居多。(日清・日露両役に従い、又た東中二京・南海・北海に就任し、諸処の戍役、北京・天津・台湾・遼陽等、皆功績有り。就中、日露の役に第一師団に在り、衛生隊医長を以て、生死の際に出入し、能く其の職責を完うす。其の隊感状を受く。君の功多きに居る。)

と記しているが、東中二京・南海・北海とは具体的にどのような場所を指しているのか、日清・日露はよいとして、参加した他の戍役とは具体的に何を指しているのか、どのような感状を受けたのかなど、不明な点は多い。こうした記述の一つ一つに注目し、史料を博捜して注を付す作業

を通じて、唐陽という一人の人間の人生が少しずつ明らかになっていく。また、漢文ならではの「典故」を踏まえた表現――たとえば火事に遭うことを「祝融の害」と表現するような――にも留意する必要があり、適宜、中国古典の中にどのような用例があるのかを確認していくことも重要な作業になる。

唐陽の調査研究に着手してしばらくの間は、序の訳注を進めるかたわら、日本の漢詩文に関する書物を買いそろえて閲読する日々が続いた。じつは筆者が学部・大学院を通じて専攻してきたのは、東洋史、なかでも魏晋南北朝から隋唐時代にかけての中国仏教史である。もちろん専攻の性質上、漢文で書かれた史料には日常的に接していたし、漢詩にも一定の関心は持っていたが、これまで近代日本の漢詩を専門的に学び研究する機会はあまりなかった。私にとって、今回の調査・研究はほとんど一からの出発であり、それだけに、新たに学ぶところが多かった。

近代に限らず、日本漢文学に関する研究書は、地域の図書館などではお目にかかることの少ない大部で、かつ高価なものが多い。夏目漱石や森鷗外、正岡子規といった、近代文学史上に大きな足跡を残した人物の漢詩に関する研究書や訳注であればまだ見込みはあるが、日本近代文学の研究者の間でも、口の端に上る機会の少ない人物やその作品について、そこから情報を得るのは難しい。だが手近な書物の中に、手がかりがないわけではない。

地域の公共図書館でも比較的容易に手にすることのできる本の中で、明治漢詩文の研究に有用なものとして、『日本近代文学大事典』『日本漢文学大事典』や、『明治文学全集』の一冊として出版された『明治漢詩文集』などがある。『日本近代文学大事典』は全六巻からなり、第一〜三巻には人名を、第四巻には文芸思潮や流派、団体、用語を収載し、第五巻には文学関係紙誌に関する詳細な解説を、第六巻の総索引で検索の便を提供する優れたレファレンスブックとして知られ、森槐南や国分青厓といった漢詩人についても項目が立てられている。(6) 一方、近藤春雄氏によって編まれた『日本漢文学大事典』のほうは、近代に限定したものではないが、日本の漢学・漢文学関係の人名や書名、事項について的確な解説が記されており信頼できる。(7) だが、筆者が調査を始めた当初、最も頼りとしたのは、『明治漢詩文集』の巻末に収録された付録であった。

一九八三(昭和五八)年、筑摩書房より刊行された神田喜一郎編『明治漢詩文集』は、明治時代を代表する漢詩文、四九六篇を選んで書き下し文を付したもので、これから明治漢詩文の世界に触れる人にとっては、たいへん便利な書物である。一般の読書人に明治漢詩の世界を開いたという点で、本書の果たした役割は大きい。この書物は、調査のための情報源としても便利で、とりわけ三一五頁以下に付された研究や略歴、文人雅号一覧の意義はたいへんに大きいものがある。同書に「研究」として収録された、大江敬香「明治詩壇評論」「明治詩家評論」や、辻揆一「明治史壇展望」、三浦叶「明治の漢文」等の論考は、この時代の漢詩文や漢詩壇の様子をうかがうに適した古典的な研究として知られ、中村忠行氏の手による同書収録作家の「略歴」や「雅号一覧」には、『日本近代文学大事典』や『日本漢文学大事典』には項目が立てられていない人物の略歴も含まれている。たとえば横川唐陽の場合、『日本近代文学大事典』や『日本漢文学大事典』

にはいずれも項目が立てられていないが、『明治漢詩文集』には一七行にわたって略歴が記されている。もちろん問題点がないわけではない。「略歴」の記載はあくまで簡潔で、いかなる資料に基づいて執筆されたのかが明記されておらず、課題も残る。

一例を挙げておこう。横川唐陽の生没年について「略歴」は「明治一・一二・二〇〜昭和四・一二・一二」と記す一方、藤川正数氏は『森鷗外と漢詩』の中で「横川徳郎（一八六七〜一九二九）は、長野県の出身で」(8)としている。この点について長らく不審に思っていたが、最近、唐陽の孫にあたる内山公正氏より、除籍謄本には「慶応三年一二月」と記載されている旨をご教示いただいた。一八六七年説を唱えていた藤川氏は、かねてよりご遺族の横川初枝氏と交流があり、関連資料の提供を受けていたようであり、先の除籍謄本に基づいて唐陽の生年を一八六七（慶応三）年としたた可能性は十分に考えられる。一方、「略歴」を編まれた中村忠行氏が根拠なく明治元年と記したとは考えにくいが、典拠資料の記載がないため、これ以上の検証は難しい。このように「略歴」には若干の問題点もあるのだが、我々に大きな手懸かりを与えてくれることは確かであろう。

『明治漢詩文集』に結実した神田喜一郎氏らの仕事のあとも、明治時代の漢詩文に関する研究は多く世に問われたが、全体としてみれば、日本文学研究の中ではややマイナーな分野の一つでありつづけた。他のジャンルに比べれば研究者の層は薄く、この時代の漢詩を歴史的に述べた概説書も少ない。中期以降の明治漢詩壇を代表する、森槐南とその門下たち——その中には唐陽も含まれる——の事績でさえ、必ずしも十分に追いきれていない、という現状がある。

「序」や「略歴」の記述を超えて、横川唐陽の生涯をより深く理解していくためには、遺された作品をよみ、関連資料を幅広く収集していくことで、歴史的背景をふまえた立体的な把握に努めることが肝要である。そのためには、辞書や先行研究の記載に満足することなく、可能な限り一次資料に立ち返りつつ、日記や書簡などの関係文書や同時代人の評をよみ、関係する人物や事項について掘り下げていく、地道な作業が前提とされなければならない。

本書は、森槐南の門に学び、明治・大正という時代を、漢詩人として、陸軍の軍医として生きた横川唐陽の生涯を、周辺の事柄を含めて考察していくことで、日本文学・中国文学、あるいは日本史・東洋史といった学問領域の境界を越えて、より開けた視点からその事績を追うことに主眼を置いている。本書執筆の機縁も、著者自身の経歴も、異例づくしの本書ではあるが、これまでの、代表的な詩人・結社とその作品を考察の対象とするような研究ではとりあげにくかった、近代日本における漢詩文の姿を素描していくための、ささやかな試みとして受け止めてほしい。

各章はすべて書き下ろし原稿からなる。いまだ研究の途上にあるものが多く、今後に期すべき部分も大きいが、本書の刊行が、明治を生きた唐陽という詩人を、広く一般に知らしめる一つの契機となれば幸いである。

（1）　横川端「父祖が呼んだ旅順」（「文藝春秋」八八巻一五号、二〇一〇年一一月）。本書冒頭に「父祖が呼び寄せた大連」として収録。

（2）横川徳郎『唐陽山人詩鈔』（私家版、一九二三年）。
（3）神田喜一郎編『明治漢詩文集』明治文学全集六二（筑摩書房、一九八三年）。
（4）高島九峰については、中村忠行編「略歴」（神田喜一郎編『明治漢詩文集』明治文学全集六二、注3前掲書）四一九頁を参照。なお、弟の高島北海の画業に関してはすでにいくつかの研究があり、その作品のいくつかは下関市立美術館で実際に見ることができる。同美術館からは『高島北海展』（下関市立美術館、一九八六年）、『没後八〇年 高島北海展—造化の秘密を探る—』（下関市立美術館、二〇一一年）などの展覧会図録が刊行されており、関心のある方はご参照いただければと思う。
（5）水原渭江「磯野秋渚の文芸」（『近代上方における中国文学』上、進進堂書店、一九六六年）。
（6）日本近代文学館編『日本近代文学大事典』全六巻（講談社、一九七七〜一九七八年）、同『日本近代文学大事典』机上版（講談社、一九八四年）。
（7）近藤春雄『日本漢文学大事典』（明治書院、一九八五年）。
（8）藤川正数『森鷗外と漢詩』（有精堂出版、一九九一年）第四章「師友関係」二一八頁。

第一章　明治漢詩の世界へ

近代日本の漢詩文を知るために

今日、横川徳郎こと唐陽は、ほぼ無名の人物であるといってよい。

一般に「漢詩」といえば、中国で作られた詩ないし詩型を思い浮かべるのが常である。日本でよまれた作品群に目が向けられることそのものが少ない中で、明治・大正を生きた兼業の詩人とその作品が取り上げられるような機会は、必ずしも多くはなかった。

そもそも、唐陽の詩を鑑賞する以前の問題として、明治期に活躍した漢詩人とその作品に関する研究の、絶対的な量が不足している。横川唐陽に関していえば『明治文学全集』の一冊として刊行された『明治漢詩文集』所収の「略歴」や、[1]藤川正数の研究があるほかは、[2]森鷗外の評伝や漢詩作品の訳注の中での言及にとどまっており、とうてい十分とはいえないし、当時、漢詩を通じて交友関係をもった他の人物についても、若干の例外をのぞいて十分な検討がなされていない。

しかしこうした状況は、筆者のみるかぎり、なにも横川唐陽のそれにかぎったことではなく、多かれ少なかれ、当該領域の研究全体にあてはまるもののようである。どちらかといえば、近代日本の漢詩や漢文に関する研究は、これから新たに切り開かれるべき分野だ、という印象が強い。

とはいえ、これまでの研究の中にほとんどみるべきものがない、というわけではない。

近代日本の漢詩文（漢文で書かれた詩や文章）に関する専著としては比較的早い時期に書かれた、

入谷仙介『近代文学としての明治漢詩』[3]などは、研究史上きわめて大きな意義をもつ著作として、多くの研究者によって高く評価されている。この書物は、漢詩を近代文学として位置づけ、それまで研究者の間では積極的に取り上げられることの少なかった明治期の漢詩の世界を紹介し、当時、漢詩壇の主流と言っていい位置を占めていた森春濤・槐南父子はもちろん、国分青崖、中野逍遙、山根立庵、横山耐雪、文壇に重きをなした森鷗外や夏目漱石、永井荷風とその父永井禾原、経済学者の河上肇といった人々とその作品を紹介しており、その叙述は、今日においてもなお新鮮さを失わない。著者の入谷仙介は、もともと中国唐代の漢詩、とりわけ盛唐期を代表する詩人王維の研究者であったが、後年には、近世・近代日本の漢詩にも強い関心を示され、本書に代表されるような優れた業績を遺している。このことは、近代日本の漢詩や漢文に関する研究が、日本文学の側よりはむしろ、中国文学や中国哲学などの研究領域に属する、いわゆる中国学を専門とする研究者の側から、問題提議されてきた経緯を示す一例としてみることもできる。

入谷が『近代文学としての明治漢詩』の中で、鷗外・漱石、そして河上肇の名を挙げているところからも想像されるように、この書物に取り上げられた人々の多くは、その生涯にわたって漢詩にのみ意識を向けつづけていたわけではない。なるほど、森春濤・槐南父子、国分青崖といった、中央の漢詩壇において存在感を示し、漢詩の結社を主導し、多くの門弟を抱えた詩人たちは、他職の有無を問わず「専門の漢詩人」と評してよい実力を備えていた。だが当時の大多数の人々は、専門の詩人としての意識をもたず、それぞれの立場から詩を嗜んでいたにすぎない。文壇にその名が知られながらも、陸軍の軍医として官の世界に生きた森鷗外や、一時期帝国大学の講師として教鞭を執った夏目漱石などは、当然のことながら漢詩一筋に生きた人々ではなかった。『明治漢詩文集』の「略歴」に載録されている多くの漢詩人たちの、幼少期から青年期に至る学びの過程や進路、その後の漢詩との接し方が多様であったことに、あらためて目を向けてみてほしい。明治という時代に、それぞれの職業にしっかりと軸足を置きながらも、雑誌や新聞などへの投稿や詩集の編纂を通じて自らの作品を公にし、詩人としての足跡を遺そうとした「兼業の詩人たち」は、明治期の漢詩壇を彩るもう一方の主役であった。

　幕末から明治初期にかけての漢詩人、森春濤の研究で知られる日野俊彦の近著『森春濤の基礎的研究』には「明治漢詩人伝記データ（稿）」として個々の漢詩人に関する資料や研究論文がリスト化されているが、[4] そこに収録されている論文の数からは、研究者に恵まれた一部の漢詩人を除いて、十分な研究が行われているとはいいがたい現状が読み取れる。

　そのような問題を抱えながらも、入谷仙介の『近代文学としての明治漢詩』以来、近代日本の漢詩文に関する研究は、着実に積み重ねられ、その成果の一部は、比較的手に取りやすい形で公刊されてきた。たとえば、村上哲見『漢詩と日本人』[5]『中国文学と日本 十二講』[6]や石川忠久『日本人の漢詩』[7]などは、必ずしも近代の作品や詩人のみを取り上げたものではないが、日本人の漢詩にふれるための一冊としておすすめできる。また、奈良時代から明治にいたる日本漢詩の、簡単な見通しを得たい場合には、鈴木健一『日本漢詩への招待』[8]が便利であろう。

従来、あまり手軽な書物のなかった近代日本の漢詩文について、ここ数年の間に、さまざまな形で取り上げられる機会が増えてきたことは、喜ばしいことである。

この方面における、古くからの書き手としては、『日本における中国文学—日本塡詞史話—』(9)の著者として、あるいは、明治文学全集の一冊として刊行された『明治漢詩文集』の編者として知られる神田喜一郎の文章があり、同朋舎から『神田喜一郎全集』も刊行されているが、今日の読者にとってはあまり手軽な読み物とはいえまい。より親しみやすいものとしては、先に紹介した文献のほかに、中国文学研究の大家として広汎な著述を遺した吉川幸次郎や、吉川門下の一人で、陸游や河上肇の漢詩に関する文章の多い一海知義の仕事があり、一般向けに書かれた平易な文章も多く、それぞれ著作集も刊行されているが、日本近代の漢詩に関する文章は、夏目漱石や河上肇の詩業に関するものが中心である。こうした著述は、必ずしも近代漢詩の世界全体を見通そうとするものではなかったが、漱石のように、文学史上よく知られた人物の作品を紹介していくことで、近代日本の漢詩を一般の読者に対して関心をもってもらうための、一つの契機をつくったこと自体は、高く評価されるべきであろう。

漱石の漢詩作品に関する研究や訳注は枚挙に暇がないが、森鷗外や正岡子規の漢詩作品をとりあげた研究もまた、やや遅れて世に問われ始めた。

たとえば、鷗外の漢詩作品の場合、陳生保や古田島洋介らによって訳注が作られ、近年、大きな前進をみせている。(10) もっとも、鷗外が漢籍に通じていたこと自体は以前からも知られていたことで、『墨林間話』に収められた神田喜一郎の「鷗外と漢文学」から、近年『書物学』誌上に掲載された神鷹徳治「鷗外と漢籍」に至るまで、さまざまな形で論じられてきた。[11] 正岡子規の漢詩作品については、渡部勝己[12]、飯田利行[13]、清水房雄[14]、徐前[15]、加藤国安[16]らの研究が比較的よくまとまっている。それぞれの研究者の専門は、日本近代文学、漢文学、中国文学とさまざまだが、いずれの研究も、世に知られた明治期における近代文学の担い手たちによる詩業をうかがう手がかりをあたえてくれている。ただし、漱石や鷗外、子規といった人々は、いずれも明治期における漢詩壇の中心にあって、注目すべき活躍をみせた人物であるとはいえず、その詩業が、必ずしも明治期の漢詩文を代表するものではないことに、留意しておく必要はあるだろう。

明治期の漢詩や詩壇の様子を概観したい場合には、古典的な著述として、大江敬香「明治詩壇評論」「明治詩家評論」、辻揆一「明治詩壇展望」[17]や、木下彪『明治詩話』[18]、斯文会編『斯文六十年史』[19]、牧野謙次郎『日本漢学史』[20]が、比較的新しいものとしては、猪口篤志『日本漢文学史』[21]、三浦叶『明治漢文学史』[22]などが参考になる。このうち大江敬香と辻揆一の文章はいずれも、神田喜一郎編『明治漢詩文集』に再録され閲読が容易であるし、木下彪の『明治詩話』も、成瀬哲生の解題を付し岩波文庫の一冊として刊行され、手軽に読むことができるようになった。[23] 猪口篤志の『日本漢文学史』はやや専門的だが、猪口には『日本漢詩鑑賞辞典』や新釈漢文体系の一冊として刊行された『日本漢詩』などの訳注があり、明治時代の作者や作品にふれる際には便利である。[24] 最近では合山林太郎を中心とする研究グループが、近代を含めた新たな「日本漢文学通史」

を模索しており、今後の展開が期待される。[25]

また、明治期の漢詩や漢詩壇の様子のみを論じたものではないが、漢詩文を核とした近代日本のことば空間を「漢文脈」という術語で把捉しつつ、「漢文脈」をもう一つのことばの世界として浮かび上がらせようとした、齋藤希史『漢文脈と近代日本』も、注目すべき著作である。同書については、二〇〇七（平成一九）年の刊行以来、しばらく品切れが続いてきたが、二〇一四（平成二六）年に角川ソフィア文庫の一冊として装いも新たに再刊されている。[26] その内容は、タイトルからもうかがえるように、いわゆる漢詩のみをとりあげたものではないが、近代日本において、漢詩や漢文の果たした役割について、一応の見通しを得るための重要な視点を提供する良書としておすすめできる。また、鈴木虎雄や久保天随の漢詩に関する論考をまとめた『近代漢詩のアジアとの邂逅―鈴木虎雄と久保天随を軸として―』[27]で知られる森岡ゆかりが、『文豪だって漢詩をよんだ』[28]、『文豪の漢文旅日記―鷗外の渡欧、漱石の房総―』[29]の二著を刊行しており、文章も平易で読みやすい。

明治期の漢詩文に対するアプローチの方法は多様で、それぞれの書物の中で取り上げられる人物やその事績、作品もまた多彩であるだけに、明治漢詩の全体像を把捉することは、想像以上に難しい。けれども、それぞれの文章に接していただければ、明治人が今日の我々が考える以上に、漢詩文に親しんでいた様子がみえてくるはずである。

それにしても明治期の人々は、なぜこれほどまでに漢詩文を愛好したのだろうか。もしかするとそれは、彼らが現在を生きる我々とはかなり異なった教育環境の中で育っていたからではなかったか。本書が、具体的な資料が少ないにもかかわらず、漢詩人横川唐陽の前半生から取り上げようとするのは、じつは、先に述べたような素朴な疑問に一応の答えを見いだしたいと考えたからである。もちろん現存する資料には限りがあり、現状では、唐陽の事績を十分に追いきれるわけではないが、彼や彼の作品を理解する上で、そのような詮索は避けて通れない事柄のように思われる。

明治期の日本において漢詩は、依然として主要な文学様式の一つとして認知され、多くの人々に愛好されてはいた。だが、明治から大正へと移ろう時代の中で、漢詩は急速な衰えをみせはじめ、人々の心は、しだいに新体詩や俳句・短歌などへと向かってゆく。教育の現場において日本漢詩を扱う機会が減少していったのも、一面においては、そうした現状を反映したものであったといえるだろう。現在、日本において、中学校や高等学校で鑑賞する漢詩文の中心にあるのは、依然として中国の古典作品であって、日本の漢詩文が教育の現場で取り上げられる機会は、けして多いとはいえない。だが、そのような時代であるからこそ、あらためて日本近代の漢詩文に光をあて、その果たした役割を歴史的に考察していく必要があるように感じられる。

明治期における「詩」

明治という時代において、「詩」といえば通常「漢詩」のことを指したということは、意外と知られていない。日本初の近代的な国語辞典として知られる大槻文彦『言海』は、「詩」について以下のように解説している。

支那ノ歌、やまとうたニ対シテからうたトモイウ、一句ハ、常ニハ、五字、或ハ、七字ナリ、コレヲ、五言、又ハ、七言トイフ。又、四言、六言、九言、モアリ、句毎ニ、末ニ同ジ韻ノ字ヲ履ミテ、歌フニ便ニス。（転句トイフハ、履マズ）又、句中ノ字ハ、二句毎ニ、互ニ平仄ヲ用ヰ、或ハ、同類ノ語ヲ相対セシムルモアリ　其外句ノ多少等ニテ、古詩、律、排律、絶句等の体アリテ、種種ナリ、各條ニ注ス。(30)

『言海』にみえる「詩」の説明は、漢詩の一般的な解説に終始しており、新体詩を含む他の詩歌表現に関する言及はなされていない。近年の国語辞典が、旧来の「詩＝漢詩」という説明を紹介しつつ、別に「文芸の一つの形態。人間生活・自然観照から得た感動を、一種のリズムをもつ言語形式で表したもの（『岩波国語辞典』第七版）」としてより広義に捉えているのとは対照的である。

『言海』の編纂が始められた明治初期において、「詩」といえば「漢詩」であり、「歌」といえば「和歌」のことを指していた。一八八二(明治一五)年、外山正一や矢田部良吉、井上哲次郎らによって刊行された『新体詩抄』以来、西洋定型詩の影響を受けて、従来の短歌・俳句・漢詩のような伝統的な詩形を改良していこうという動きが、しだいに高まりをみせたことは、比較的よく知られているが、こうした流れが「詩」の中心を占めるようになるのは、もうしばらく後のことである。

のちに、日本近代文学の代表者と目されるようになる人々の中にも、すぐれた漢詩をよむ者は多かった。とりわけ夏目漱石や森鷗外、そして正岡子規などは、一生涯のうちに少なからぬ量の漢詩をよんでいたことでも知られている。

漱石・子規・鷗外の中で、早くから研究者の間で注目されてきたのは漱石であった。彼の作品は、戦後日本を代表する中国文学研究の一人、吉川幸次郎によって早くに評価・紹介され[31]、以来、多くの研究者によって研究や鑑賞がなされてきている。一方、子規の漢詩については、従来、漱石のそれに比べると相対的に取り上げる人が少ない印象はあるものの、やはり優れた作品が多く、俳句・短歌・随筆と並んでしばしば言及されている。大原観山という漢学者を母方の祖父にもち、その色濃い影響のもとに育った子規の漢文の素養がきわめて高いものであったことや、その後の子規の活動を支える知的基盤となっていったことは以前より指摘されていたが、最近では、子規旧蔵の漢籍や彼の『漢詩稿』などの資料により、子規と漢詩文との深い関わりが、より具体的に論じられるようになってきた[32]。漱石・子規に比べて遅れていた鷗外の漢詩作品に関する研究も、平成に入ってからは急速に進み、陳生保『森鷗外の漢詩』や、『鷗外歴史文学集』一二・一三巻に収められた古田島洋介の訳注が出版され、鷗外の漢詩に親しむことが容易になった(33)。

子規や漱石、鷗外のように、幕末から明治にかけて生を享け教育を受けた人々の多くは、漢詩文の素養を持ち、ある程度自由に漢文を読み、書き、理解することができた。当時はまだ、漢文はさまざまな文体のうちで最も格の高いものとされ、知識人にとって、漢籍をよみ、自ら漢詩文を書くことは、いわば必須の「教養」と見なされていた。明治のはじめに、東京大学医学部で学んだ若き日の鷗外こと森林太郎が、漢詩文とどのように接していたのかを追った神田孝夫「若き鷗外と漢詩文」は、鷗外に関する研究論文としてだけでなく、明治初期を生きた一青年が、どのような形で漢詩文に接していたのかをうかがう文章として、示唆に富む(34)。

鷗外のように、文学をはじめさまざまな領域において業績を残した人の軌跡を、後世の側から追い、取り上げようとする場合、その生涯をかけて積み上げた広汎な領域にわたる業績が非凡であることも手伝って、つい「早熟さ」や「非凡さ」を強調しすぎてしまう傾向がある。たとえば、東京大学医学部卒業の直前（明治一四年）に制作した「盗侠行」という長篇の漢詩は、彼の非凡な詩才を示す雄篇であり、そのような作品を若くして作り得たということは、たしかに驚くべきことではある。けれども、一人林太郎少年のみが、幼少期より漢詩文に関する特殊・専門的な教育を授けられてきたわけではない。

一八六七（慶応三）年、六歳になった林太郎は、藩校養老館の村田美実に『論語』の素読を受け、翌年には、同じ養老館の米原綱善より『孟子』の素読を受けている。その後、一八六九（明治二）年から一八七一（明治四）年までの間、四書（『大学』『中庸』『論語』『孟子』）、五経（『易経』『書経』『詩経』『礼記』『春秋』）、左国史漢（『春秋左氏伝』『国語』『史記』『漢書』）の複読に養老館へ通った。森林太郎が藩校で学んだテキストは、当時の七、八歳の士族の子弟が学んだものとしては、ごく標準的なテキストであった。

日本の近世・近代の教育については、石川謙による一連の研究以来、多くの教育史研究者によって研究が積み重ねられてきた。その優れた業績は、幕末・明治期を生きた人々の事績について考える上でも多くのヒントを与えてくれている。本書の執筆に際しても可能なかぎり目を通したつもりではあるが、なかでも関心をもった研究の一つに、辻本雅史『「学び」の復権—模倣と習熟—』がある。辻本は、この書物の冒頭で、心理学者、東洋《あずまひろし》『日本人のしつけと教育—発達の日米比較にもとづいて—』を紹介しながら、教育には権威をもって子供に知識を伝授する「教え込み型」と、見て習わせる「滲み込み型」があり、前者を近代以降にはじまった学校教育にあて、後者こそが「日本のあるゆる伝統的な学びの場において、教育や学習の原理として生きていた」ものであるとみて、「学習文化」という視点から近代学校普及以前の学習を概観し、滲み込み型教育の可能性を探ろうとする。[35] そのような視点から、あらためて鷗外や唐陽の「学び」を見ていくと、彼らはまさに「教え込み型」と「滲み込み型」の両方の学習のあり方を身を以て経験した世代だったのではないか、という印象を強くもつ。

藩校や私塾での素読・講義・会業を通じて、繰り返しテキストを読み、内容の理解を深め、他の学習者と切磋琢磨しつつ「学問」を自らのものとする「滲み込み型」の教育を受け、近代的な学校の門を叩き「教え込み型」教育の洗礼を受けた明治人たち。彼らが、西洋の技術や学問を論じ、職業人として活躍する一方で、漢詩文を駆使して自らを表現し得たのは、幕末明治期の特異な教育事情によるものであったのかもしれない。そしてかの鷗外こそは、その最も成功した者の一人であった、といえるのではないか。

ここで少し、上京後の鷗外と漢詩文との関わりについて整理しておきたい。

津和野の藩校で四書五経や史書を修めた鷗外は、一八七二（明治五）年六月の末、父らに伴われて上京。進文学社でドイツ語を学び、一八七四（明治七）年に第一大学区医学校の予科に入学を果たす。だが、この時期の林太郎少年にとって、漢詩文の実作は「得手」というほどではなかったようである。その頃の様子について、東京医学校時代の寄宿生仲間であった緒方収次郎は、のちに『男爵小池正直伝』へ寄せた述懐の中で次のように述べている。

私は明治六年に十六歳で東京医学校に入学しましたが、当時仏語を学んで居ましたから、独逸語の力が充分でないので、小池君等より一級遅れて居ましたが、半年の後には上級に編入されて、同級となりました。同級生で陸軍を出た人は、小池君をはじめ森林太郎・賀古鶴所・江口襄・谷口謙等錚々たる諸君でした（中略）一同は寄宿寮に籠居しましたが、何分森君が十四歳私が十六歳の最年少者で、小池君は二十歳以上で、兄さん株だからやかましやで、皆から煙たがられて居ました。併し何分にも漢籍の素養があるので、作詩は余り見なかつたが、文章はなか〳〵流麗で、しつかりした名文を書かれ、文字も立派であつたやうに思つて居ます。森君は当時国学に達し、和歌も作り、独逸語も達者で、これが十四歳の少年とは思はれぬ程でしたが、漢文にかけては小池君には及ばなかつた。此時代にはまだ〳〵漢学の幅の利いた時で、学校の掲示でも日常の往復文書でも又は意見の発表でも、漢文でやると云ふ風ですから、森君も時々漢文を草し、小池君に見て貰ふて居ました。小池君も若年者に対しては尊大の様に見えました。何分小池君は沈黙謹厳の性格で、人によりては傲慢の様に思はれ、自然友人間にも親しみが薄かつたやうです。其の後森君は向島の依田学海氏かの許で大に漢学を研鑽され、僅か一、二年の間に漢学の力も出来、作詩もやれば漢文も立派で、小池君の塁を凌駕するに至り、同僚は皆氏の神童振りに驚かされたのです。(36)

一八七四(明治七)年一月、鷗外は東京大学医学部の前身である東京医学校予科に入学を果たす。このとき、学校の就学規定年齢に達していなかった鷗外が、一八六〇(万延元)年生であると称して入学が許可された話は、比較的よく知られた事実であろう。緒方収次郎が「森君が十四歳私が十六歳の最年少者で、小池君は二十歳以上で」と述べているのは、そのことを反映している。他の学生たちに比べて若輩の鷗外が、当初、漢文の実作においてより年長の小池正直らに及ばなかったことは、その実年齢の差を考えればいたしかたない部分もある。小池の漢文で書いた日記や文章は、現在『男爵小池正直伝』でみることができるが、なかでも医学部卒業後、鷗外の陸軍入りを後押しする目的で書かれた「與石黒軍医監推森氏書」は、彼のもっともよく知られた文章の一つとして挙げられる(37)。

鷗外が漢詩に強い関心を寄せるようになったのは、一八七五(明治八)年夏のことであるらしい。鷗外の自伝的作品として知られる『ヰタ・セクスアリス』には、以下のような記述がみえる。

同じ歳の夏休に向島に帰つてゐた。その頃好い友達が出来た。それは和泉橋の東京医学校の預科に這入つてゐる尾藤裔一といふ同年位の少年であつた。裔一のお父様はお邸の会計で、文案を受け持つてゐる榛野なんぞと同じ待遇を受けてゐる。家もお長屋の隣同志である。

僕のお父様はお邸に近い処に、小さい地面付の家を買つて、少しばかりの畠にいろいろな物を作つて楽んでをられる。田圃を隔てて引舟の通が見える。裔一がそこへ遊びに来るか、僕がお長屋へ往くか、大抵離れることはない。

裔一は平べつたい顔の黄いろ味を帯びた、しんねりむつつりした少年で、漢学が好く出来る。菊池三渓を贔負にして居る。僕は裔一に借りて、晴雪楼詩鈔を読む。本朝虞初新誌を読む。それから三渓のものが出るからといふので、僕も浅草へ行つて、花月新誌を買つて来て読む。

二人で詩を作って見る。漢文の小品を書いて見る。先ずそんな事をして遊ぶのである。(38)

もちろん『ヰタ・セクスアリス』はあくまで「小説」であり、そのすべてを事実と見るわけにはいかないが、鷗外が「俳句と云ふもの」という随筆の中で「其頃向島で交際してゐた友達は、伊藤孫一といふ漢学好きの少年一人であつたので、詩が一番好きであつた。尤も国にゐた時七絶を並べて見る稽古をしたこともあつたのである。唐詩選の中の多くの詩は諳んじてゐた」と述べている点からみて、先の『ヰタ・セクスアリス』にみえる記述はある程度までは鷗外自身のこととみてよいと思われる。

実際に自ら漢詩をつくるためには、まず文字数や韻、平仄などの規則を知ることが必要だが、それと並行して、『唐詩選』『三体詩』などを諳んじるほどに読み、繰り返し名詩にふれて詩語や詩のリズムを体得する必要がある。そのうちに、最初は他者の作品を模倣しつつ自ら漢詩を作り、師や友人に批評や添削を請い、繰り返し修正を重ねていくことで力をつけていく。文章についても同様で、『古文真宝』『文章軌範』『唐宋八家文』などを繰り返し、そのリズムを体に浸透させるようにして読み、作り、他者の目に晒して批評を受ける。「模倣と習熟」を基調とする研鑽の形は少年時代だけではなく、その後も生涯を通じて継続されていく。鷗外は一八七九（明治一二）年ごろには、佐藤応渠に漢詩を学び、依田学海に漢文の添削を受けるようになる。今日、『鷗外歴史文学集』には、一八七九（明治一二）年から一九二一（大正一〇）年に及ぶ二三二作品の漢詩が収められており、一八九三（明治二六）年から一九一四（大正三）年までの寡作期を挟みつつ、鷗外は晩年まで漢詩を作り続けているが、その背後には必ずといっていいほど漢詩を通じた師友との交わりがあった。

ちなみに、唐陽が鷗外に依頼されて添削を加えるようになったことが確認できるのは、日露戦争中の一九〇五（明治三八）年六月八日付で鷗外から唐陽に宛てた書簡にみえる「左ノ悪詩若シ手ガツケラルルナラバ直シテ見テクレ給へ」という一文が初出のようである。[39] 日清戦争中の鷗外は、やはり軍医として従軍していた早川峡南と詩を応酬しているが、旅順戦の後に早川から贈られた「旅順口進撃所見」に対して次韻（他人の詩に和し、同一の韻を用いて詩を作ること）するにあたり、市村瓚次郎に自作の詩「旅順戦後書感次韻」を示して添削を依頼している。[40] 瓚次郎は、帝国大学文科大学古典講習科に学んだ東洋史学者で、鷗外とは一八八九（明治二二）年に新声社を結んだ仲であり、その漢学の素養に対して信頼を寄せていたのであろう。この頃の唐陽はまだ鷗外から漢詩の添削を依頼されるような関係にはなかった。

鷗外が唐陽に自作の詩を示し、意見を求めたのがいつ頃のことであったのかを、特定することは難しい。ただ、文京区立森鷗外記念館に所蔵されている唐陽から鷗外に宛てた葉書や、『鷗外全集』所収の唐陽宛書簡からは、一九〇二（明治三五）年から一九一三（大正八）年にかけて、たびたび連絡を取り合っていた様子がうかがえる。また鷗外の『大正四年日記』からは、唐陽に「詩を寄示す」という記事が散見され、このころの鷗外が頻りに唐陽の意見を求めていたことがわかる[41]。鷗外が予備役となり、唐陽もまた第七師団軍医部長として旭川に赴任した一九一六（大正五）年頃からは、鷗外の漢詩修訂役は桂湖村に引き継がれたが、その後も鷗外との交遊は続く。

明治維新ののち、かつて学問の中心にあった漢学は、その地位を追われることになる。けれども明治の初めに教育の場に立った教師たちは、江戸末期に教育を受けた人々であったし、新しく設置された小学校や中学校の中には、旧藩学や私塾、手習塾の流れを汲むものも多く存在した。学校とは別に、家庭や私塾において漢学を学ぶ若者もあり、この時期に教育を受けた人々の多くは、なんらかの形で漢詩文を読み実作する機会をもっていた。明治初期の青年たちにとっての漢詩文は、しばらくのあいだ、最も身近な文芸の一つでありつづけたのである[42]。

彼ら、明治人の中に、職を得てそれぞれの事業に従事するようになってもなお、余暇に漢詩を作りつづけた人物が数多く存在していたことに、あらためて注目しておく必要があるのではないか。実際、森鷗外や横川唐陽の本職はあくまで陸軍の軍医であったし、堀口大学の父で外交官として活躍した堀口九萬一なども、多くの漢詩を遺したことで知られている[43]。日本の漢詩文が明治期に一つの盛り上がりを見せた背景に、森槐南のような詩壇の中央にあった漢詩人たちの活躍があったことはもちろんだが、一方で、漢詩という文芸が幅広い人々によって愛好され、さまざまな経歴を歩んだ人たちによって創作されていた裾野の広さにも目を向けるべきであろう。森槐南を初めとする漢詩壇と深い関わりをもち、軍医として、漢詩人としての人生を歩んだ横川唐陽の事績を追うことは、これまで文学研究の中では十分に取り上げられてこなかった、日本近代における漢詩文の一側面を、歴史学的なまなざしの上に、明らかにすることにもつながっていく。そのような見通しのもとに、次章からは、横川唐陽の人生のうち、誕生から陸軍軍医となるまでの経緯について、彼の生きた時代とともに素描していきたい。

(1) 中村忠行編「略歴」(神田喜一郎編『明治漢詩文集』明治文学全集六二、筑摩書房、一九八三年)。
(2) 藤川正数『森鷗外と漢詩』(有精堂出版、一九九一年)、同『讃岐にゆかりのある漢詩文』(私家版、一九九二年)など。藤川の研究については本書附論「藤川正数の鷗外漢詩研究をめぐって」の中でも紹介している。
(3) 入谷仙介『近代文学としての明治漢詩』研文選書四二(研文出版、一九八九年)。
(4) 日野俊彦「明治漢詩人伝記データ(稿)」(『森春濤の基礎的研究』汲古書院、二〇一三年)一三一~一七二頁。
(5) 村上哲見『漢詩と日本人』講談社選書メチエ三三(講談社、一九九四年)。
(6) 村上哲見『中国文学と日本 十二講』中国学芸叢書一六(創文社、二〇一三年)。
(7) 石川忠久『日本人の漢詩―風雅の過去へ―』(大修館書店、二〇〇三年)。
(8) 鈴木健一『日本漢詩への招待』(東京堂出版、二〇一三年)。
(9) 神田喜一郎『日本における中国文学―日本填詞史話―』上・下(二玄社、一九六五~一九六七年)のち『神田喜一郎全集』六・七巻(同朋舎出版、一九八五~一九八六年)。

（10）陳生保『森鷗外の漢詩』上・下（明治書院、一九九三年）、古田島洋介注釈『鷗外歴史文学集』一二・一三巻、漢詩上・下（岩波書店、二〇〇〇〜二〇〇一年）。

（11）神田喜一郎「鷗外と漢文学―その周辺について―」（『墨林間話』岩波書店、一九七七年）のち『神田喜一郎全集』九巻（同朋舎出版、一九八四年）に再録、神鷹徳治「鷗外と漢籍―『魚玄機』をめぐって―」（『書物学』三、勉誠出版、二〇一四年八月）。鷗外漢詩に関する主要な研究・訳注やその問題点については、古田島洋介「研究の回顧と展望―〈鷗外漢詩〉研究の現在―」（平川祐弘・平岡敏夫・竹盛天雄編『鷗外の知的空間』講座森鷗外 第三巻、新曜社、一九九七年）四二九〜四七〇頁などが参考になる。

（12）渡部勝己『正岡子規の研究―漢詩文と周辺の人びと―』（青葉図書、一九八〇年）。

（13）飯田利行『海棠花―子規漢詩と漱石―』（柏書房、一九九一年）。

（14）清水房雄『子規漢詩の周辺』（明治書院、一九九六年）。

（15）徐前『漱石と子規の漢詩―対比の視点から―』（明治書院、二〇〇五年）。

（16）加藤国安『漢詩人子規―俳句開眼の土壌―』（研文出版、二〇〇六年）、同『子規蔵書と『漢詩稿』研究―近代俳句成立の過程―』（研文出版、二〇一四年）。

（17）大江敬香「明治詩壇評論」「明治詩家評論」、辻揆一「明治詩壇展望」は、いずれも神田喜一郎編『明治漢詩文集』明治文学全集六二（注1前掲書）に収録されている。

（18）木下彪『明治詩話』岩波文庫（岩波書店、二〇一五年）。

（19）斯文会編『斯文六十年史―創立五十年記念―』（斯文会、一九二九年）第五一章「詩と吟社」三六〇〜三七二頁。
（20）牧野謙次郎『日本漢学史』（世界堂書店、一九三八年）第四期四章「初期の漢詩」二九八〜三一四頁。
（21）猪口篤志『日本漢文学史』（角川書店、一九八四年）第六章「明治時代の漢文学」五〇七〜五九八頁。
（22）三浦叶『明治漢文学史』（汲古書院、一九九八年）。
（23）木下彪『明治詩話』岩波文庫（注18前掲書）。
（24）猪口篤志『日本漢詩』上・下、新釈漢文大系四五・四六（明治書院、一九七二年）、同『日本漢詩観賞辞典』角川小辞典二二（角川書店、一九八〇年）、同『日本漢文学史』（注21前掲書）。
（25）合山林太郎「日本漢詩文についての新しい通史を描く―『日本漢文学プロジェクト』の概要と背景」（「書物学」四、勉誠出版、二〇一五年二月）、同「日本漢詩文とカノン―『日本漢文学プロジェクト』活動報告―」（「リポート笠間」五八、二〇一五年五月）。
（26）齋藤希史『漢文脈と近代日本―もう一つのことばの世界―』ＮＨＫブックス一〇七七（日本放送出版協会、二〇〇七年）のち、角川ソフィア文庫（ＫＡＤＯＫＡＷＡ、二〇一四年）として再刊。
（27）森岡ゆかり『近代漢詩のアジアとの邂逅―鈴木虎雄と久保天随を軸として―』（勉誠出版、二〇〇八年）。
（28）森岡ゆかり『文豪だって漢詩をよんだ』新典社新書三四（新典社、二〇〇九年）。
（29）森岡ゆかり『文豪の漢文旅日記―鷗外の渡欧、漱石の房総―』新典社選書七一（新典社、二〇一五年)。

(30) 大槻文彦『言海』ちくま学芸文庫(筑摩書房、二〇〇四年)五七一頁。本書の底本は明治二二年五月一五日刊行の『言海』六二八刷。

(31) 吉川幸次郎『漱石詩注』岩波文庫(岩波書店、一九六七年)。

(32) 近年の子規漢詩研究に関する成果としては、加藤国安『漢詩人子規―俳句開眼の土壌―』(注16前掲書)、同『子規蔵書と『漢詩稿』研究―近代俳句成立の過程―』(注16前掲書)などが挙げられる。

(33) 陳生保『森鷗外の漢詩』上・下(注10前掲書)、古田島洋介注釈『鷗外歴史文学集』一二・一三巻、漢詩上・下(注10前掲書)。

(34) 神田孝夫「若き鷗外と漢詩文」(神田孝夫著、神田孝夫遺稿集刊行会編『比較文学論攷―鷗外・漢詩・西洋化―』明治書院、二〇〇一年。初出「比較文学研究」一三号、一九六七年一一月)。

(35) 辻本雅史『「学び」の復権―模倣と習熟―』岩波現代文庫 学術二六四(岩波書店、二〇一二年)序章「『滲み込み型』と『教え込み型』」一~一〇頁。

(36) 緒方収次郎述「東京医学校寄宿寮時代」(青木袈裟美編『男爵小池正直伝』陸軍軍医団、一九四〇年)一〇五五~一〇五七頁。

(37) 「與石黒軍医総監薦森氏書」は、青木袈裟美編『男爵小池正直伝』(陸軍軍医団、一九四〇年)第二篇「著作と文藻」一〇三三~一〇三四頁に収められている。なお、この推薦書を含む鷗外陸軍入りの経緯については、小堀桂一郎『若き日の森鷗外』(東京大学出版会、一九六九年)一~一七頁に詳しい。

(38)『鷗外近代小説集』第一巻（岩波書店、二〇一三年）二八二〜二八三頁。

(39)『鷗外全集』第三六巻（岩波書店、一九七五年）二二七頁。

(40) 市村瓚次郎宛書簡は『鷗外全集』第三六巻（注39前掲書）二九〜三〇頁に収録されている。なお、市村による詩の修訂については、古田島洋介注釈『鷗外歴史文学集』一三巻（注10前掲書）一八〜二三頁に詳しい。

(41) 鷗外の漢詩に唐陽の意見がどのように取り入れられたのか、という点については、藤川正数『森鷗外と漢詩』（注2前掲書）や古田島洋介注釈『鷗外歴史文学集』一三巻（注10前掲書）の一部に言及がある。

(42) 幕末から明治期における文化としての漢詩文については、合山林太郎『幕末・明治期における日本漢詩文の研究』研究叢書四四四（和泉書院、二〇一四年）「序章」（一〜九頁）の概説が参考になる。

(43) 堀口九萬一の生涯とその詩については、柏倉康夫『敗れし國の秋のはて―評伝堀口九萬一―』（左右社、二〇〇八年）を参照。

第二章　横川唐陽の前半生

明治という時代に生まれて

明治維新以降、日本は「文明開化」「富国強兵」を掲げ、従来型の東アジア国際体系から西洋的国際体系への移行をはかり、近代化ないし西洋化を推し進めていく。政府が、安政以来の不平等条約——江戸時代、大老井伊直弼が無勅許のまま諸外国に対して結んだ条約は、関税自主権を放棄し治外法権を認める不平等なものだった——の撤廃を目指してさまざまな努力を積み重ねていく中で、政策として、かなり意識的な「西洋化」が急速に推し進められたことは、日露戦争以前のことを語る場合、常に意識しておかなければならない事柄であろう。

一般に、「文明開化」ということばが広く普及する契機となったのは、一八六八（慶応四）年に刊行された、福澤諭吉『西洋事情』外篇であるといわれている。この書物は、自らの西洋に関する知識やジョン・ヒル・バートン『政治経済学』の議論に拠りながら、社会関係と、その前提としての「文明開化」に言及する。福澤が civilization の訳語として用いた「文明開化」の語は、今日では、明治初期の西洋化政策を特徴づけることばとして、歴史教科書やさまざまな概説書、辞書類の中でしばしば紹介されてきた。(1) たとえば、ある教科書には以下のような記述がみえる。

富国強兵をめざす政府は、西洋文明の摂取による近代化の推進をはかり、率先して西洋の産業技術や社会制度から学問・思想や生活様式にいたるまでをとり入れようとした。これにともない、明治初期の国民生活において、文明開化とよばれる新しい風潮が生じて、ジャーナリズムなどを通して大都市を中心に広まり、部分的には庶民の風俗・習慣にも浸透した。(2)

戊辰戦争により旧幕府方の勢力を一掃した新政府が、中央集権体制の確立を目指して実施した矢継ぎ早な改革——廃藩置県、学制改革、地租改正、徴兵制——は中央から地方へ、官制から産業・教育・思想・宗教にいたる広い範囲に及び、人々の生活にも大きな変化をもたらすことになる。とりわけ、これから「立身出世」を志す若い世代にとって、制度の改廃や社会の変化は、人生設計やときどきの選択に大きな影響を与えずにはおかなかった。ちなみにかの教科書は、先の一文につづく記述の中で、

①西洋近代思想の流行（自由主義、個人主義、天賦人権思想など）
②教育制度の整備（文部省の設置と各種学校の整備）
③宗教界における変動（神仏分離令、廃仏毀釈など）
④メディアの発達（日刊新聞や雑誌の創刊など）
⑤そのほか（太陽暦の採用、洋服の着用、ざんぎり頭など）

などを挙げながら、明治初期に見られた変化を整理してくれている。[3] もちろん文明開化によってもたらされたさまざまな変化のすべてを、もれなく先の五点に集約できるわけではないが、このような教科書的な記述からも、明治という時代におきた変化の一端を看取することができる。

明治初めの変革が、国家・社会はもちろん庶民の生活に至るまで、社会一般に大きな変化をもたらしつつあったことは確かである。だが文明開化の名のもとに、それまでの思想や文化、生活のすべてが、西洋化一色に塗り替えられてしまったわけではけしてない。一八七一（明治四）年の廃藩置県とともに各地にあった藩校が廃され、新たに近代的な学校システムの構築が進められる中で、個人主義・実学主義的な学問観が打ち出されていく。そのような過程の中で、四書五経に代表される経書を重視した、従来の漢学中心の学問は否定されたかのようにみえる。たしかに、一八七二（明治五）年の学制が掲げる教科・科目のうちに「漢文学」の名称はみえないが、歴史や修身、作文や文法などでは漢文的要素の強い授業が行われ、教科書に『日本外史』や『論語』『中庸』『大学』『小学』『春秋左氏伝』『十八史略』『文章軌範』などが用いられるなど、一方では「規定に於いては漢文なくして、事実に於いては漢文を教授したる」[4] という現実があった。[5]

明治政府は学制によって教育の国家管理の原則を示し、学区、学校、教員、生徒、海外留学生、教育行政等を規定した。全国は八大学区に分けられ、さらに一大学区を三二中学区、一中学区を二一〇小学区に区分し、学校の建設に着手する。すでに二年前、政府は旧幕府の昌平坂学問所と開成所・医学所を復興・統合し、教育機関と行政官庁の機能を併せ持つ大学校を創設したが、内紛のため翌年には行き詰まり解体、開成所の後身である大学南校と、同じく医学所の後身として医学教育を行っていた大学東校とが存続することとなる。最高学府としての東京大学の創設は、学制発布後の一八七七（明治一〇）年の東京開成学校（大学南校の後身）と東京医学校（大学東校の後身）の統合を待たねばならない。

学制の発布によって、学校は初等・中等・高等の三段階編制を採ることが定められた。このうち高等教育機関の整備は早くから着手され、初等教育機関についても地域差はあるが、学制の発布以降文部省や府県の勧奨によって各地で小学校の設立が進められ、しだいに普及していった。幕末・明治に生まれた明治人の多くは、この草創期の小学校を身をもって体験しているのである。

学校という制度そのものがまだ若かったこの時代に、小学校からより上級の学校へと進む場合には、今日に比べてわりと多様な経歴が考えられた。一八六二（文久二）年生まれの森鷗外の場合、津和野の藩校養老館で学んだのち上京、進文学社でドイツ語を学び、一八七四（明治七）年に実年齢一三歳で第一大学区医学校（同年七月に東京医学校と改称）予科に入学、一八七七（明治一〇）年には東京大学医学部（同年四月、東京医学校は東京開成学校と合併し東京大学となる）へ、というルートをふんでいるし[6]、一八六五（慶応元）年、松本に生まれた澤柳政太郎の場合、一八七三（明治六）年九歳で甲府の徽典館に学び、翌年松本に戻り開智学校に編入、父の転勤に伴い上京し、東京師範学校下等小学、同上等小学に通うかたわら漢学塾青藍舎に学び、一八七八（明治一一）年九月には東京府中学へ。ここに二カ年在学したのち、一八八〇（明治一三）年九月に東京大学予備門、一八八四（明治一七）年九月には、東京大学文学部哲学科への入学を果たしている。[7]鷗外や澤柳の時代にはまだ旧制高校はなく、小学校と大学の間に位置づけられるべき中学も、山本正身が『日本教育史』の中で、「『学制』下における中学とは、小学と大学との間に位置づけられる諸学校の総称といえるが、中学校と外国語学校との区別は必ずしも判然としていない。また、上・下二等からなる中学校のほかに、各種の実業学校も中学に含まれるため、当時の中学は、その規模や教育水準・内容において多様な構成を有していた[8]」と指摘されているような状況に置かれていた。

公的な中等教育機関の整備が必ずしも十分とはいえなかった時代に、官の主導する学校制度のやや外側にあって、国民教育の一翼を担ったのが私塾である。一八八一（明治一四）年頃には、福澤諭吉の慶應義塾、近藤真琴の攻玉社、中村敬宇の同人社が「三大義塾」と並び称され、多くの塾生を抱えていた。当時の教育者の中には慶應義塾の福澤諭吉のように漢学に対して否定的なまなざしを向ける者もあったが、中村敬宇は漢学の有用性を認め、同人社では英学・算術とあわせて支那学を講じていたという。[9]この時期、学校や私塾で教鞭を執っていた人々は、いずれも近世にみられた漢学を中心においた教育を受けてきた人々であり、そこで重んじられてきた教養や教育のあり方は、維新によって一日のうちに葬り去られたわけではない。のちに敬宇が、一八八七（明治二〇）年五月八日、東京学士会院における演説「漢学不可廃論」の中で、今日洋学生徒ノ森然トシテ頭角ヲ挺ンデ前程万里ト望ヲ属セラル、者ヲ観ルニ、皆漢学ノ下地アル者ナリ。漢学ニ長ジ詩文ヲモ能クスル者ハ、英学ニ於テモ亦非常ニ長進シ英文ヲ能シ、同儕ヲ圧倒セリ（中略）支那ノ書ヲ読ムトテモ限リアリ。今日ノ書生前途当ニ為スベキノ課業多キコトナレドモ、ソノ余暇ニ漢学ヲ為サントナラバ、四書ヲ読ミ、詩経、書経、易経ヲ読ミ、又夕師ニ就キ講釈ヲ聞テソノ大意ヲ了得スベシ。又左伝、史記ヲ読ムベシ。ソレヨリ以上ハ、自己ニ読マント欲スル者ヲ択ムベシ

と述べているように、洋学を学ぶ上でも、学問の基礎としての「漢学」に有用性を認める主張もあった[10]。

では実際に、上級学校への進学予備教育を担った私塾において学ばれたのは、洋学であったのか、それとも漢学であったのか。もちろん維新後の時代の趨勢からみれば、全体としてはしだいに洋学のほうへ傾斜しつつあった、とみるべきであろう。牧野謙次郎の『日本漢学史』はそのあたりの事情を次のように説明している。

前述の如く教育の方針が知識を主とする結果、実利実用を主とするところより、西洋文化の輸入は著しく活発になつた（中略）斯の如く学制発布を一転機として、世は暫く西洋文明崇拝の時代に入つた。随つて前述の漢学系に属する私塾は衰退して、洋学のそれが之に代わる

こと丶なつた。洋学輸入の功労者中村敬宇は、六年二月小石川江戸川町大曲の邸内に家塾を設け、同人社と名づけて泰西の学を講ずること丶なつたが、是は当時福澤の慶應義塾と相対して洋学を以て学界の重鎮となつた。

当時大学は専ら洋学を用ひ、教科書は洋籍を用ひ教師は洋人を用ひた。邦人でもその教場に於ては洋語を用ゐた。故に洋学を学ばなければ大学に入ることが出来ない。随つて皇漢の学は倶に極めて衰微した。(11)

上京した鷗外が、神田小川町の西周邸に寄寓しながら、進文学社に通いドイツ語を修めたのは、当時、医学校ではドイツ人教師による教授が行われており、そこで学ぶためには語学の習得が不可欠であったためである。東京には進文学社のほかにも壬申義塾などドイツ語を教える学校が複数存在していたが、それらの多くは医学志望者の予備校的性格の強いものであった。(12)ドイツ語に限らず、この時期の東京には、外国語を教授する私立学校や私塾が多く存在していた。英語や英語を用いて普通学を教授する学校は数多く存在していたし、フランス語なども法律志望者を中心に学ばれていたという。(13)一方で、上級学校進学のために漢学を学ぶ者も相当数いたらしい。司法省法学校や陸軍士官学校などが試験科目に漢文を設けていたためで、一八七七(明治一〇)年に三島中洲が開いた二松學舎などは、この方面に多くの人材を輩出している。(14)いずれにせよ実質的に中等教育を担っていたこれらの私立学校や私塾は、上京して立身出世を志す若者たちが、必要な学問や知識を獲得するための場として、きわめて大きな役割を果たしていたのである。

四五年間におよぶ明治という時代を全体として俯瞰しようとした場合、先に紹介した牧野謙次郎の指摘は、大筋において当を得ているといわなければならない。けれども、明治一〇年代までに教育を受けた人々の場合、学校や私塾、家庭の中で、漢学的な素養を身につける機会がいまだ多く存在したとみるべきであろう。先にとりあげた澤柳政太郎の事例にみられるような、小学校の課程と並行して漢学の学習をしているケースは、当時としてはさほどめずらしいものではなかったし、(15)司法省法学校や陸軍士官学校のように、試験に漢文を用いた学校もある程度存在してはいた。しかしそのような風潮も、時代が下るにつれて次第に薄れていったものと想像される。学校の整備が進んだ明治二〇年代の初頭に、敬宇が「漢学不可廃論」を説いて、基礎教育としての漢学の重要性をことさらに強調してみせたのは、そのような土壌がしだいに失われつつある現況を憂えてのことであったのかもしれない。

向学心に燃え、立身出世を夢見た明治初期の青年たちの学習遍歴には、その時代や各人の生い立ち、個性に由来する特色が認められるはずである。彼らが、漢学や洋学をいつ、どのようにして自らの力とし、その後のキャリアに結びつけていったのか。そのような問いは、江戸から明治にかけて大きく変化した時代の中で、懸命に生きた人々の一生を考えるための一つの鍵となるにちがいない。

諏訪神戸村に生まれた横川唐陽が、どのような環境のもとで学問を身につけ、陸軍の軍医として、漢詩人として活躍するに至ったのか。このあたりの事情を跡づけていくことは、唐陽の前半生を論じる本章の、もっとも重要な課題となる。しかしながら、唐陽の自伝や履歴書などを見いだせていない現状のもと、具体的な資料に基づいて実証的に論じることは、ほとんど望むべくもない。一方で、彼の生まれた諏訪地方の教育事情や、彼が医学を学んだ第一高等中学校医学部については、わずかではあるが考察を行う余地が残されている。次節では、地方史や教育史などの成果を参照しながら、軍医となる以前の横川唐陽の学習遍歴や環境について考えていくことにしたい。

横川塾と神戸学校

慶応三年一二月、横川唐陽は諏訪郡神戸村の士族 横川庸義とその妻さきの次男として生まれた。神戸村はもと高島藩領、南東から北西にかけて村内を甲州街道が通る街道沿いの小村で、村の東方には頼重院があった。同寺は、一五四二（天文一一）年に武田信玄によって切腹させられた諏訪頼重の供養塔で名高いが、この塔が発見されたのは大正に入ってからのことである。[16] また同村は、周辺地域の中では比較的早くから手習塾（寺子屋）を設けていたことでも知られ、一六七一（寛文一一）年頃にまず横川庸教が、のちに樋口兼修が手習所を設置し、それぞれ次代に引き継がれ、維新後の一八七三（明治六）年まで子弟の教育にあたっていたという。[17]

手習所の師匠であった横川庸教の子庸広の人となりや、彼がそれまで開いていた手習塾の様子をうかがう手がかりは、現在も地域に残る庸広の遺徳碑や『四賀小学校百年史』『諏訪四賀村誌』に紹介されている若干の資料をのぞけば、ほとんどのこされておらず、横川家や横川塾においてどのような教育が行われていたのかを具体的に跡づけることは難しい。ただ山田茂保『諏訪史概説』にみえる以下のような記述や、『高島学校百年史』で取り上げられている和田塾の事例などから、見通しを得ることは可能である。

諏訪郡の寺子屋は殆どその全部が手習師匠の邸宅に於いて行われたもので教師のことを普通「御師匠様」または「ごっさま」と称している。学科は習字を第一とし読書、算盤はこれに次いでいた。なお女子には裁縫、生花等授けるものもあった。教科書としてまず最初に郷名、名頭、国尽し、つづいて百姓往来、商売往来、番匠往来等地方相応のものを授け消息往来、庭訓往来、今川古状揃、御成敗式目（貞永式目）等に進み別に童子教、実語教、六諭衍義等をも授けた。消息往来、庭訓往来、今川古状揃は男女別様のものを用いた。算盤は加減乗除より開平開立迄も教えたものでまた四書、五径《ママ》等漢籍の素読を教うる所もあった。就学するのは大抵七、八歳から十四、五歳迄で兄弟姉妹皆同席にあってそれぞれの課程を教えられ師弟間の敬愛の情は寔に云うべからざるものがあった。教授時間は朝より夕に及び終日なれど毎朔日、十五日には休日とし盆、正月、節季、節句、祭礼等にも休業した。授業料とも云うべ

横川氏系図

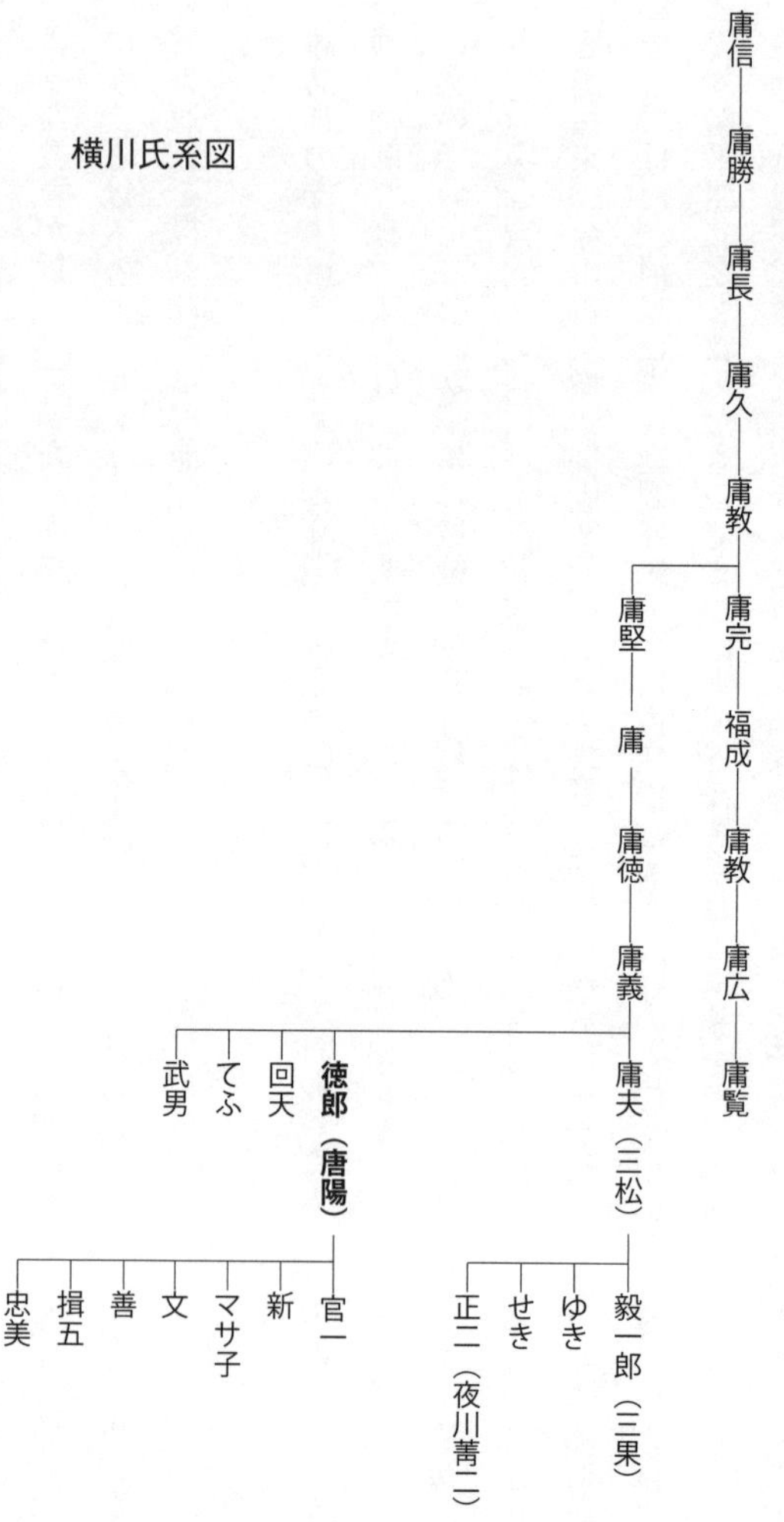
庸信
庸勝
庸長
庸久
庸教
庸完
福成
庸教
庸広
庸覧
庸堅
庸
庸徳
庸義
庸夫（三松）
徳郎（唐陽）
回天
てふ
武男
毅一郎（三果）
ゆき
せき
正二（夜川菁二）
官一
新
マサ子
文
善
揖五
忠美

きものは盆、暮、正月等に幾分の束修を贈り別に時々の付届があった位のものである。寺子は常に机に向かい文庫をそなえ師匠の前にあり師匠には長机ありて寺子の指導に便したものである。休業となれば寺子は机、文庫を持ち帰ったのである。(18)

幕末の高島藩には藩校長善館が置かれ、八歳をすぎた士族の子弟に対して、四書・五経の素読・講釈・会読を中心とした教育を施していたが、平民が長善館で学ぶ事が許されるようになったのは、廃藩置県後の一八七一(明治四)年七月に「高島県学校長善館」と改められて以降のことである。しかし、県学校としての長善館はきわめて短い期間で廃止されており、この学校が庶民の教育を担うことは、実質的にはなかったものとみてよい。そのような中で当時手習塾は、庶民が手習や読書を学ぶことができる貴重な地域の学習の場として機能していた。修学年齢は、一般に七、八歳で、以降、一三歳から一四歳頃まで学んだとみられるが一様ではなく、教授される内容も多岐にわたっていたという。たとえば、下桑原に和田義直が開いていた和田塾の場合、近在の町人・士族の子弟八五人が学んでおり、朝飯前六ツ時(午前六時)より五時(八時)までは読書、朝飯後より午後三時までは手習いというふうに、筆道(手習)や読書が中心とした教育が行われていたという。同塾の教授内容や教科書については『高島学校百年史』の中で、

和田塾の教授内容は、もっぱら筆道(手習)と読書で、男女別あるいは身分により多少の内

容のちがいがあったようである。およその教授段階は、筆道が中心で「いろは」をまず終了させ、「数字」「名頭（源・平・藤・橘・菅のように姓氏の頭字を列記したもの）」等を順次手習させていき、それと兼ねて読み方も教えるというものであった。書の占める位置は非常に大きかったことがわかる（中略）教科書は習字本と読書用書に大別され、和田塾ではそれぞれ次のようなものが使用されていた。書は、いろは・数字をはじめとして諏訪郡の村名・寺院集などもっぱら日常実用の文字を第一としていたようである。読書は、男女別・身分別に大別されていて、士族には漢籍、他は一般的な往来物等の寺子屋用教科書が使用されていた。往来物とは、鎌倉・室町時代から明治初期に至るまで初等教育教科用、特に寺子屋の教科用に編集された図書の事で、初めは往復一対の手紙をいくつも収録して編集した模範文例の教科書であったが、次第にその性質は変化し、広く作文の短句、単語や文案から、教訓的常識的なもの、社会歴史的なもの、産業に関するもの、さらに女子用のものと多方面にわたっている。(19)

と記されているのが参考になる。手習所で教えられる内容については、師匠の学統・学派によりさまざまであり、その学習順序も多様であったと思われ、下桑原の和田塾における教育と神戸村の横川塾のそれとでは、ある程度違いがあったとみるべきであるが、読み書きを中心とした実用的な教育を行っていたという点では、さほど違いはなかったものと想像される。

諏訪における手習塾師匠の多くは、藩の祐筆をつとめ筆学を会得しているもの、勘定方として算法を学んだもの、江戸在府の折に当地の学者に師事した者が多かった。[20] 神戸村の場合、代々高島藩に出仕した横川家の庸教とその子庸広の塾が、南には江戸に遊学した経験をもつ樋口兼脩とその子兼道の手習所があり、明治はじめの神戸学校の設立まで続いた。諏訪地方に開かれた手習所の多くは文化・安政年間開業のものが多かったが、神戸の横川塾と飯島村の河西塾は、一六七一（寛文一一）年開業と伝えられており、その歴史は高島藩藩校長善館よりも古い。その教育は、比較的少人数で行われていたようで、『諏訪市史』の引く「諏訪郡寺子屋取調」によれば、生徒数は男一〇人、女五人の計一五人であったという。[21] 一八七三（明治六）年、新たに学校が神戸村頼重院に設立され、数え六歳から一二歳までの男女四九人が入校すると、[22] 村の教育を担ってきた横川・樋口の両塾はその役割を終えたが、師匠であった横川庸広・樋口兼元の両名は引き続き一八七四（明治七）年まで、有賀盈重・浜竹三郎・溝口礼助らとともに教員として神戸学校で教鞭を執った。[23] 以下、このあたりの事情について、廃藩置県から神戸学校の設立までの流れを中心に、簡単に整理しておきたい。

一八七一（明治四）年七月、廃藩置県が断行されると高島藩は高島県となり、藩校長善館も高島県学校長善館と改められた。同年一一月二〇日の太政官布告により、高島県が伊那県・高遠県・飯田県・松本県・高山県（飛驒）とともに筑摩県に統合されると、長善館は一八六九（明治二）年に開設されていた国学校（皇学校）とともに廃止されている。短いながらも、津和野の養老館で学ぶ機会を得た森鷗外の場合とは異なり、一八六八（慶応三）年生まれの横川唐陽の場合、藩校で漢学を修めることはなかったとみてよい。では、長善館廃校以降における諏訪の教育は、どのような展開をみせたのであろうか。そのあたりの事情は『諏訪市史』などに整理されているので、本書では、ごく簡単に紹介するにとどめたい。

一八七一（明治四）年一一月、伊那・高島・高遠・飯田・松本と高山（飛驒）の各県を統合する形で発足した筑摩県は、県庁を松本に置いた。これにともない高島県は廃止され、諏訪には高島出張所が設けられることになった。筑摩県は、ただちに学校の整備へと動き出す。翌一八七二（明治五）年一月、筑摩県参事より学校施設建設の計画を立てるよう申し入れがあり、さらに、同年二月二〇日には筑摩県より「学校創立告諭書」ならびに「学校入費金差出方取計振」が布告され、五月に諏訪郡諸村の名望家の中から一四名を学校世話役に任じ、実際に、六月五日には長善館において協議を行い、郡内に二六校を設けることを決議している。その後、下桑原村、上諏訪町、小和田村、大和村、上桑原村、上戸村、飯島村、有賀村、文出村、真志野村、田辺村、神宮寺に計一二の小学校が設置されることとなり、このうち大和村の寿量院におかれた日新学校では、一八七二（明治五）年九月二七日の入学者として、男三九名、女八名の合計四七名の入学記録が残されている。[24]

横川唐陽の生まれた神戸村でも学校設置の動きがあった。一八七一（明治四）年一一月戸長より「樋口・横川両手習所を廃し、学校を開設したい」旨の通達がなされ、もと手習所の師匠であった樋口兼元・横川庸広と、溝口礼助の三名に教師となるよう依頼し、一八七三（明治六）年三月三日、頼重院に神戸学校が設立された。学制の公布に伴い学区が定められると、同年六月六日に神戸村は「官立学校設立伺」を提出、神戸村に「第三十八区第廿七番小学至善学校」を設置することを願い出ている。この伺いによれば、教員として予定されていたのは、横川庸広・樋口兼元・有賀盈重・浜竹三郎・溝口礼助らで、他に学校世話役として溝口権之助・矢崎源七と並んで唐陽の父横川庸義の名もみえる。ところが同年一〇月、神戸村の学校は横内村とともに上原村学校へ合併するよう筑摩県から命じられ、学校関係者は当惑する。

ときの筑摩県権令永山盛輝は、教育を重視し、一八七一（明治四）年の県発足以降学校の創設に力を尽くしたが、実際にそれぞれの学校建設へと動いたのは、地域の名望家たちであった。権令の積極的な働きかけもあり、学制の布達以前から諏訪の各村々において学校の設立が次々と計画されたが、その中には、かつて手習所を営み地域の教育に積極的な役割を果たしてきた師匠たちの姿も多くみられた。だが一方で、学校の創設や運営には多額の資金を必要とし、しかも元資金は地元で工面する必要があったため、村々は重い負担に直面することになる。学校の統合は、通学等の面において、児童・生徒に負担を強いることになる反面、経済面では一定のメリットもあった。けれども当時の至善学校や神戸村の人々は、それをよしとはしなかったのである。結局、神戸村の人々は、至善学校の上原村学校への合併を事実上実行に移すことはせず、永山権令が神戸村に視察に来る機会をとらえ、上原村学校からの分離を願い出ている。結果、その訴えは受け入れられ、至善学校は名を「神戸学校」と改めて再出発する運びとなった。

神戸学校で教えた人々のうち、横川・樋口の両名は、もと神戸の地にあって手習所を開いていた士族であった。至善学校の「官立学校設立伺」にみえる教員履歴の中で、当時四六歳であった横川庸広について「元高島藩横川弥七郎江天保五甲午年正月ヨリ同九年戊戌十二月迄都合五年随従漢学修行」[25]と記されており、実父について漢学を修めたようであるが、同年齢の樋口兼元の場合は「元高島藩鮎沢政彦江慶応元乙丑年正月ヨリ明治四年辛未正月迄都合六年随従漢学修行」[26]とあることから、高島藩士であった鮎沢政彦について漢学を学んでいたことがわかる。一方、神戸学校設立当時一九歳と若かった有賀盈重の場合、横川や樋口のように手習所の師匠ではなかったが、一八六五(慶応元)年正月から一八七一(明治四)年正月までの六年間、樋口兼元と同様、鮎沢政彦に漢学を学んでおり、十分な教育を受けた若手の教員として活躍を嘱望されていたのであろう。実際、のちに彼は東京師範学校小学師範学科へ進んで、教育者としての道を歩んでいる。

横川・樋口・有賀はいずれも「漢学修行」であるが、当時二三歳であった浜竹三郎のように、和算を専門とする者もいた。履歴には「元高島藩岩井作平江元治元甲子年ヨリ明治元戊申年迄都合五カ年随従和算修行」[27]と記されており、高島藩の岩井作平について一八六四(元治元)年から一八六八(明治元)年までの間、和算の研鑽に励んだという。

書に巧みな教員もいた。神戸学校の教員の中で唯一平民の出身であった溝口礼助である。礼助は書家として著名であった溝口永明の子で明山と号し、二一歳のときに江戸へ遊学、一八四六(弘化三）年より林大学頭の門に入り、一八五〇（嘉永三）年八月まで漢学を学んだのち諸国を巡り書を学んでいる。

新たに設立された学校は、漢学や和算、書に通じた在村の知識人たちによって支えられ、新たな歴史を刻みはじめた。一八七四（明治七）年からは三輪格曹が加わり、一八七五（明治八）年以降は格曹とその長男三輪知年が教員として教鞭を執っている。

神戸学校は、諏訪郡上桑原村・赤沼村・飯島村・神戸村の合村に伴う四賀村の成立後も、しばらくの間存続したが、一八八六（明治一九）年には飯島学校とともに上桑原学校に統合される。一八八九（明治二二）年、市政・町村制実施によって新制「四賀村」が誕生すると、村立四賀尋常小学校が発足、以降、四賀国民学校、諏訪市立四賀小学校と名を改めながら今日に至っている。一八九七（明治三〇）年、神戸学校の創設に尽力した横川庸広を偲び、門弟たちの手によって旧神戸村に横川氏遺徳碑が建てられた。

横川庸広について知られるところは、いまのところ以上のような事柄につきる。彼の事績から指摘しうるのは、神戸村の横川家が、近在でも比較的早い時期から郷村における教育の重要性に気づき、取り組んできたことや、庸広が神戸村の学校建設に深く関与していた事実にとどまるが、その教育に注がれた眼差しは、神戸横川家の子供たちにも大きく影響したものと想像される。

諏訪三俊――横川唐陽とその兄弟

唐陽には三松、雲波という兄弟がいた。

筆者が、二人の兄弟の存在について知ったのは、一八九九（明治三二）年五月に刊行された『新詩綜』第二集にみえる以下のような一文による。「三松唐陽雲波兄弟三人皆能詩。世称諏訪三俊（三松・唐陽・雲波兄弟の三人皆な詩を能くす。世は諏訪三俊と称う）[28]」つまり、横川三松・唐陽・雲波はいずれも漢詩を得手とし、「諏訪三俊」と称えられていた、というのである。

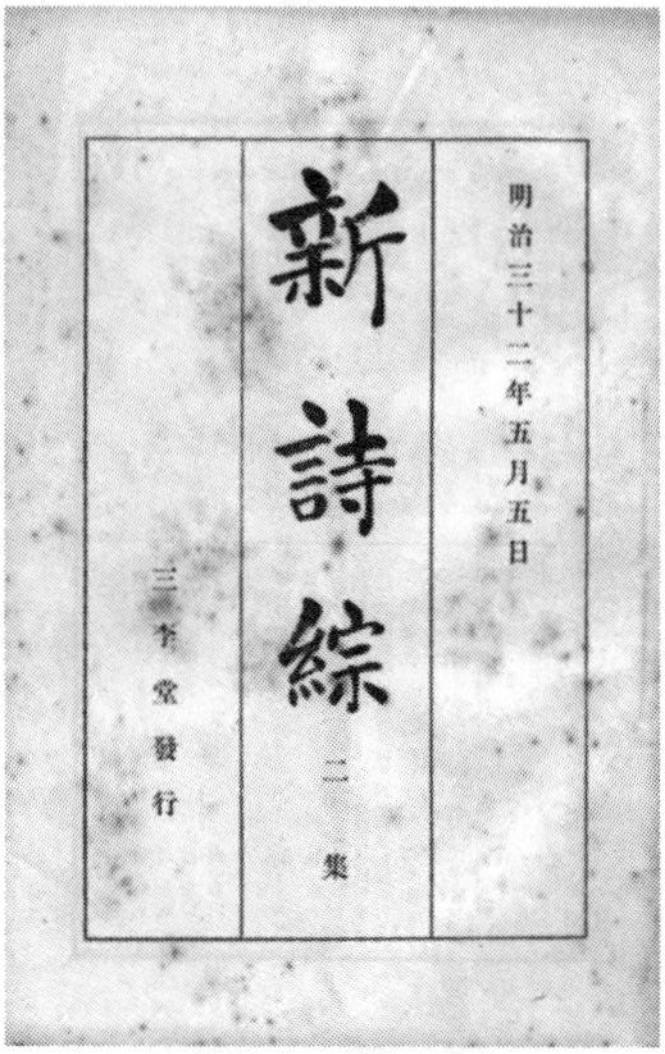

『新詩綜』（筆者架蔵）

『新詩綜』は、明治詩壇の中心的な人物の一人であった森槐南らによる漢詩雑誌で、一八九九（明治三二）年四月刊行の初集から一九〇一（明治三四）年四月刊行の一三集まで、計一三冊が刊行されている。同誌には、森槐南門下をはじめ多くの詩人たちがその作品を寄せており、その創刊にあたっては、伊藤春畝（博文）、副島蒼海（種臣）、小野湖山、杉浦梅潭、三島中洲、依田学海、永阪石棣、永井禾原、国分青厓、本田種竹、岩渓裳川、木蘇岐山、高島九峰、北条鷗所、落合東郭、高野竹隠といった人々が名を連ね、当時すでに陸軍の軍医として活躍していた唐陽の「蜀道圖」（『新詩綜』二集）「自題勸影酒爐壁」（同六集）「途中」（同一〇集）や、雲波の「尋山僧不遇作」（同三集）などの作品も、掲載されている。

ところで、横川唐陽が本格的に漢詩人としての基礎を固めるに至ったのはいつ頃のことであったのだろうか。『唐陽山人詩鈔』中に収められている「奉輓槐南先生」と題する七律の自注に「明治戊子（二一年）、予先生に贄を執りてより、今に二十四年なり」とあることを根拠に、唐陽の漢詩歴が二〇歳前後から始まったとする藤川正数の指摘に従うならば(29)、おそらく唐陽は、進学のために上京した頃より槐南の門に学び、第一高等中学校において医学を学ぶ傍ら研鑽をつづけた、ということになろう。

一八九〇（明治二三）年九月、森槐南は、父の森春濤が晩年に設立した吟社「星社」を復興し、その第一回を星岡茶寮（山王台）で開いた。辻揆一の「明治詩壇展望」によれば、この会には槐南のほかに、矢土錦山・国分青崖・本田種竹・大江敬香・木蘇岐山・関澤霞庵・野口寧斎・佐藤六石・大久保湘南・松村琴荘・宮崎晴瀾が参加、以降、永坂石埭・岩渓裳川・高島九峰・横川唐陽・谷楓橋・横川雲波・北條鷗所・土居香國・籾山衣洲・吉岡星秋・大場雲心・落合東郭・手島秋水・田邊松坡・石田東陵・森川竹磎・阪本蘋園・松田學鷗・桂湖村・副島蒼海らが加わり、一八九九（明治三二）年頃まで活動が継続されたという(30)。

辻の記述によれば、唐陽は一八九〇（明治二三）年九月に集まった一二人の中に含まれていないが、先に藤川が引用した「奉輓槐南先生」の自注には、一八八八（明治二一）年頃より森槐南に師事したことがみえている。唐陽は、槐南による星社結成前後からその門下の一人として活動を始め、星社に集う多くの漢詩人たちとの交遊の中で、その技量を高めていったのであろう。『明治漢詩文集』の「略歴」もまた、この頃の唐陽について、

早歳森槐南に師事して詩才を認められ、明治二十三年九月星社の創設にも参じ、二十四年には平田耕石と並んで「鷗夢新誌」の補助員となって編輯に従い、また、関澤霞庵の主宰する雲門会に出入し、「新詩綜」に稿を寄せ、隨鷗吟社には推されて名誉会員となった。[31]

と記し、「鷗夢新誌」の補助員となったことや、関澤霞庵の雲門会との関係も深く、漢詩雑誌『新詩綜』にもしばしばその作品を載せていたことを紹介している。

兄弟のうち唐陽と雲波については、森槐南を盟主に戴く吟社「星社」に参加し[32]、岸上質軒の編んだ『明治二百五十家絶句』[33]にも作品が載せられるなど、このころ槐南門下の詩人として活動していた様子がうかがえる。一方、長兄の三松については、明治時代の漢詩文に関する研究論文等には言及されていないが、当時の諏訪では漢詩人としてよく知られた人物であったらしい。詩人三松の相貌をうかがうための一例として、ここでは『諏訪雅人伝』の著者平沢茅郁が、横川三松

の死に際してよんだ漢詩「三松詩伯を悼む」を紹介しておきたい。

悼三松詩伯　　　三松詩伯を悼む

酣酔吐成金玉篇　　酣酔吐きなす金玉の篇
詩中仙是酒中仙　　詩中の仙は是れ酒中の仙
帝憐才英召徴急　　帝は才英を憐んで召徴急なり
一夜騎竜去上天　　一夜騎竜去って天に上る

茅郁はこの作品とその書き下しを自らの著書『漢詩生涯七十年』に収め、詩に添えて「博雅高識衆に超へ、詩を森槐南に学び、風騒才華一世に鳴る、鵞湖吟社の主幹たり(34)」と記している。一八八八（明治二一）年に、茅野市宮川の地に生まれた茅郁は、小学校卒業後も茅野の地を離れることなく農業に従事する傍ら、詩吟と地方史の研究に努め、『漢詩生涯七十年』のほかにも、『諏訪雅人伝』『続諏訪雅人伝』などの著作を遺している。三松とも生前交遊があり、『続諏訪雅人伝』には彼の事績について次のように記している。

横川三松、通称は庸夫、慶応元年四月四賀村神戸父庸賢《ママ》の長男として出生。横川家は名門士族で祖父庸平《ママ》は戸長を勤めた、三松幼にして穎悟俊秀、博文強記にして才智衆に超へた。初め三輪知年に学び、授業生として神宮寺校に教鞭を執つた。有賀盈重に就いて漢籍を修め、自修独学克く普通文官試験に合格した。税務官吏となり又諏訪郡書記に転任した。更に難治村の自治村政に当つた、明治三十五年五月平野村代理村長となり、三十九年三月北山村有給村長となり、四十一年四月自村四賀村の名誉村長となつて令名を馳せた。[35]

一八六五（慶応元）年に生まれた横川庸夫こと三松は、[36]三輪知年の薫陶を受け、授業生として神宮寺校で教鞭を執っていた。

授業生とは草創期の学校において、資格を持たずに教鞭をとっていた補助教員のことで、小学校卒業後しばらくの間、その職にあったのであろう。三松が学んだという三輪知年については、『四賀小学校百年史』によれば、一八七五（明治八）年から一八八二（明治一五）年まで、神戸学校の教員として勤務していることが明らかであるから、[37]当初は三松も神戸学校で学んでいたのかもしれない。また、のちに三松が漢籍を学んだという神戸村出身の教育者、有賀盈重も、もともと横川庸広とともに神戸学校で教鞭を執った教師の一人で、のちに三松が授業生として教鞭を執った神宮寺校にも、一八八三（明治一六）年一月より一年三カ月の間、訓導兼校長として務めている。[38]

三松が神宮寺校の授業生となった経緯や、その当時の生活がどのようなものであったのか等は、資料がなく十分に描くことはできないが、別の事例を参考に、三松にとってこの時期がどのような意味をもっていたのかを考える糸口としたい。幸いに、一八八六（明治一九）年からしばらくの間、高島学校の授業生として教鞭を執った守屋喜七の自叙伝が信濃教育会より刊行されており、彼の授業生時代について概観することができる(39)。

一八七二（明治五）年に上伊那郡藤沢村片倉に生まれ、のちに教育者として活躍した守屋喜七は、片倉学校に学び一八八四（明治一七）年に一三歳で小学校中等科を終えると、上諏訪町にあった高島学校高等科に移り、一八八六（明治一九）年一二月に一五歳で高等科全課程を修了、翌年から月俸二圓五十銭の待遇で高島小学校の授業生として教鞭を執る、というコースをふんでいる。

一八七二（明治五）年に公布された学制により小学校は、下等小学四年と上等小学四年の計八年となったが、一八八一（明治一四）年の「小学校教則綱領」によって初等科三年、中等科三年、高等科二年に細分化されている。喜七が高等科へ進むため高島学校に入学したのは一八八五（明治一八）年一四歳のことであるから、在学中に後者の制度に改められていた。当時、小学校高等科まで進む者は少なく、ことに山間部の農村出身者の進学は珍しかったようで、喜七自身も自叙伝の中で「藤沢の小さな谿の百姓家からわざわざ諏訪まで学問修業に出すと言う事は、当時にあつては破天荒の事で、上諏訪でも相当に人の注意をひいたものだ」と述べている。喜七が学んだ片倉学校は当時藤沢村福伝寺にあったが高等科がなく、親元を離れ、諏訪の高島学校へと進むことになった。

彼が小学校高等科に進んだ当時、自叙伝によれば、高等科が設置されていたのは上諏訪・下諏訪・茅野・神宮寺・南大塩・蔦木ぐらいであったらしく、同級には上諏訪（五人）・豊田（二人）・四賀（一人）・松本（二人）・藤沢（四人）の計一四人がおり、喜七は、他の藤沢出身者とともに家を借りて生活をしていたという。

卒業後、喜七は授業生として高島学校で教鞭を執ることになる。授業生とは、一八八四（明治一七）年七月の文部省達第二四号「小学校教員免許状授与方心得改正」の第七条に「訓導準訓導ニ附属シ授業生等ノ名ヲ以テ其授業ヲ助クル者ノ学力ヲ検定スルト否トハ地方ノ便宜タルヘシ」とあるように、訓導・準訓導のもとで実際の授業を担当するもののことをいう。草創期の小学校教育の大きな課題として、教員の絶対数の不足という問題があった。当時、有資格の教員を「訓導」といったが、この資格を取得するには師範学校などに進む必要があり、進学者も限られていた。

喜七が高島学校に在学していた当時、高島学校の訓導として教育にあたっていた三輪三吉の場合、一八六七（慶應三）年、八歳より藩校長善館で学びはじめ、一八七八（明治一一）年に一九歳で長野県師範学校松本支校に入学、第一期課程卒業ののち病を得て退学しているが、一八八〇（明治一三）年に公立高島学校准訓導認許を、一八八二（明治一五）年には小学校中等科教育免許状を得て諏訪郡上桑原学校六等訓導に、一八八四（明治一七）年には小学校高等科教育免許状を取得して、諏訪郡高島学校五等訓導となっている。[40]松本の師範学校は、一八七三（明治六）年五月に開智学校内に開設された筑摩県師範講習所に由来し、一八七四（明治七）年に筑摩県師範学校と改められ、長野・筑摩合県後は長野県師範学校松本支校となっている。旧長野県の師範講習所の設立も一八七三（明治六）年のことであるから、その歴史はきわめて浅く、有資格者の教員を各地に整備されつつあった小学校に配置することは、きわめて難しい状況にあったのである。教員不足の穴を埋めたのが、無資格ながら教鞭を執った、授業生と呼ばれる人々であった。

授業生としての日々を送る中で喜七は、将来の進路についてあれこれと思い悩んでいたらしい。「或時は雑誌の広告を見て東京の学校の学則を取り寄せて見たり、或時は軍人にならうかと考へて身体検査をして見たりしたが、其中でも東京遊学が第一に自分の希望となって居つた。しかし自分独りでは容易に決定も出来ず、只思案にくれるのみであつた」というふうに。結局、彼の進路を決定づけたのは、恩師三輪三吉の助言であった。三吉は、喜七に自身と同じように師範学校へ行き、教員としての道を歩むようすすめている。

その後、喜七は病気による中断を挟みながらも、授業生として教鞭を執りつつ勉学に励み、長野県尋常師範学校の入学試験を受け、見事に合格。一八九四（明治二七）年に二三歳で師範学校を卒業すると、長野県尋常師範学校訓導となり、教育者としての道を歩んでいる。喜七が、高島学校の高等科全課程修了から師範学校に入学するまでの数年間、途中中断を挟みつつ「授業生」としてすごした日々は、喜七にとって将来を模索する重要な一時期となったのである。

やはり授業生として神宮寺校で教鞭を執っていた横川三松が選んだ道は、文官試験の受験であった。一八八七（明治二〇）年七月、勅令第三七号として文官試験試補及見習規則が公布されると、従来情実任用によっていた官吏任用は、少なくとも形式の上では実力主義の時代をむかえた。官吏の採用は試験・学歴・経歴の審査によって行われることとなったのである。三松が受験した普通試験は判任官の登用を目的としたもので、いわゆるノンキャリアだが、合格すれば、郷里にありながら社会的身分を保障された官吏として実務に携わることができた。実際に、普通文官試験に合格した三松は、税務官吏としてその経歴をスタートさせ、のち諏訪郡書記となり、平野村や北山村といった諏訪郡下の村々の代理村長や村長などを務め、村落の自治に大きな足跡を遺している。

今日、若い頃の三松に、上京して立身出世を志す意図があったのかどうか、具体的にうかがう手立ては遺されていない。しかし、のちに述べるように、漢詩を森槐南に学び、三島中洲や股野藍田と交遊したと記されていることから、唐陽・雲波らと同じように、ある期間、上京遊学の機会をもった可能性はある。けれども三松は、長男としての責任感からか、最終的に諏訪を離れるという選択をしなかった。高等中学校医学部に学び、陸軍の軍医となり各地を転々とした唐陽とは異なり、地方官吏として、村長として、地方自治の一翼を担い、終生諏訪の地の発展に尽くしたのである。

その一方で三松は、諏訪在地の漢詩人としても活動を続けていく。平沢茅郎の『続 諏訪雅人伝』は、その様子について次のように述べている。

漢詩は森槐南に学び、其格調高邁李杜を凌ぐものがあつた。帝都の先輩三島中州《ママ》般《ママ》野藍田、等と交遊し、又郡下の漢詩人を一括して鷲湖吟社を創設、南信紙に詩壇を設け、之れが選評に任じて盛んに漢詩を奨励した。斯くて一世の大詩人は大正十年九月病みて歿した亭《ママ》年五十七才長男毅一郎諏訪中を卒へ東京美術学校を修め今目黒区大原町にあり文芸の評論家に任じている。(41)

この文章の中に挙げられている人名について、いささか補足をしておく必要があるだろう。森槐南についてはたびたび紹介しているように、当時としては第一級の漢詩人として知られた人物であり、槐南が中心となって編んでいた『新詩綜』の中に横川三松・唐陽・雲波三兄弟への言及がみえることや、唐陽・雲波らが槐南のもとで漢詩人として活動していた点からみれば、三松・槐南の関係もまた、それなりに深いものであった可能性が高い。

三松の先輩格で、交遊関係があったとされる三島中洲は、一八三一（文政一三）年備中の生まれで、二八歳で幕府の学問所であった昌平坂学問所に入り、松山藩藩校有終館の学頭となる。維新後は司法官をつとめ、一八七七（明治一〇）年には漢学塾二松學舍を創立している。続いて『続諏訪雅人伝』は般野藍田の名を挙げているが、これは、股野藍田のこととみてよい。一八三八（天保九）年播磨に生まれた藍田は、龍野藩の藩校敬楽館で諸生に教え、維新後の一八七一（明治四）年には教部省に出仕、以後、内閣記録局長、宮内省書記官、帝室博物館総長、宮内庁顧問官などを歴任した。中洲も藍田も詩文の名手として知られる人物だが、彼らと三松がどのような関係にあったのかはかならずしも明らかではない。けれども、三松の弟たち、すなわち唐陽や雲波が森槐南やその門下と近い関係にあったことを考えれば、槐南や中洲、藍田といった人々との接点があったとしても、さほど不思議なことではない。もっとも、東都の詩人たちと関係をもったのは三松だけではなく、ともに鵞湖吟社をたてた北沢湖民についても『続 諏訪雅人伝』の中で、野口寧斎や岩渓裳川に学び、三島中洲、本田種竹、森槐南、福井学圃、黒部拈華らと交友関係があったことが記されている。(42)

諏訪に戻ってからの三松は、東都の詩人たちとの絆を保ちつつ、北沢湖民らとともに鵞湖吟社を創設し、『南信』誌に漢詩壇を設けるなど、他の在地の漢詩人たちとの協同のもとに、諏訪の漢詩振興に力を尽くし、一九二一(大正一〇)年九月、五七歳で亡くなっている。

ところで、三松と妻きんの間には、毅一郎、ゆき、せき、正二の四子があった。長男の横川毅一郎(三果)は、一八九五(明治二八)年に四賀村に生まれ、長野県立諏訪中学校を経て、東京美術学校図画師範科に学び、退学後、美術評論家として活躍した。一九七三(昭和四八)年五月に七八歳で亡くなるまで、多くの著作をものしている。彼の伝記や文業については、最近、ゆまに書房から刊行された美術評論家著作選集の第一〇巻『横川毅一郎』に収められた、河田明久の手になる「評伝」と「主要著作目録(稿)」に詳しい。(43) 次男の横川正二(夜川菁二)は、一九〇三(明治三六)年九月二九日に四賀村に生まれ、諏訪中学校卒業後一八年間にわたり、四賀小学校、永名小学校、境小学校の教員を務めた。多才な人で、音楽や水彩画を愛し、郷土史の研究や出版なども手がけたが、夜川菁二の名で歌人として多くの作品を遺したことは特筆しておきたい。その作品（短歌）の多くは『アララギ』誌に掲載され、没後三〇年を経た一九七四（昭和四九）年四月に夜川菁二歌集『白膠木』が刊行され、まとまった形でみることができる。彼の事績については、ごく短い文章ではあるが『諏訪四賀村誌』に紹介がみえるほか、[44]二〇〇七（平成一九）年には関係者の追想を基調とした伝記、『遙かなり―夜川菁二を偲ぶ―』[45]が刊行され、正二と関係のあった人々の語りから、その人柄に接することができる。この二人の兄弟に共通してみられるのは、文学や美術に深い関心を示している点である。もともと父の三松が、諏訪にありながら漢詩人として活動していたこともあり、毅一郎本人が「僕も二十代の頃には、兎に角一応漢詩作法の一般を教へられたが」と回想している点からみて、[46]二〇代にさしかかる頃には、父より漢詩の手ほどきをうけていたようである。しかし、彼らの関心は漢詩ではなく美術や短歌ないし俳句のほうへと向かっていった。

横川の家は士族であったこともあり、一族の子弟には、それに相応しい教養を身につけさせるべく、家庭でも素読から漢詩文の実作まで一通りのことを教えたと想像される。のちに三松が、子の毅一郎に漢詩の手ほどきをしたように、三松や唐陽の父もまた、子供たちに教えたのかもしれない。設立されたばかりの神戸学校で教鞭をとった横川庸広、樋口兼元、有賀盈重、浜竹三郎、溝口礼助といった人々は、いずれも漢学や和算、書に通じた近在の人々であり、三松や唐陽らの父横川庸義もまた小学校の設立や運営に心を砕いた一人であった。こうした環境も、かれらの素養形成に大きく影響を与えたと考えられる。学校を終えた彼らがどのような形で諏訪神戸の地を出て上京を果たしたのか、という点については、史料の語る所ではないが、兄弟はその後も研鑽を積み、それぞれに思い描く進路へと進んでいったのである。

第一高等中学校医学部に学ぶ

慶応三年に生を享けた横川唐陽が、その後どのような教育を受けていたのかを、詳細に語ってくれる確実な資料は、今のところ見つかっていない。彼の学習歴のうち確実なのは、第一高等中学校医学部に学んだという点にすぎず、それさえも『明治漢詩文集』に収められた「略歴」をはじめ、先行する文章の中では十分な裏付けのもとに語られてこなかった、という実状がある。ただし、陸軍軍医となる以前の横川唐陽が、千葉の高等中学校医学部を卒業していることは、同校の『第一高等中学校医学部一覧』にみえる卒業生名簿によって確認することができる。本節では、一八七二（明治五）年から高等中学校の設置に至るまでの中等教育の状況と、高等中学校医学部について概観することで、彼の学生時代をうかがうこととしたい。

一八七二（明治五）年に公布された学制によって、小学校から中学校を経て大学へという学校体系が示されたが、それは未だ実態をともなうものではなかった。政府はあくまで小学校の創設と大学の整備に注力し、中学校は曖昧なままに置かれていた。ことに学制期の中学校は、「小学と大学との間に位置づけられる諸々学校の総称(47)」であり、規模や教育水準、内容はさまざまであった。一八七七(明治一〇)年には、大学に接続する中等教育機関として東京大学に予備門が付設され、これが第一高等中学校をへて、いわゆる旧制高校へとつながっていくが、大学が自ら将来進学する学生たちに対して予備教育を行わなければならない状況そのものが、中学校の整備が不十分であったことを物語っている。

横川唐陽の生まれた信州でも、維新以降、中等教育機関の整備に向けて少しずつではあるが動きがみられた。学制発布後の一八七三(明治六)年五月、筑摩県は管内を四中学区にわけ、中学校の設置地を松本・諏訪・飯田と飛驒高山に定めている。その後、長野・筑摩両県の合県にあわせて中学区の変更が行われ、第十四中学区から第二十中学区までの七中学区が設けられ、諏訪郡と伊那郡北部はともに第十九番中学区となり、本部は高島に置かれることになった。しかし、この段階においては、実際に中学校が諏訪の地に設立されることはなかった。

筑摩県はじめての中学校設立は、一八七六(明治九)年、第十七番中学変則学校という形で実現することになる。この学校は当初、松本の開智学校に設けられていたが、のち、長野県師範学校松本支校内に移り、一八七七(明治一〇)年八月の合併にともなう学区編成替えで第十八番中学校となり、その後、松本中学校、東筑摩郡立中学校とたびたび名称を変えつつ存続していった。合県後、中学校設置の要求は一八八一(明治一四)年から一八八二(明治一五)年頃までの間に各郡へと広まりをみせ、その運動のいくつかは学校設立に結実していく。中学校通則が発布された一八八四(明治一七)年七月の段階では、長野県には東筑摩郡立中学校・小県郡立中学校・下伊那郡立中学校・上水内郡町立中学校の計四校が設置されている。[48]一方、諏訪においても、小学校教員の中に中等教育機関を設けようとする動きがあり、一八八五(明治一八)年六月には自修中学会が設立されている。この会は「長野県中学校教則初等科程度ノ普通学ノ自修ヲ目的」とするもので、四カ月ごとに一科目以上の学科を自学自習し、試験を経て卒業証書を交付していたという。その後、諏訪には一八九五(明治二八)年四月に郡立諏訪実科中学校が上諏訪町に設けられ、一九〇〇(明治三三)年には諏訪中学校に、一九〇一(明治三四)年には県立となるが、明治一〇年代にはすでにその種が蒔かれつつあったのである。[49]

この間、政府は一八八一(明治一四)年に中学校教則大綱を、一八八四(明治一七)年には中学校通則を定め、中学校の制度上の性格や教育内容、設置基準などを規定し、中学校の目的・性格の明確化を進めるとともに、地域において多様な形で展開していた中等教育の統制を図ろうとしたが、後代に最も大きな影響を及ぼしたのが、森有礼のもとで制定された、帝国大学令・師範学校令・小学校令・中学校令・諸学校通則のいわゆる諸学校令であった。

一八八六(明治一九)年四月一〇日に公布された中学校令は、中学校の性質について第一条に「中学校ハ実業ニ就カント欲シ又ハ高等ノ学校ニ入ラント欲スルモノニ須要ナル教育ヲ為ス所トス」と定めた上で、つづく第二条に「中学校ヲ分チテ高等尋常ノ二等トス高等中学校ハ文部大臣ノ管理ニ属ス」と記し、高等中学校と尋常中学校の二等に分け、高等中学校を文部大臣の所管とし、設置することを定めている。同年四月二九日には、実際に東京大学予備門を改称して第一高等中学校を設置し、つづいて東京以外の諸地域にも高等中学校の整備を進め、最終的に、第二高等中学校（仙台）、第三高等中学校（京都）、第四高等中学校（金沢）、第五高等中学校（熊本）、山口高等中学校、鹿児島高等中学校造士館の計七校を設けている。高等中学校に接続するはずの尋常中学校の整備については課題を残したものの、中学校の整備に一応の道筋をつけた、ということができよう。ちなみに中学校令が公布された当時、日本の公教育体系の中に高等学校は存在しなかった。いわゆる旧制高校は、制度上、一八九四（明治二七）年六月に公布された高等学校令によって、従来中学校令の中で規定されていた高等中学校を高等学校に改めた地点よりはじまる。したがって、今日の中学校のイメージをもって唐陽の学んだ第一高等中学校をみることは、その性質を大きく見誤ることになるので注意が必要であろう。

さて、ここに新たに設置された高等中学校には、主として二つの機能が期待されていた。一つは、帝国大学進学者の基礎教育機関としてのいわゆる大学予科的な機能、もう一つは、専門家養成のための実務教育を行う機関としての機能である。

第一高等中学校の場合、前者の直接の母体となったのは東京大学予備門であった。一八八六（明治一九）年四月、東京大学予備門は第一高等中学校と改められ、帝国大学進学を希望する学生のための学校として歩みはじめる。一方、後者の機能を担う医学部や法学部の設置はやや遅れるが、医学部の場合、一八八七（明治二〇）年九月一七日の文部省令によって「学科及其程度」が制定され、同月二七日に千葉にあった県立医学校と附属病院の土地・建物等を利用する形で、第一高等中学校医学部が設置されている。(50)

東京大学予備門と県立千葉医学校を源流にもち、医療の専門家養成を目的とした教育機関としてスタートした第一高等中学校医学部であったが、一八八九（明治二二）年九月には、新たに学校の校舎ならびに病院の建設に着手、一八九〇（明治二三）年九月に校舎が、一一月に病院が落成、千葉町亥鼻台の地へ移転を果たす。生徒もまた、当初は県立医学校からの転学者で占められていたものの、「一七歳以上で、尋常中学校を卒業したもの、またはそれと同等の学力を有するもの」という入学資格のもと新たに生徒の募集を行っている。なお、当時の高等中学校医学部は四年制で、

英語（講読並翻訳）
動物学・植物学（医科動物学・医科植物学）
物理学（理論並びに実験）
化学（理論並びに実験）
解剖学（理論・実習）
組織学（組織学理論・組織学実習並びに顕微鏡用法・胎生学理論）
生理学（理論）

薬物学（理論並びに処方学・調剤実習）
病理学（病理学理論・病理解剖学）
外科病理学（理論）
内科学（内科学理論・全臨床実習・精神病学・小児病学・診断学）
外科学（外科学理論・全臨床実習・皮膚病及び黴毒病論・包帯学及び医用器械学・手術論）
眼科学（理論・臨床実習）
産科及び婦人科学（婦人科学理論・産科学理論・婦人科及び産科学臨床実習）
裁判医学及び衛生学（衛生学理論・裁判医学理論）
体操（兵式体操）

の各学科を学び、各学期・学年ごとに行われる試業に合格した上で、毎年九月二〇日より順次はじめられる卒業試問（第一大科目：解剖学・組織学・整理学・病理学、第二大科目：外科学・眼科学・裁判医学・衛生学、第三大科目：内科学・薬物学・婦人科学・産科学からなる）に合格することにより、卒業証書が授与される規定になっていた[51]。

共立病院から県立千葉医学校、第一高等中学校医学部、第一高等学校医学部、千葉医学専門学校をへて千葉医科大学へとつづく、千葉大学医学部の前身にあたる諸学校の歴史は、必ずしも詳らかでない部分も多いが、現在、国立国会図書館に所蔵されている『第一高等中学校医学部一覧』

第一高等中学校医学部 学暦（明治二五～二六年）

明治二五年	九月一一日	第一学期授業 開始
	秋分日	休業（秋季皇霊祭）
	一〇月一七日	休業（神嘗祭）
	一一月三日	休業（天長節）
	一一月二三日	休業（新嘗祭）
	一二月二四日	第一学期授業 終了
	一二月二五日	冬期休業 開始
	翌年一月七日	冬期休業 終了
明治二六年	一月八日	第二学期授業 開始
	一月三〇日	休業（孝明天皇祭）
	二月一一日	休業（紀元節）
	春分日	休業（春季皇霊祭）
	三月三一日	第二学期授業 終了
	四月一日	春期休業 開始
	四月七日	春期休業 終了
	四月八日	第三学期授業 開始
	七月一〇日	第三学期授業 終了
	七月一一日	夏期休業 開始
	九月一〇日	夏期休業 終了

などの資料によって、当時の高等中学校医学部の概況や学暦はもちろん、在籍者や卒業生の氏名・卒業年についても、ある程度特定することができる。この資料によれば、横川徳郎（唐陽）が医学部の卒業試問を受験したのは一八九三（明治二六）年のことで、翌年三月に第六回卒業生として卒業証書を授与された、ということになろう[52]。

その後唐陽が、一八九四（明治二七）年五月に陸軍省医務局御用掛となったことが『明治漢詩文集』の「略歴」にみえているが、その根拠は不明である。ただし、衛生部士官の補充については、一八八八（明治二一）年に定められた陸軍衛生部現役士官補充条例というものがあり、その第一条第一項において、医科大学の学生の中から医官候補生・薬剤官候補生を選び、陸軍医学校に在籍させながら医科大学で学ばせた者の中から任命するとし、続く第二項で、一年志願兵の中で医術もしくは薬舗開業免状を持つ者、及び医科大学もしくは高等中学校医学部の卒業証書を保持し、入隊後六ヶ月以上軍事上の教育の受けた者で、志願により見習医官または見習い薬剤官を命ぜられ三ヶ月以上衛生部士官の勤務に服した者と規定されている。したがって、医科大学の出身ではない唐陽の場合、かつての鷗外のような依託学生制度ではなく、第二項に挙げられるような資格によって衛生部士官に採用された可能性がある。

なお、陸軍衛生部現役士官補充条例は、その後一八八九（明治二二）年と一八九一（明治二四）年に条文の修正や追加が行われているが、このうち一八九一年（明治二四）の改正では、医科大学・高等中学校医学部に加えて、大阪医学校・京都医学校・愛知医学校などの卒業生を含めるため、「其他医学卒業証書」の文言を追加している点が注目される。このことは、当時の陸軍衛生部が、帝国大学医科大学（明治一九年の帝国大学令により東京大学医学部は帝国大学医科大学となっていた）以外のルートからの採用を模索していた現れであるとみることができる。

さらに一八九四（明治二七）年には、陸軍衛生部現役士官補充条例にさらに一条を追加し、戦時・事変の際に欠員が生じた際には、医術開業免許を持つもの等を対象に採用が出来るよう条文を追加することで、欠員補充のための道を開いている。高等中学校医学部を卒業した唐陽が、陸軍の軍医となった一八九四（明治二七）年から一八九五（明治二八）年にかけては、ちょうど日

第一高等中学校医学部 関連年表

一八七四（明治七）年	七月、有志の醵金により千葉町に共立病院を設置
一八七六（明治九）年	六月、共立病院を公立千葉病院に改称 東京医学校卒業生の浅川岩瀬を招聘して医学教場を付設
一八八二（明治一五）年	六月、公立千葉病院を改組、県立千葉医学校及び附属病院を設置
一八八三（明治一六）年	五月、県立千葉医学校開校式を挙行
一八八五（明治一八）年	一月、県立千葉医学校、卒業証書授与式を挙行（甲種医学校生徒卒業の嚆矢）
一八八六（明治一九）年	四月一〇日、中学校令公布
一八八七（明治二〇）年	九月、第一高等中学校医学部設置（修業年限四年）
一八八八（明治二一）年	三月、県立千葉医学校及び付属病院を廃止し県立千葉病院を設置 四月一日、旧県立千葉医学校の校舎を使用し、第一高等中学校医学部の授業開始
一八九〇（明治二三）年	七月二日、薬学科を付設 九月、薬学科生徒を募集し入学試験を実施（修業年限三年） 九月に新校舎が、一一月に新病院が亥鼻台の地に落成
一八九一（明治二四）年	三月、第三回卒業証書授与式を挙行
一八九三（明治二六）年	八月三一日、医学部学科中英語を外国語に改め随意科とし、裁判医学を法医学と改称
一八九四（明治二七）年	三月、第六回卒業証書授与式を挙行 六月、高等学校令公布 七月一二日、第一高等学校に医学部及び大学予科を設置
一九〇一（明治三四）年	四月、千葉医学専門学校となる

清戦争の時期と重なるため、前述のような欠員補充の形で陸軍入りした可能性もないわけではない。いずれにせよ、軍医を始めとする衛生部員がきわめて不足する中で、陸軍軍医学校等における陸軍内での教育が、平時のように行われていなかった可能性を、考慮しておく必要はあるだろう。このあたりの事情については今後の調査を俟つ部分が大きいが、ひとまず、陸軍省医務局御用掛として陸軍入りした唐陽は、一年ほどの間に何らかの形で軍陣医学の基礎を学び、一八九五（明治二八）年二月には三等軍医に任ぜられ、陸軍軍医としてのキャリアをスタートさせた、とみるのが現時点では妥当ではないだろうか。

ところで、他の高等中学校医学部の卒業生たちはその後、どのような道を歩んだのであろうか。このあたりの事情については、一八九一（明治二四）年三月に行われた第一高等中学校医学部第三回卒業式の、長尾主事による演説の中に、当時の卒業生の数と就職状況について言及がみられるので引用しておきたい。

本部卒業生は総員八十八人にして第一回卒業試問受験生二十一人の内十四人、第二回四十一人の内三十二人、第三回即ち今回は五十四人の内四十一人にして第一回卒業生六十六％、第二回卒業生八十％、第三回卒業生は七十五％なり。而して茲に第一回第二回卒業生の現時の景況を挙ぐれば官庁奉職一人、陸軍衛生部士官候補生志願者一人、公私立病院勤務十三人、開業二十二人、実地研究七人、医科大学選科生一人、死亡二人なり。(53)

高等中学校の目的は、「社会上流ノ仲間ニ入ルベキモノ」「社会多数ノ思想ヲ左右スルニ足ルベキモノ」の養成にあった。当時、帝国大学への進学を希望する者に二年にわたる教育を施す大学進学の予備教育機関としての役割に加えて、高等中学を最終学歴として就職する者のために、専門教育を行うための機関としての機能を付与されたのは、医学や法学に通じた専門家育成の必要性が強く意識されていたことのあらわれであったともいえる。明治二〇年代において、学校で西洋医学を学んだ人間はけして多くはなく、一方で、一定の専門性をもつ人材を求める場は数多く存在していた。地方から出て高等中学校への入学を果たすためには、金銭面もふくめてさまざまな困難があったと想像されるが、それでもそこで学ぶ意義はあった。

学校という制度そのものが十分に確立していなかった時代に、上京し高等中学校で専門的な教育を受けるのは、当時としてはかなり大きな冒険であったように思われる。高等中学校の入学に必要な「尋常高等中学校を卒業したもの」という条件も、尋常・高等小学校と高等中学校・帝国大学の間に位置づけられるはずの尋常中学校の整備が進んでいない当時において、その要件を満たすのは今日想像するよりはるかに困難であった。当時、中等教育を実質的に担っていた洋学塾や漢学塾などの私塾に学び、高等中学や大学を目指す者も多く、高等中学校に至るまでの経歴や年齢、出身も多様であり、ここで学んだ数年間が、その後の人生を大きく変えていくことが予想された。

軍医となるためには――明治陸軍の軍医養成・補充について

若き日の唐陽もまた、慶応三年に生まれ、大きく変化する時代の中で立身出世を志した、名もなき明治人の一人であった。諏訪の教養ある士族の家に育ち、のちに唐陽山人の号を持つ漢詩人として、さまざまな人士と文学的な交遊関係を持つにいたるが、彼が終生生業としたのは医学の道であった。

一八七四（明治七）年八月一八日、文部省は七六カ条にわたる医制を発布し、近代的な医事衛生制度の確立に向けて第一歩を踏み出した。その内容は衛生行政全般にわたり、一九七六（昭和五二）年に厚生省医務局から刊行された『医制百年史』によれば、その主眼は「第一に文部省統轄の下に衛生行政機構を整え、第二に一八七二（明治五）年九月に頒布された学制と相まって西洋医学に基づく医学教育を確立し、第三にこうして築かれた医学教育の上に医師開業免許制度を樹立し、第四に近代的薬剤師制度及び薬事制度を確立し、衛生行政に確固たる基礎を築く」[54]ことにあったという。

多岐にわたる医制の規定の中で、すでに医療に従事していた人々や、これから医学を志す人々に大きな影響を与えたのが、医師開業免許制度と医学教育であることは疑いない。江戸時代において医師の資格要件や業務に関する国家的制規は存在せず、その育成も各藩が設置した医学校や私塾によるところが大きかった。もちろん、そのような状況であるからといって、一概に「医師一般の資質、学識、技能も概して低い水準にあった(55)」と断ずることはできないが、近代医学に立脚した医師制度の確立を目指す明治政府にとって、これに規制を加えることが急務であったことは、容易に想像されよう。

これより以前、一八七二(明治五)年八月に太政官により発せられた学制が、日本の近代学校制度について定めた最初の教育法令であることは、比較的よく知られた事実である。この法令自身が「学問ハ身ヲ立ルノ財本」と述べているように、近代的な学校において学ぶことは、身分に関係なく立身出世の手がかりを得るための手段として、大きな意味を持ちはじめていた。学制によって学校が小学・中学・大学の三段階に組織され、医制により各大学区に医学校一カ所を置くことが定められると、そこから次代の医療を担う多くの人材が育ちはじめた。

のちに、陸軍入りを果たした唐陽が、漢詩を通じて文学的交友を結ぶことになる森鷗外(林太郎)も、この時期に医学を学んだ一人であった。鷗外は、一八七二(明治五)年、一一歳で上京後、進文学社でドイツ語を学んだのち、一八七四(明治七)年、一三歳で第一大学区東京医学校の予科に入学した。第一大学区東京医学校(明治七年五月「東京医学校」へと改称)は予科二年、本科五年からなり、鷗外は一八七四(明治七)年一月から一八八一(明治一四)年七月までの七年半、ここで学んでいる。

明治のはじめに、陸軍軍医の採用はどのように行われていたのだろうか。このあたりの事情については、一八七七（明治一〇）年までの陸軍軍医補充制度について論じた西岡香織「日本陸軍における軍医制度の成立[56]」と、一八七七（明治一〇）年以降を主な考察の対象とした熊谷光久「明治期陸軍軍医の養成・補充制度[57]」によってかなりの部分が明らかにされている。本節では、これらの論文に拠りながら、明治時代における陸軍軍医の採用をめぐる事情について概観することで、横川唐陽や森鷗外の歩んだ道程を考える一助としたい。

明治政府による近代的な軍の建設を目指す動きは、かなり早い時期からみられる。戊辰戦争を戦った明治新政府は、諸藩の軍隊を解体し、統一的な軍を創設する必要を感じ、一八六九（明治二）年七月八日の太政官改革において兵部省を設置、一八七二（明治五）年にはこれを廃止して陸軍省と海軍省を設け、翌一八七三（明治六）年一月には徴兵令を施行、その後もさまざまな制度改革を行い、西南戦争が勃発する一八七七（明治一〇）年頃までには、近代的な軍が一応の形をみる。

近代的な軍の創設を目指す政府は、このような制度上の改変と並行して、軍人を養成するための諸学校の創設に着手、まず各兵科士官の育成を始め[58]、しだいに、後方や兵站の中心となる人材・組織の育成にも力を注ぎはじめる。とりわけ、部隊の健康状態を維持し戦闘力の保持・回復をはかるために必要な医官の育成は急務であった。戊辰戦争を通じて西洋医による軍陣医学の必要性を痛感した明治政府は、一八七〇（明治三）年五月に初の軍医規則、軍事病院規則書を定め、翌年一月には軍医寮を設置し、兵部職員令、軍医寮官名を定めて人事を発令、軍医頭に松本順を任命した。

軍医寮では、同年より官軍諸藩の従軍軍医に試験を課して人員の確保を目指したが、これはあくまで草創期における一時的な措置にすぎなかった。今現在必要な人員を充足させ、かつ将来にわたって一定の水準に達した人材を確保するための道筋をつけることが求められていたのである。その方策の一つが、軍医学校の建設である。一八七一（明治四）年七月五日の太政官通達によって軍医寮学舎が設けられると、翌年七月には軍医寮学舎規則（明治六年一〇月一八日には軍医学校規則と改められる）が施行され、漸次人事も発令されて本格的な滑り出しをみた。しかし軍医学校そのものは、比較的短期間のうちに廃止されることになる。

一八七七（明治一〇）年という年が、軍医養成の歴史において一つの節目であったことは、軍医学校の閉鎖と西南戦争における軍医部の活躍の二事によって明らかである。ただ注意しなければならないのは、軍医学校の閉鎖理由が西南戦争にあるのではない、という点であろう。このあたりの事情について、西岡は「日本陸軍における軍医制度の成立」の中で次のように述べている。

こうして西南戦争は戦われたが、軍医学校はその直前に廃止されるという皮肉な結果となる。ただしこれは開校当時からの問題で、石黒直悳軍医正は六年七月、軍医総監に建議し、官費生は学業期間が長く莫大な費用がかかる上、教官陣も皆本務と兼勤のため、緊急を要する軍医部の確立に支障を生ずるので、「官費生ハ所給ノ官費ヲ附シテ之ヲ大学医学校ニ託」したいと述べている（中略）この二年間で、軍医の充足が進み、また一般の医学校教育が軌道に乗っ

て軍医の補充源もできたことが、その理由である。(59)

軍医学校の廃止以降、軍医の補充源は一般の医学校に求められることとなった。官立の医学校としてはすでに旧幕府の医学所を淵源にもつ東京医学校（明治一〇年四月に東京大学医学部となる）があり、陸軍は同校において、候補者を委託生徒として学ばせることにより、継続的に軍医を確保しようとした。森鷗外の同期である小池正直や賀古鶴所ら一〇名は、委託生徒として同校に学び、一八八一（明治一四）年に東京大学医学部を卒業すると、軍医に任ぜられている。(60)

だが、東京大学医学部からの、ごく少数の卒業生によって必要な需要を満たすことはやはり難しく、他に補充源を確保する必要に迫られた陸軍は、一八八三（明治一六）年七月一〇日に陸軍軍医講習生仮規則を定め、衛生関係の下士官兵や医術開業免許状所有者などを軍医候補生に採用して、軍陣外科や軍陣衛生学などの科目を五カ月間学んだのち、軍医試補や三等軍医に任官させる、という方針を打ち出した。のち、一八八八（明治二一）年一二月二四日に陸軍衛生部現役士官補充条例が定められると、衛生部士官の補充方針はより明確になり、同二七日には陸軍軍医学校条例を定め、陸軍軍医学舎を改めて陸軍軍医学校とし、それまで行われてきた在職衛生部士官への軍陣衛生学の教育や研究のほかに、医術開業免許・薬剤師免許所有者を対象とした士官候補生の養成教育に着手している。当時、医師免許取得にはいくつかの方法があったが、なかでも当時比較的多かったのが、従来より医師を開業していて申請によって許可を得た者と、医術開業試験を経て免許を取得した者である。

もっとも、大学や一定の基準を満たした医学校を卒業することによって免許を取得する方法もあり、東京大学医学部はもちろん、一八八二（明治一五）年の医学校通則による甲種医学校や、一八八六（明治一九）年の中学校令に基づく高等中学校医学部を卒業した場合にも、無試験でこれを取得することができた。横川唐陽らの学んだ第一高等中学校医学部や、その事実上の前身で甲種医学校であった県立千葉医学校などはそうした学校の一つであり、卒業生の中には陸軍衛生部士官候補生に志願する者もいた(61)。

その後陸軍衛生部は、一八九四（明治二七）年から一八九五（明治二八）年にかけて日清戦争を、一九〇四（明治三七）年から一九〇五（明治三八）年にかけて日露戦争を戦うが、その中核を占めたのは、明治維新後の近代医学を学び、陸軍軍医制度草創期に任官した比較的若い世代である。そしてその中に、軍医横川徳郎の姿もあった。

日清戦争従軍とその後

日清戦争の勃発は、唐陽が第一高等学校医学部を卒業した翌年のことである。すでに第一高等中学校医学部において所定の課程を修了していた唐陽は、一八九四（明治二七）年五月に陸軍省医務局御用掛となり、翌年二月に三等軍医として任官、軍医としての道を歩きはじめる。

一八九四（明治二八）年四月一七日、清国が朝鮮の独立を認めること、日本に遼東半島、台湾、澎湖諸島を割譲すること、日本に賠償金を支払うこと、沙市・重慶・蘇州・杭州の四港を開港すること、日本と清の間に通商航海条約を締結することなどを掲げた日清講和条約（下関条約）が締結される。割譲が予定された遼東半島・台湾・澎湖諸島のうち、遼東半島はドイツ、フランス、ロシアによる三国干渉により、最終的に半島の返還と同地からの撤兵を余儀なくされ、台湾については六月二日、清国側より譲渡される運びとなった。しかし台湾割譲に反対する地元有力者らは、五月二五日、台湾巡撫であった唐景崧を総統として推戴し、年号を永清と改め、台北に台湾民主国建国の挙に出た。

一八九五（明治二八）年五月一〇日、台湾総督に任じられた樺山資紀は、二四日に宇品を経ち、旅順より派遣された北白川宮能久親王率いる近衛師団とともに台湾へと向かった。近衛師団は二九日三貂角に上陸、瑞芳へ向けて進撃を開始する。六月二日、樺山と清国側の李経方との間で、台湾の北海上において台湾島授受の手続きが完了、翌三日には近衛師団が基隆を占領した。基隆占領の報に接した台湾民主国首脳たちは動揺し、四日、総統の唐景崧並びに政府首脳が相次いで逃亡、台北は混乱に陥った。七日、日本軍は台北に入城、一七日には台湾総督府始政式が執り行われている。六月一九日以降日本軍は南進を開始し、台湾中南部の掌握に乗り出したが、各地の激しい抵抗運動に加えて、風土病のマラリア、赤痢などによる吐瀉病、ビタミンB_1の不足によって引き起こされる脚気による大量の犠牲者を出しながらも、一一月一八日に、ようやく総督樺山資紀によって台湾平定宣言がなされた。[62] 結局、日本は約七万六千人の兵力（日本人軍夫を含む）を投入し、日本軍の死傷者五三二〇名（戦死一六四名、戦病死四六四二名、負傷者五一四名）、台湾側の兵士・一般住民一万四千人あまりの犠牲の上に、台湾を獲得したのである。[63]

日清戦争中、中路兵站軍医部長として朝鮮に、第二軍軍医部長として中国に赴いた森鷗外もまた、樺山資紀とともに台湾へ渡った一人であった。そしてもう一人。この二月に三等軍医に任ぜられたばかりの横川唐陽もまた、命を受けて台湾へと渡り、七月八日に基隆兵站病院付、九月八日には台北兵站病院付を命ぜられ、一八九六（明治二九）年三月二八日に帰京するまでこの地で業務に従事した。

鷗外の『徂征日記』によれば、一八九五（明治二八）年九月二日、鷗外は台湾総督府陸軍局軍医部長の職を免ぜられ、東京へと帰還することとなった。一二日には鷗外のもとに後任の石坂惟寛が訪れ、一六日には、陸軍軍医学校長事務取扱の辞令を受領する。鷗外離台の日が刻一刻と迫る中で、横川唐陽が鷗外のもとを訪ねるのである。

一八九五（明治二八）年九月一六日夜、当時三等軍医として台北兵站病院で勤務していた唐陽は鷗外のもとを訪ね、[64] 次のような詩を呈したという。

夜話率賦呈鷗外先生

万戸砧声明月前
無端振触不成眠
金戈鉄馬労征戍
孤負香閨已一年
笑向明窓卸戦袍
江湖月旦此文豪
重看彩筆映楓錦
千朶山光秋倍高

万戸 砧の声 明月の前
端なくも振触して眠を成さず
金戈鉄馬 征戍に労す
孤り香閨に負くことすでに一年
笑いて明窓に向い 戦袍を卸す
江湖月旦 此の文豪を
重ね看る 彩筆 楓錦に映ずるを
千朶の山光 秋 倍《ますます》す高し

のちにこの詩は、修訂を施した上で『唐陽山人詩鈔』に「台湾北寓、与鷗外先輩夜話、賦呈」として収録されているが、ここでは鷗外の『徂征日記』に記されたものを引く。この起句に掲げられた「万戸砧声明月前」は藤川正数も指摘しているように、一首目では李白の「子夜呉歌」にみえる「長安一片月、万戸擣衣声（長安一片の月、万戸衣を擣つの声）」を踏まえて従軍の旅愁を詠じ、二首では一転して凱旋後の鷗外の文壇における活躍に期待をよみあげている。(65)

この時の出会いが、日露戦争を経て鷗外の晩年に至る漢詩を通じた文学的交遊のはじめであり、唐陽にとって、あるいは鷗外にとって、思い出深い出来事であったことは確かであろう。(66)

なお、日清戦争期を通じて鷗外と漢詩を通じて交遊を深めていた人物に、早川峡南（恭太郎）

という三等軍医がいる。彼は第一高等中学校医学部の第四回卒業生[67]、つまり唐陽の高等中学校時代の先輩にあたる人物で、一九〇二（明治三五）年七月一日付の『陸軍予備役後備役将校同相当官服役停年名簿』によれば、一八九三（明治二六）年一二月一二日付で予備三等軍医となり[68]、日清戦争後の一九〇〇（明治三三）年四月一日付で後備三等軍医となっている。峡南が鷗外と面識を得たのは、どうやら遼東に赴くべく宇品に滞在していた折に、鷗外へ七言律詩を贈ったときであるらしい。その後、鷗外と峡南がたびたび詩の応酬をしていたことは、鷗外の『徂征日記』の記述からも確認できる[69]。

一八九七（明治三〇）年頃、峡南は、父、貞哉のあとを継ぎ故郷の身延で医院を開業[70]、東京を離れるが、一九〇五（明治三八）年六月の鷗外から唐陽に宛てた書簡の中に「先日ノ七律可成衆説ヲ聞キテ改メント峡南ニモ送リシニ東京へ送リタリトノ返事ナリ難有迷惑トハ此事カ[71]」とあることからみて、峡南と鷗外との交遊が、その後まったく絶えてしまったわけではないらしい。

そしてもう一人、従軍中の鷗外に漢詩を贈った人物がいた。森槐南門下の漢詩人として頭角をあらわしつつあった野口寧斎である。

寧斎は、唐陽と同年の一八六七（慶応三）年に野口松陽の子として諫早に生まれた。父の死後、一八八七（明治二〇）年から一八九〇（明治二三）年にかけて哲学館で学ぶ傍ら、森春濤・槐南父子について漢詩を学んだ人物で、槐南門下の漢詩人として令名を馳せる一方で、一八八六（明治一九）年頃からは「謫天情仙」という名で小説批評なども手がけ、森鷗外の『舞姫』に対しても批評を加えている。台湾において、唐陽が鷗外と出会い詩を贈る以前から鷗外と寧斎とは相識の間柄であり、寧斎は鷗外に対して「寄懐森国手在台湾」と題する詩を贈り、鷗外もまた帰還の日のせまる九月七日に、「台湾軍中野口寧斎有詩見寄次韻」をよんだのである。ちなみに、野口寧斎と唐陽とは同じ槐南に詩を学んだ仲で、『唐陽山人詩鈔』には寧斎の詩に次韻したものが散見され、日露戦争中も唐陽は寧斎に手紙を送り続けるなど、両者の交友は、寧斎の突然の死まで続いた。

軍医となった唐陽は日清戦争の従軍にともない東京を離れるが、一八九六（明治二九）年四月七日には東京衛戍病院付を命じられ、一八九七（明治三〇）年一〇月二五日には二等軍医に進級している。[72]

一九〇四（明治三七）年日露戦争の勃発に際して、第一師団衛生隊医長として出征するまでの間、途中豊橋や清国駐屯軍などでの勤務を挟みながらも、東京衛戍病院や歩兵第三連隊、歩兵第一連隊の隊付軍医として勤務し、一九〇二（明治三五）年からは、戦時衛生事蹟編纂委員に命ぜられ『明治二十七八年役陸軍衛生事蹟』の編纂に従事するなど、東京で職務にあたる機会が比較的多かった。この間、小倉の第十二師団軍医部長に転出した森鷗外と言葉を交わす機会は少なかったが、[73]東京における森槐南とその門下との交遊の中で、自身の漢詩人としての実力を蓄えていくのである。

（1）なお近年では、「文明開化」を国家による「上からの西洋化」として捉えることに、再考を促すような研究もあらわれている。たとえば苅部直「文明開化の時代」（『岩波講座 日本歴史』一五、近現代一、岩波書店、二〇一四年）は、従来の研究や概説の中に認められる「政府主導による上からの西洋化政策としての『文明開化』」という歴史像を「戦後歴史学がその出発期から共有し続けてきたもの」（二四三頁）であると指摘した上で、「文明」「開化」という語の背後にみえるさまざまな事柄を検討しつつ、明治のはじめを「civilization」、『文明』、『開化』、その三者の関係をめぐって、またそれぞれをどう評価するかをめぐって、活発に討論が闘わされた時代」（二六四頁）であったと位置づけており、示唆に富む。

（2）石井進ほか編『詳説日本史B』改訂版（山川出版社、二〇一一年）第九章「近代国家の成立」二四六頁。

（3）石井進ほか編『詳説日本史B』改訂版（注2前掲書）第九章「近代国家の成立」二四六～二四九頁。

（4）斯文会『斯文六十年史―創立五十年記念―』（斯文会、一九二九年）二〇〇頁。

（5）明治時代における漢文教育の置かれた状況については、巨勢進「教育史概説」（鎌田正編『漢文教育の理論と指導』大修館書店、一九七二年）三七九～三八九頁、石毛慎一『日本近代漢文教育の系譜』（湘南社、二〇〇九年）等の著作によって大まかな見通しを得ることができる。また明治初期の漢学塾については、入江宏「明治前期「漢学塾」の基本的性格」（幕末維新期漢学塾研究会編『幕末維新期漢学塾の研究』溪水社、二〇〇三年）四三～五六頁が、先行研究を紹介しつつ、漢学塾の基本的な性格とその教育史的位置づけについて論じている。同書所収の神辺靖光「明治初年の東京府の漢学塾―「明治五年・開業願書」を中心に―」二五九〜三一八頁、同「明治一〇年代の東京府の漢学塾―「明治一六年・東京府管内私立諸学校表」を中心に―」三一九〜三四八頁などの諸論文とあわせて参照していただきたい。

(6) 森鷗外の経歴について言及した著作は多いが、近年刊行された比較的詳細な評伝として、小堀桂一郎『森鷗外―日本はまだ普請中だ―』ミネルヴァ日本評伝選(ミネルヴァ書房、二〇一三年)を挙げておく。

(7) 澤柳政太郎の経歴については、澤柳禮次郎『吾父 澤柳政太郎』(冨山房、一九三七年)、澤柳政太郎『澤柳政太郎全集』一〇、随想・書簡・年譜・索引(国土社、一九八〇年)所収の略年譜を参照。

(8) 山本正身『日本教育史―教育の「今」を歴史から考える―』(慶應義塾大学出版会、二〇一四年)第四章「『近代教育』の発足(その一)―『学制』制定とその教育理念」八三頁。

(9) 明治初期における東京の私塾や、中村敬宇の同人社については、関口直佑「明治初期における東京の私塾―同人社を中心として―」(『社学研論集』一二、二〇〇八年九月)を参照。

(10) 中村敬宇「漢学不可廃論」(加藤周一・前田愛編『文体』日本近代思想体系一六、岩波書店、一九八九年)一二三〜一二五頁。

(11) 牧野謙次郎『日本漢学史』(世界堂書店、一九三八年)第四期第一章六「学制発布後より十年前後に至る漢学」二五六〜二五七頁。

(12) 東京都編『東京の各種学校』都史紀要一七（東京都、一九六八年）五二～五七頁。
(13) このあたりの事情は、東京都編『東京の各種学校』（注12前掲書）「外国語を中心とする各種学校」五一～一九一頁に詳しい。
(14) 漢学塾時代の二松學舍については、二松學舍小史編集委員会編『明治一〇年からの大学ノート―二松學舍一三〇年のあゆみ―』（三五館、二〇〇七年）第三章「二松學舍の学窓Ⅰ―漢学塾篇―」一二八～一五九頁等を参照。
(15) たとえば小久保明浩は『塾の水脈』MAUライブラリー（武蔵野美術大学出版局、二〇〇四年）八九～九七頁で多くの事例を紹介しながら、「学制」期に小学校に学んだ人たちが小学校の課程以外に漢学の学習をしているケースが多くみられることを指摘している。
(16) 諏訪市史編纂委員会編『諏訪市史』下、近現代（諏訪市役所、一九七六年）第二章「史蹟名勝」第二節「社寺と山城」七七八頁。
(17) 諏訪地方の手習所（寺子屋）について、郷土史家の今井広亀は「庶民の初等教育機関としての寺子屋は徳川吉宗の奨励で一段と普及したといわれ、幕末にはその数一万六千に及んだ。そのうち信州には一、三四六か所あって全国の第一位で、本県が早くから初等教育に熱心であったことを示している。諏訪には一三七か所あり、四賀の横川庸弘《ママ》塾や上諏訪の河西伝右衛門塾などはずいぶん早くからはじまっていたという」と述べている（今井広亀『諏訪の歴史』諏訪教育会、一九六八年、第九章「学芸の興隆」三〇九頁）。横川塾と河西塾が諏訪地方の手習所の中でも先駆的なものであったことは、諏訪の歴史を扱った他書でもしばしば指摘されている。四賀小学校百周年記念誌刊行委員会編『四賀小学校百年史』（四賀小学校百周年記念事業実行委員会、一九七四年）四～七頁、『諏訪市史』下、近現代（注16前掲書）第一章「学校教育」第一節「明治初期」六〇五～六〇七頁、山田茂保『諏訪史概説―文化史を中心として―』（岡谷書店、一九七九年）二五四頁など。
(18) 山田茂保『諏訪史概説―文化史を中心として―』（注17前掲書）「諏訪の寺小屋」二五五頁。
(19) 高島学校百年史刊行会編『高島学校百年史』（高島学校百年史刊行会、一九七三年）五五～五六頁。
(20) 長野県教育史刊行会編『長野県教育史』第一巻、総説編一（長野県教育史刊行会、一九七八年）第一章「近代以前の教育」第二節「私塾・寺子屋の普及」一二二頁。
(21)『諏訪市史』下、近現代（注16前掲書）第一章「学校教育」第一節「明治初期」六〇六頁、第一表「寺子屋調べ 諏訪市旧村 明治五年以前」。
(22)『四賀小学校百年史』（注17前掲書）一二頁。
(23)『四賀小学校百年史』（注17前掲書）四六～四九頁。
(24)『諏訪市史』下、近現代（注16前掲書）第一章「学校教育」第一節「明治初期」六〇三～六一五頁。
(25)『四賀小学校百年史』（注17前掲書）二七頁。
(26)『四賀小学校百年史』（注17前掲書）二七頁。
(27)『四賀小学校百年史』（注17前掲書）二八頁。
(28)『新詩綜』第二集（鳴皐書院、一八九九年五月）。

（29）藤川正数『森鷗外と漢詩』（有精堂出版、一九九一年）二一八頁。
（30）辻揆一「明治詩壇展望」（『明治漢詩文集』明治文学全集六二、筑摩書房、一九八三年）三五五～三七八頁。
（31）中村忠行編「略歴」（『明治漢詩文集』注30前掲書）四三三頁。
（32）三浦叶『明治漢文学史』（汲古書院、一九九八年）六二頁。
（33）岸上操（質軒）編『明治二百五十家絶句』（博文館、一九〇二年）。
（34）平沢茅郎『漢詩生涯七十年』（甲陽書房、一九五七年）三八～三九頁。なお本文中に掲げた漢詩の書き下しは茅郎自身によるもの。
（35）平沢茅郎『続諏訪雅人伝』（私家版、一九五〇年）四七頁。
（36）平沢茅郎は『続諏訪雅人伝』（注35前掲書）の中で三松の父を庸賢とするが、正しくは横川庸義であると思われる。なお、横川家の系図については、横川端氏提供資料に基づき作成した本書所収「横川氏系図」を参照。
（37）『四賀小学校百年史』（注17前掲書）四六～四九頁。
（38）四賀村誌編纂委員会『諏訪四賀村誌』（四賀村誌刊行会、一九八五年）八〇〇～八〇二頁。
（39）守屋喜七『守屋喜七自叙伝』（信濃教育会、一九五〇年）。以下守屋喜七の事跡に関する叙述は、本書による。
（40）信濃教育会編『教育功労者列伝』（信濃教育会、一九三五年）一一四～一二二頁。

(41) 平沢茅郎『続諏訪雅人伝』(注35前掲書)四七頁。
(42) 平沢茅郎『続諏訪雅人伝』(注35前掲書)五頁。
(43) 河田明久「評伝・解題・主要著作目録(稿)」(『横川毅一郎』美術批評家著作選集、ゆまに書房、二〇一一年)。なお河田氏には他に「横川毅一郎―美術と社会、美術の社会―」(「近代画報」明治美術学会誌、一一号、二〇〇二年一二月)と題する論考もある。その内容は先の評伝と重なるが、こちらには毅一郎の相貌を伝える写真が掲載されており、参考になる。
(44)『諏訪四賀村誌』(注38前掲書)八〇七頁。
(45) 横川端編『遙かなり―夜川菁二を偲ぶ―』(私家版、二〇〇七年)。
(46) 横川毅一郎「昭和見聞誌(二)」(「アトリヱ」一九三六年三月号)四六頁。
(47) 山本正見『日本教育史』(注8前掲書)第四章「『近代教育』の発足(その一)―『学制』制定とその教育理念」八三頁。
(48) 明治時代の長野県(合県前の長野県・筑摩県を含む)の中等教育の展開については、野沢正子「長野県の中等教育」(本山幸彦編『明治前期学校成立史』未来社、一九六五年)二九一～三三七頁、『長野県教育史』第一巻、総説編一(注20前掲書)第二章「近代教育のはじまり」第三節「中等・専門教育」六二九～七〇六頁、神辺靖光「長野県の中学校」(『明治前期中学校形成史』府県別編一、梓出版社、二〇〇六年)二七一～三四六頁。
(49) 中村一雄「諏訪中学を育てた三輪三吉」(『信州近代の教師群像』東京法令出版、一九九二年)

一三七～一四〇頁。なお三吉には漢詩人としての一面もあり、横川三松や北沢湖民、小松雪軒、今井芙蓉、浜鵞東、平沢茅郎らと交友関係を結んでいたことが、平沢茅郎『続諏訪雅人伝』(注35前掲書)六頁の中で指摘されている。

(50) 第一高等学校編『第一高等学校六十年史』第二部第一章「医学部」総説(第一高等学校、一九三九年)四二三～四三一頁には、第一高等中学校医学部の実質的な母体となった県立千葉医学校及び附属病院の起源から、第一高等中学校医学部、第一高等学校医学部時代を経て、一九〇一(明治三四)年に千葉医学専門学校として独立するまでの経緯が、ごく簡潔にまとめられている。

(51) 第一高等中学校医学部編『第一高等中学校医学部一覧』自明治二五年至明治二六年(第一高等中学校医学部、一八九三年三月)一〇～二六頁。

(52)『第一高等中学校医学部一覧』自明治二五年至明治二六年(注51前掲書)五五頁の第四年生の項に「横川徳郎 長野県士族」とあり、『第一高等中学校医学部一覧』自明治二六年至明治二七年(第一高等中学校医学部、一八九四年四月)八五頁の第六回卒業生の項に「横川徳郎 長野県士族」とある。以上のような記述から、一八九三(明治二六)年七月の三学期終了時までに各学科を学び終え、同年九月から実施された卒業試問に合格し、翌一八九四(明治二七)年に刊行された『一覧』に第六回卒業生として記載された、とみることができる。なお『官報』三二一七号(内閣官報局、一八九四年三月二四日)学事の項には第一高等中学校医学部第六回医学科卒業生五三名ならびに第一回薬学科卒業生七名に対する卒業証書授与式が、三月一九日午前一〇時より挙行されたことが、卒業生の氏名とともに記されている。

(53) 鈴木正夫「前医専時代Ⅰ」(千葉大学医学部創立八十五周年記念会編集委員会編『千葉大学医学部八十五年史』千葉大学医学部創立八十五周年記念会、一九六四年) 一九頁。

(54) 厚生省医務局編『医制百年史』記述編(ぎょうせい、一九七六年) 一四頁。

(55) 厚生省医務局編『医制百年史』記述編(注54前掲書) 六一頁。

(56) 西岡香織「日本陸軍における軍医制度の成立」(「軍事史学」二六巻二号、一九九〇年六月)。

(57) 熊谷光久「明治期陸軍軍医の養成・補充制度」(「軍事史学」四六巻二号、二〇一〇年九月)。

(58) 兵科士官の育成については、西岡香織「建軍期陸軍士官速成に関する一考察」(「軍事史学」二五巻一号、一九八九年) を参照。

(59) 西岡香織「日本陸軍における軍医制度の成立」(注56前掲論文)。

(60) 熊谷光久「明治期陸軍軍医の養成・補充制度」(注57前掲論文) 三八頁は、小池正直らが正式の委託生徒としての卒業生第二号であるとみる。

(61) 唐陽の学んだ第一高等中学校医学部は、その後一八九四(明治二七年) に高等学校令が公布され第一高等学校医学部となり、多くの陸軍軍医を輩出するようになる。このことについては『千葉県教育百年史』第一巻、通史編・明治(千葉県教育委員会、一九七三年) 第五章「教育制度の整備(二)」第一節「専門教育の成立」一二二九頁に掲げられた表四〇三「第一高等中学校 第一高等学校医学部卒業生動向」からもうかがえる。

(62) 台湾民主国や下関条約後の台湾における抗日運動については、黄昭堂『台湾民主国の研究』(東京大学出版会、一九七〇年)に詳しい。また、藤村道生『日清戦争―東アジア近代史の転換点―』岩波新書 青(岩波書店、一九七三年)、原田敬一『日清・日露戦争』岩波新書 新赤版一〇四四、シリーズ日本近現代史三(岩波書店、二〇〇六年)、原田敬一『日清戦争』戦争の日本史一九(吉川弘文館、二〇〇八年)、大谷正『日清戦争―近代日本初の対外戦争の実像―』中公新書二二七〇(中央公論新社、二〇一四年)などの日清戦争を主題とした概説書にもその経過が概述されており参考になる。

(63) 本文中に掲げた死傷者数は、原田敬一『日清・日露戦争』(注62前掲書)一〇一頁の記載に基づく。

(64) 一八九五(明治二八)年九月一六日の段階で、唐陽と鷗外が相識の間柄であったのかどうかは定かではない。ただし、早川峡南とは既に四度に渡って鷗外と詩の応酬をしていたし、ともに森槐南の元で詩を学んだ野口寧斎も台湾従軍中の鷗外に詩を贈っている。のちに日露戦争従軍中、鷗外と唐陽の間で交わされた書簡の中に、峡南や寧斎の名も見えていることから、この二人が共通の知人であったことは確かである。唐陽は軍医となる以前から、森槐南の下で詩人として活動していた経歴をもっていた。唐陽がこの一夜の会談以前に、共通の知人を通じて紹介を受けていた可能性は否定できない。

(65)『鷗外全集』第三五巻(岩波書店、一九七五年)二五六頁。なお、『唐陽山人詩鈔』と『徂征日記』所載の詩の異同とその解釈については、藤川正数『森鷗外と漢詩』(注29前掲書)二二〇~二二三頁を参照。なお李白の「子夜呉歌」については松浦友久編『校注唐詩解釈辞典』(大修館書店、一九八七年）六五〇～六五六頁に通釈等が載録されており参考になる。
(66) 唐陽と鷗外の関係については、藤川正数『森鷗外と漢詩』（注29前掲書）二一八～二三七頁に詳述されている。
(67)『第一高等中学校医学部一覧』自明治二五年至明治二六年（注51前掲書）五二頁の第四回卒業生の項に「早川恭太郎 山梨県平民」とある。
(68) 陸軍省編『陸軍予備役後備役将校同相当官服役停年名簿』明治三五年七月一日調査（川流堂、一九一二年）。
(69) 森鷗外と早川峡南の漢詩を通じた交遊については、上田正行「『徂征日記』に見る鷗外の戦争へのスタンス」（「金沢大学文学部論集」言語・文学篇、二二、二〇〇二年三月）に詳しい。
(70)『身延町誌』（身延町、一九七〇年）七八二頁。なお、恭太郎の父貞哉は、身延において医療を行うかたわら手習所を開いていた人物であるという（同、五八三～五八四頁）。
(71)『鷗外全集』第三六巻（岩波書店、一九七五年）二二九～二一〇頁。
(72) 陸軍省編『陸軍現役将校同相当官実役停年名簿』明治三十一年七月一日調（陸軍省、一八九八年）二等軍医、四四頁に、

停年：八月八日 任官：三十年十月二十五日 職名：歩兵第三連隊付 位勲功爵氏名：従七・勲六、長野・士／横川徳郎／三十年八月

とある。この記述からは、長野県士族横川徳郎は、一八九八（明治三一）年七月一日現在の年齢は

満三〇歳八カ月であり、一八九七（明治三〇）年一〇月二五日に二等軍医に進級していたことがわかる。

（73） 台湾で一夜の面談を果たした鷗外と唐陽が、その後七年もの間会えなかったことは、『唐陽山人詩鈔』巻三の「懐人絶句」と題する連作の四首目に「七年分夢話臺彊」とよんでいることからもうかがえる（藤川正数『森鷗外と漢詩』注29前掲書）二二五頁。

第三章　日露戦争における横川唐陽

軍医たちの日露戦争

二〇一〇（平成二二）年七月二七日、横川端は、東京交響楽団の演奏旅行の途上において、大叔父横川徳郎（唐陽）の筆跡に接した際の驚きを、「父祖が呼んだ旅順」の中で次のように記している。

内部は薄暗く、とりたてて目にとまるものはない。ただ会見に使われた机が狭い部屋の大部分を占めていた。中国人の女性が説明してくれたが、この机は当時使ったものであるという。その机の表面に墨の文字が書かれていた。（中略）そして、ふと文の末尾の文字を読んで、思わず「えっ」と息をのんだ。そこには「第一師団衛生隊医長 横川徳郎識す」とあった。私の大叔父である。(1)

当時、東京交響楽団理事長の立場にあった横川は、交響楽団の大連公演に随行し、その際に立ち寄った水師営で、自身の大叔父にあたる横川徳郎（唐陽）の筆跡に接したのだという。

第三次旅順総攻撃の末、旅順要塞司令官ステッセル中将が、第三軍司令官乃木希典に降伏を申し入れ、水師営において一九〇五（明治三八）年一月二日に旅順開城規約の調印が、五日には乃木希典とステッセルとの間で会見が行われたことは、今日でも多くの人が知る歴史的事実である。けれども、会見所に置かれていたテーブルが包帯所の手術台であり、当時の第一師団衛生隊医長であった横川徳郎の筆跡がそこに遺されていたことは、横川端によって紹介されるまで、ほとんど注目されてこなかった。

日露戦争はしばしば「本格的な近代戦闘の酷烈さを世界史上に現出させた最初の戦闘」[2]であったと評される。大江志乃夫の整理によれば、陸軍の出征軍人九四万五三九四人のうち、戦闘死者数は六万二一九人で総員の六・九％に達したという。[3]とりわけ、旅順、奉天と転戦した第三軍の被害は大きく、旅順第一次総攻撃（六日間）での死傷者数が対兵力比で二一・四％、第三次総攻撃（一一日間）では二三・七％、奉天会戦（一三日間）では四四・五％に及んでいる。[4]第三軍第一師団衛生隊医長として出征した唐陽が、一九〇四（明治三七）年八月の第一次旅順総攻撃、一〇月の第二次旅順総攻撃、あの二〇三高地で有名な一一月の第三次旅順総攻撃の死線を越えて、どのような活躍をみせたのか。このあたりの事情については、先行研究の中でもほとんど触れられてこなかった。

「水師営の会見」の影に隠れた一軍医の足跡を辿り、参謀本部編『明治三十七八年日露戦史』のような公刊戦史からはみえてこない、日露戦争の相貌をうかがってみたい――そのような思いに突き動かされ、筆者はここ一年ほど、図書館や古書肆を訪ね、関係資料の収集や閲覧に努めてきたが、その中でも特に興味を惹いたのが、日露戦争に参加した軍医の従軍日記・陣中日記の類でである。

日本近代史の研究者の間で、こうした従軍経験者の日記が研究者の間で注目されはじめたのは、一九七〇年代頃のことといわれているが、近年新たに見いだされた資料もあり、二〇一二（平成二四）年には日露戦争の従軍日記を主題とした『兵士たちがみた日露戦争―従軍日記の新資料が語る坂の上の雲―』なども刊行されている。同書に収録されているコラム「従軍日記とは」の中で延廣壽一が整理しているように、[5]日記・日誌の書き手はさまざまで、新発田歩兵第十六連隊上等兵の手記『ある歩兵の日露戦争従軍記』[6]のような一兵士の記録はもちろん、大江志乃夫氏の監修のもと、加藤健之助の手記をまとめた『日露戦争軍医の日記』[7]等のような衛生隊関係者の日記も存在する。

加藤健之助の『日露戦争軍医の日記』は、一九〇五（明治三八）年一月の二五日から一九〇六（明治三九）年三月一四日の凱旋までの日記と、加藤自身が「参考綴」としてまとめおいた文章の抜粋からなり、その記述からは、当時の衛生隊勤務の様子を垣間見ることができる。加藤の所属していた第八師団は、日清戦争後の軍備増強の中で増設された師団の一つで、日露戦争の開戦の際に動員されたものの、満州軍の予備隊として位置づけられ、しばらくの間は戦地に派遣されることがなかったが、一九〇五（明治三八）年一月、戦況の悪化にともない増援として黒溝台会戦に参加、その後奉天会戦にも参加している。

また最近、第四師団衛生隊の担架卒であった西川甚次郎「日露従軍日記」の翻刻が『日露の戦場と兵士―第四師団野戦衛生隊担架卒の目から見た戦争―』[8]と題され、岩田書院より刊行された。こうした文献は、日露戦争における陸軍衛生部の公的な記録である『明治三十七八年戦役陸軍衛生史』とは違った側面から、戦場における衛生部員の姿にせまるための一史料として、大きな意義をもっている。

実は、ほかならぬ唐陽もまた、従軍中日誌を記していたことがわかっている。日露戦争に第一師団衛生隊医長として出征した唐陽は、師団とともに旅順攻囲戦、奉天会戦を経験したのち奉天兵站病院長等に任ぜられ傷病者の収容治療にあたっているが、その間の日々の記録として『陣中日誌』を記していたようである。この資料については『善通寺市史』第三巻に一月一日の項のみが引用されているが、残念ながら、筆者はその実物を確認することができていない。ただ、日露戦争当時の唐陽の事績そのものは、他の軍医の遺した日記や手記、回顧録、漢詩雑誌『百花欄』に掲載されている野口寧斎宛の書簡や『鷗外全集』に収録されている唐陽宛書簡などによって、ある程度まで跡づけることができる。

ところで日露戦争の日記というと、田山花袋の『第二軍従征日記』を想起する人も多いのではないだろうか。当時、博文社において『大日本地誌』の編輯に携わっていた花袋は、私設写真班主任として戦地へと渡り、一九〇四（明治三七）年九月一九日の帰京まで従軍記者として活動し、そのときの日々の記録をもとに『第二軍従征日記』を執筆、一九〇五（明治三八）年一月に博文社から刊行している。この作品自体は、花袋の貴重な体験の所産ともいうべきもので、ことに戦地における日常生活の描写は今日においてもなお、読者の関心を惹くに足る。けれどもこの作品は、あくまで当時の読者の期待に応えるべく企画・刊行された出版物にすぎず、戦地において花袋自身が過ごした日々の生の記録そのものではない。花袋自身は『第二軍従征日記』の「緒言」の中で、

振古未曾有なる征露の役に、自分が従軍したのは、実に此上も無い好運である（中略）只、自分は軍事思想に乏しく、其組織、其排列、其行進などに就いて、甚だ明かならざるところがあり、且、其頃は軍の行動を秘すること最も厳に、参謀官は通信に必要なる事項をすら更に自分等に洩すのを敢てしなかつたので、従つて、其の大体に就いては、帰国してから、却つて新聞を繙いて知つたという有様で、その観察、叙述共に不完全なるところがあるに相違ないのである。けれど自分の見た所、聞いた所、感じた所は、残す所なく、否或意味に於ては殆ど忌憚なく書いたつもりで、その不秩序、不透明、平凡冗漫の中からも、同情して読んで下されたならば、或はこの盛大なる戦争の面影の片鱗位は見えるであらうと思ふ。(9)

と述べているが、日露戦争がいまだ収束をみていない当時において、戦地で見たもの、聞いたもの、感じたもののすべてを、何者にも遠慮することなく書ききることは、実際にはほとんど不可能に

近い。一九〇四（明治三七）年から一九〇五（明治三八）年にかけての花袋は、多くの人々に「見られる」こと、おおやけにすることを強く意識しながら、この日記を書き綴ったものと思われる。

本章では、陸軍の遺したさまざまな記録や、日露戦争に従軍した人々の手記、回顧録に導かれながら、軍医としての横川唐陽の姿に迫っていくことになるが、そこで引用される文献の中にも、花袋の日記のように「見られる」ことを強く意識しながら執筆あるいは編纂されたものが相当数存在していることを、あらかじめ指摘しておく。日本史・東洋史・西洋史の別を問わず、用いる史料について考察をめぐらせ、その史料的性格を詳らかにするのは歴史学の定石であるから、読者にとってはやや迂遠に感じられるかもしれないがおつきあい願いたい。

日露戦争における陸軍衛生部は、一九〇六（明治三九）年、『明治三十七八年戦役陸軍衛生史』（以下『日露戦役衛生史』と略称する）の編纂に着手し、衛生勤務（第一巻）・統計（第二巻）・戦傷（第三巻）・眼損傷（第四巻）・伝染病及腫瘍疾患（第五巻）・衛生材料（第六巻）の各巻を刊行している。このうち『日露戦役衛生史』編纂の経緯については、第一巻第一冊の冒頭に掲げられた「緒言」に記されており、その記述によれば『日露戦役衛生史』の編纂が企図されたのは日露戦争後の一九〇五（明治三八）年一〇月一六日以降のことで、同年一二月、戦時の諸報告の整理統合に着手、翌年四月一日に三十七八年戦役衛生史編纂委員長ならびに委員の任命が行われ、東京予備病院本院・陸軍軍医学校及び衛生材料廠において逐次業務が開始されたという。

いつの時代も、編纂事業には資料収集の苦労がつきものである。

信頼性の高い『日露戦役衛生史』を編纂するには、多くのデータを可能な限り網羅的に収集・整理する必要があった。とりわけ統計や治験記事の編纂のために、病床日誌等を収集しておく必要があり、そのための環境整備がまず急がれた。一九〇六（明治三九）年八月、東京予備病院戸山分院にあった事務室一棟と事務用器具を陸軍軍医学校に移し、編纂委員のための事務所が設置された。さらに同年一〇月には、所内に検疫誌編纂のための事務所が置かれ、一九〇七（明治四〇）年七月には、『日露戦役衛生史』に先だって、陸軍省編『明治三十七八年戦役検疫誌』[10]が刊行されている。

一九〇七（明治四〇）年一一月二二日、休職した小池正直に代わり、新たに陸軍省医務局長森林太郎（鷗外）を編纂委員長にむかえ、『日露戦役衛生史』の編纂はいよいよ佳境に入ってゆく。編纂は勤務部・統計部・外科部・眼科部・内科部・材料部に区分され、このうち統計部については『明治三十七八年戦役統計』（以下『戦役統計』と略称）の委員とも連絡を取りながら編纂が進められた。日露戦争後、陸軍では『日露戦役衛生史』のほかに、参謀本部編『明治三十七八年日露戦史』全一〇巻・附図一〇巻、陸軍省編『明治三十七八年戦役陸軍政史』全一〇巻、陸軍省編『明治三十七八年戦役統計』全六巻などを手がけている。ただし、このうち公刊を前提として編纂されていたのは『明治三十七八年日露戦史』のみで、『陸軍政史』と『戦役統計』は秘密公文書に指定され、一般に公開されることはなかった[11]。

当時、陸軍は秘密公文書を「軍事機密」「極秘」「秘」「部外秘」の順に指定していた。実際に『陸軍政史』は「秘」、『戦役統計』は「軍事機密」の指定を受けており、指定文書の閲覧は、第二次世界大戦後まで一定の制限のもとに置かれたのである。『日露戦役衛生史』の場合も同様に、秘密公文書としての指定を受けたが、巻によって異なる扱いを受けていたところに、一つの特徴が認められる。実は、筆者が日本近代文学館で閲覧した『日露戦役衛生史』第一巻、第一分冊～第八分冊の表紙には「部外秘」と記されているが、今日ではインターネット上でも閲覧できる、国立国会図書館所蔵の『日露戦役衛生史』第三巻「戦傷」、第四巻「眼損傷」、第五巻「傳染病及主要疾患」各冊の表紙にその文字はない。これは筆者の想像にすぎないが、このように各巻の秘密指定に差を設けたのは、軍の動員計画や統計などに直接言及しない資料に限定して、一般の医療関係者にもその成果を提供すべく配慮した結果であろうと思われる。現在、各地の大学図書館に所蔵されている『日露戦役衛生史』の多くが三～五巻のみであることは、以上のような事情によるものではないかと想像している。

『日露戦役衛生史』の編纂は、一九一〇（明治四三）年度までにほぼ完了し、一九一二（大正元）年九月までに各巻が順次印刷・刊行され、その成果はさまざまな形で活かされていくことになる。その一例として、ここでは一九二三（大正一二）年に刊行された、石黒大介『戦時衛生勤務研究録』を取り上げておきたい。この書物は、当時陸軍省医務局内に置かれていた陸軍軍医団が刊行した冊子の一つで、表紙右上に「日本将校ノ外閲覧ヲ禁ス」とあることから、内部に向けて書かれたものであることがわかる。現在、この書物を収蔵する図書館はさほど多くはないものの、今日でも古書肆の目録でしばしば見られることから、この種の書物としてはそれなりに流通したものであったのだろう。

石黒大介のこの著作は、小冊ではあるが、戦時における衛生勤務の概要をつかむためには便利な本で、筆者もまた本書の執筆にあたって、一九二七（昭和二）年一一月に刊行された増補版を入手し、参考にしている。本書は総説、戦時衛生勤務の研究方法、動員に関する衛生勤務、輸送に関する衛生勤務、行軍に関する衛生勤務、駐軍間の衛生勤務、師団衛生勤務、軍兵站衛生勤務、特殊部隊衛生勤務、衛生勤務に関する国際法規の全一〇篇と附図からなり、各篇の下部に掲げられた項目ごとに、自国・他国の実例がごく簡潔に紹介されているところに一つの特色がある。[12] 一例として、第七篇「師団衛生勤務」第一章「師団軍医部」第三「傷者ノ収容、後送」の部分を見てみよう。

第三　傷者ノ収容、後送

戦況並傷者発生ノ情況ニヨリ包帯所ノ位置ヲ適切ニ定メ傷者収容ノ迅速ヲ図リ又包帯所、野戦病院ノ作業ヲ監督シテ其ノ進捗ヲ促シ患者後送ニ関シ要スレハ空縦列ノ利用等適時意見ヲ具申セサルヘカラス之カ為常ニ兵站衛生機関ニ連繋シ其ノ推進ヲ促スノ著意アルヲ要ス

例　（イ）日露戦役間鶴田第一師団軍医部長ハ屢〻包帯所、野戦病院ニ臨ミ其ノ作業ヲ実視シ所要ノ注意ヲ与ヘタリ

（ロ）黒溝台会戦ニ際シ第八師団衛生隊ニハ補助輸卒隊及糧食縦列ヲ又野戦病院ニ架橋縦列ヲ配属シ患者ノ後送ヲ助ケシム又第五師団包帯所ニハ弾薬縦列車五十輛来リテ患者ノ後送ヲ助ケタリ

（ハ）奉天会戦時ニハ補助輸卒隊ヲ衛生隊ニ（近衛、第二、第十二師団）又野戦病院ニ（第一、第九、第七師団）配属シテ患者ノ後送ヲ助ケシム

（ニ）日露戦間露軍ハ成ルヘク野戦移動病院ヲ軍輸送隊ノ需品卸下地付近ニ開設セシメ帰還空車ハ負傷兵ヲ収容シ曩ニ軍需品ヲ受領セル鉄道ノ地点ニ後送スルニ務メシカ其ノ協力困難ニシテ沙河会戦間鉄道ヨリ離隔セシシベリヤ第三軍団ノ如キハ二千ノ傷者ヲ人力ニテ運搬シ東狙兵第六師団ハ殆ト全部担架卒トナレリ(13)

この項目で掲げられている（イ）～（ニ）の事例はすべて日露戦争のときのものである。負傷者の後送を速やかに行うために、師団軍医部は、包帯所や野戦病院を適切な場所に設置し、各所における作業が迅速かつ適切に行われるよう監督するとともに、必要に応じて糧食縦列の利用などの意見を具申し、衛生隊や野戦病院に補助輸卒隊を配属させるなど、負傷者後送のための輸送力強化に努める必要があり、日露戦争における日本・ロシアの事例を挙げ、その方法や手段をより具体的に示している。

日露戦争下で陸軍衛生部が得た戦訓は、編纂事業を通じて、まず『日露戦役衛生史』の中に結

実した。けれども、この書物はなにぶん大部で、かつ一部の巻は「部外秘」の指定を受けていたため、一部の衛生部士官を除いて、いつでも自由に読めるようなものではなかった。日露戦争後、新たに陸軍の衛生部員になった人々の大部分は、口伝えに、あるいは石黒の『戦時衛生勤務研究録』のようなテキストに掲げられている実例を通じて、日露戦争期における陸軍衛生部の得た戦訓を学んだのであろう。実際『戦時衛生勤務研究録』の「緒言」には、次のような一文がみえる。

陸軍軍医学校ニ於ケル初級衛生部士官教育ノ実蹟ニ鑑ミ大正十二年戦時衛生勤務研究録ヲ記述シ主トシテ出征軍ノ衛生勤務ニ関シ其ノ原則並勤務ノ根底ヲ解説セリ（中略）本書ハ単ニ勤務ノ要旨ヲ述フルニ止マリ其ノ説明ヲ講義ニ譲リシト雖努メテ史例ヲ掲ケタルハ未ダ戦場ニ臨マサル士人ヲシテ其ノ状況ヲ髣髴セシメ研究ニ生気ヲ帯ハシメントスルノミナラス東西ノ先進カ心血ヲ濺キテ購ヒタル史実ニ対シ敬虔ノ念ヲ捧ケ且貴重ナル教訓ヲ獲ントスルニアリ(14)

石黒大介は『戦時衛生勤務研究録』を著し、自らの初級衛生部士官の教育実践をふまえて出征軍における衛生勤務の原則を解説するにあたり、国内外の史例を掲げることによって、より具体的に戦時における衛生勤務の実態を伝えることができる、と考えたようである。文中に「其ノ説明ヲ講義ニ譲リシ」とあることから、おそらく本書は、軍医学校における教科書ないし参考書のような役割を担った書物であったのだろう。類似の書物としては、一八八八（明治二一）年、森鷗外が陸軍軍医学校の教官であった時代に著した『陸軍衛生教程』があるが、[15]一八九四（明治二七）年から一八九五（明治二八）年にかけて日清戦争を、一九〇四（明治三七）年から一九〇五（明治三八）年にかけて日露戦争を戦い、一九一四（大正三）年から一九一八（大正七）年に及ぶ第一次世界大戦を経験した一九二二（大正一一）年の段階においては、さすがに時代にそぐわないものとなっていた。大正期に入り、経験者が次第に現役を退いていく中で、日露戦争における戦訓が『日露戦役衛生史』をはじめとする各種編纂物の中に取り纏められ、満州事変前夜の陸軍衛生部における戦時衛生勤務の研究や教育に一定の基礎を与えたことは、以上のような『戦時衛生勤務研究録』における戦訓の挙例からもうかがえる。

加藤健之助の『日露戦争軍医の日記』などにみられるように、当時、日露戦争に従軍した軍医の多くは、自らの行動を日記などの形で書き遺していた。軍医たちが比較的詳細な日記や日誌をつけていた理由については種々考えられるが、たとえば『棗―陸軍一等軍医日露戦役従軍記録―』に関係資料が収録されている高塚徳次郎軍医のように、陣中日記とともに戦闘詳報や隊付衛生部員業務概況、仮包帯所業務報告、衛生業務報告などの報告書が見いだされるケースがままあることから、[16]軍医が日々の各種業務報告を記すためのいわば材料として、日記に日時や種々の出来事を書き留める傾向が強かったのかもしれない。

そのようにして遺された記録は、当時から『日露戦役衛生史』の編纂を終えた陸軍衛生部内でも、戦時衛生勤務の大概を語る貴重な資料と見なされていたらしく、一九三一（昭和六）年に『故陸軍三等軍医正佐藤信次君陣中日誌[17]』が、一九三六（昭和一一）年には『鶴田軍医総監日露戦役従軍日誌[18]』が、陸軍軍医団よりそれぞれ刊行されている。

佐藤信次は、日露戦争に第九師団工兵第九大隊高級医官として従軍、奉天会戦の最中、一九〇五（明治三八）年三月七日五時に、包帯所において手術中、敵弾をうけて死亡している。隊付軍医の記録としては、他に、一九三四（昭和九）年に刊行された『軍医の観たる日露戦争 弾雨をくゞる担架[19]』に収録されている、西村文雄「旅順から奉天へ」、清水秀夫「弾雨をくゞる担架」と題する手記がある。これらは戦地において書かれた日記そのものではないが、後日、あらためて叙述されたものであるだけによみやすい。また一九三三（昭和八）年には、日露戦争に従軍した軍医たちの勤務体験の収集編纂が陸軍軍医団内で企画され、翌年一一月に『日露戦役戦陣余話[20]』が刊行されており、参考になる。

一方、一九三六（昭和一一）年に刊行された『鶴田軍医総監日露戦役従軍日誌』は、第一師団軍医部長として出征し、のちに『日露戦役衛生史』の編纂にも関わった鶴田禎次郎の従軍日誌である。先に紹介した佐藤軍医の日誌や西村文雄・清水秀夫の手記のような隊付軍医の記録は、最前線の傷病者への救護を実際に担当した人々の記録として重要な意味をもつが、師団衛生業務の全体をうかがうことは難しい。一方、鶴田の日誌のように、師団衛生業務のどちらかといえば指導・監督者としての立場にあった者の記録からは、もう少し広い視野から現場の様子をうかがうことが可能となろう。

ここに紹介した日記や手記、回顧録を丹念に読んでいくと、日露戦争に第一師団衛生隊医長として出征した横川唐陽の足跡をうかがう手がかりを、断片的ではあるにせよ見つけることができる。ことに、同じ第一師団の軍医部長を務めた鶴田の日誌や、奉天会戦後に開設された第三軍奉天兵站病院において唐陽の部下として働いた清水秀夫軍医の手記などは、唐陽の直接の上官や部下であった人々の記録であり、その事績をうかがうための、確かな手がかりを与えてくれている。

佐藤軍医や鶴田軍医の日記や『日露戦役戦陣余話』は、いずれも陸軍省医務局内に置かれた陸軍軍医団によって刊行されたもので、関係者を中心に一定数が配布されたものとみられる。衛生部における研究団体としては、一八七六（明治九）年の医学会がその嚆矢として知られ、一八七八（明治一一）年には献功医学社が設立、同年には林紀（研海）の『脚気論』を印行し、「陸軍医学雑誌」を一一号まで刊行したものの一時廃絶。その後、一八八四（明治一七）年には軍医学会が結成され、機関誌「陸軍軍医学会雑誌」（のち「軍医学会雑誌」と改称）が刊行されている。学会では論説や各種報告、会員の消息に加えて、毎月火曜日に偕行社で行われていた軍陣医学に関する講演等を雑誌に掲載し、会員に配布していたが、その他に森鷗外の『普国禁軍団歩兵第二聯隊隊務日記』[21]や『陸軍軍医学会震災地派出員報告』[22]などの各種成果物の公刊も手がけている。

日露戦争後の一九〇九（明治四二）年「陸軍軍医団規則」が出され現役・予備役軍医による陸軍軍医団が結成されると、機関誌や各種刊行物の公刊も軍医団で行われるようになった。同年一一月に、前身の陸軍軍医学会により一九〇六（明治三九）年一〇月に刊行されていた『陸軍衛生制規』[23]の改訂版を刊行して以来、陸軍軍医団では、西南戦争の衛生史をまとめた西村文雄『明治十年西南戦役衛生小史』[24]や明治陸軍の衛生部門の制度全般を詳述した『陸軍衛生制度史』[25]『陸軍衛生制度史抄』[26]、小池正晁『皮膚及花柳病講義録』[27]、岩崎小四郎『「レントゲン」学講義録』[28]などの医学関係の書物や『男爵小池正直伝』[29]『陸軍軍医中将藤田嗣章』[30]などのような衛生部関係者の顕彰を兼ねた編纂物にいたるまで、じつに多様な書物を刊行している。

陸軍軍医団による機関誌や各種書物の公刊によって、現役・予備役の陸軍軍医たちは、その知識や経験を共有のものとした。日露戦争の従軍経験をもつ軍医が相次いで現役を退いていくなかで『故陸軍三等軍医正佐藤信次君陣中日誌』『鶴田軍医総監日露戦役従軍日誌』や『日露戦役戦陣余話』などの刊行により、昭和のはじめに、日露戦争に従軍した軍医たちの顕彰にあわせてその戦争体験の共有が図られていったことは、注目すべき事柄であろう。

一九三一（昭和六）年九月一八日、奉天駅北方の柳条湖で南満州鉄道線が爆破されると、日本は張学良軍の策謀であるとして攻撃を開始し、翌日には鉄道沿線の主要都市を制圧した。この柳条湖事件から塘沽協定までの中国東北部・内蒙東部に対する一連の武力侵攻は一般に満州事変と呼ばれ、一九三二（昭和七）年には満州国の建国が宣言される。中国東北部を舞台として戦われた日露戦争の記憶は、この時期、きわめて大きな意義をもちえたと思われる。

一九三四（昭和九）年に戦医史刊行会から出版された『軍医の観たる日露戦争 弾雨をくゞる担

架』には『日露戦役衛生史』の編纂委員を務め『鶴田軍医総監日露戦役従軍日誌』の刊行に際しても、原日誌第三冊の謄写を担当した西村文雄軍医による「軍医の観たる日露戦争」「旅順から奉天へ」と、清水秀夫軍医の手記「弾雨をくゞる担架」が収録されている。このうち「弾雨をくゞる担架」の「はしがき」で柳条湖における鉄道爆破、満州国の建国と日本の国際連盟の脱退について言及する清水軍医の口吻一つをとってみても、この出版が風雲急を告げる時代の中で企画されたものであったことを想起させるのに十分なものがある。

昭和七年九月、柳条溝に於ける鉄道爆破に端を発して、皇軍は一挙北大営を占領し、次で満州から凶暴なる支那軍を追つ払い、遂に上海事変までも惹起し、爰に満州国は建設せらるゝに到つた。

その満州!! 過ぐる日露戦役に於て、十万の生霊と二十億万の国帑とを費して贏ち得たる満州!!!

そして、その新興満州国は着々として我帝国指導の下に、東洋平和の礎を永遠に計画しつゝある、それがためには、我帝国は国際連盟までも脱退したのである。[31]

昭和戦前期の陸軍軍医団やその関係者による出版活動をここに論じるだけの十分な準備はないが、ここまで紹介してきたような日露戦争に関する刊行物が、満州事変後に集中して刊行されたのは、おそらくただの偶然ではないと思われる。とくに『軍医の観たる日露戦争 弾雨をくゞる担架』の場合、陸軍軍医団が刊行していた一連の書物とは異なり、その奥付には「二円」という定価が記載され、西村の「軍医の観たる日露戦争」に寄せられた合田平の序にも「任に軍陣衛生に従ふ者も銃後の医家も此の書を熟読翫味し、以て他日の奉公に資せんことは現下の時局に鑑み最も緊急なりと信ず[32]」と記されている点からみて、本章の刊行が、ある程度一般への公開を前提として進められていた可能性は考慮されてよい。

合田平のほかに、西村文雄「軍医の観たる日露戦争」に序を寄せた者として、日露戦争当時、第一師団の衛生部長として従軍した経験をもつ鶴田禎次郎がいる。鶴田の序は、西村文雄が単に日露戦争の経験者というだけでなく、『日露戦役衛生史』の編纂に関わった人物であるということや、衛生史が一般に公表されなかったことなどを、ごく簡潔に指摘している。

日露戦役は我が国民が全力を傾け国運を賭して奮闘したる我国曠古の大戦にして、戦役間有ゆる方面に亘つて経験せる事蹟は戦後三十年を経過せる今日に於て愈々貴重なる教訓として益々其の光輝を発揮するの感あり。然るに其の作戦に関する著述は世間之に乏しからざるも、戦線及び其の背後に於ける傷病者の救護、治療、防疫衛生等の如き衛生機関の活動に就ては殆んど世に伝はらざるを遺憾とす。陸軍が戦後数年を費して完成したる日露戦役衛生史は実に全巻二十八冊、壱万弐千六百余頁を算する大著なるも、惜むらくは主として陸軍官衙に配付せらるゝに止まりて一般に公表せられず。且つ浩瀚にして繙読に便ならざるが為貴重なる資料も徒らに死蔵せられんとするの虞あり。著者之れを慨し、同史に拠りて要旨を抜き加ふるに自己の経験を以てし、又海軍衛生史をも参酌して同戦役に於ける衛生業務の大要を編述して一巻を成せり。

著者西村君は旅順の攻城及び奉天の野戦に於て親しく戦線の救護作業に当りたるのみならず、戦後衛生史編纂の命を奉じて之を大成したる一人なり、必ずや世を益すること大なるものあらん。今や黒龍、興安雲黒く、太平洋上風腥し、本書編述の意義実に重しと謂ふべし。(33)

『軍医の観たる日露戦争　弾雨をくゞる担架』は『日露戦役衛生史』とは異なり、最初から公刊を前提として編纂された書物であった。戦争における衛生部の活動は、従軍記者によって断片的に取り上げられることはあったにせよ、日露戦争における陸軍衛生部の活動そのものがまとまった形で紹介されるということは、少なくとも大正の末まではほとんどなかった。『軍医の観たる日露戦争　弾雨をくゞる担架』の刊行は、日露戦争における陸軍衛生部の活動をわかりやすく、かつまとまった形で世に紹介する、おそらくははじめての試みとなった。ここに軍医たちの記憶は記録となり、人々に共有される機会を得たのである。

一方で、満州事変後の風雲急を告げる世にあって、この書物が戦意高揚のための書としての役割を担っていた可能性にも留意しておく必要があるだろう。合田が序で「銃後の医家も此の書を熟読翫味し」と述べ、軍医ではない一般の医者にこの書を薦めているあたりからも、動員のたびに軍医の確保に苦労してきた衛生部の本音が見え隠れする。本書がこれまであまり評価されてこなかったのは、この書物が背負わざるを得なかったある種の「腥《なまぐ》さ」ゆえではあるまいか。

なお余談であるが、筆者が古書肆から購入した『軍医の観たる日露戦争 弾雨をくゞる担架』には、とある戦前の医科大学の蔵書印とともに「配属将校室」の印が押捺されている。第二次世界大戦が勃発した時点では、もうすでに日露戦争を直接経験している世代は、そのほとんどが一線を退いていた。この書物を手にした当時の配属将校にも、そのような経験はなかったとみるべきであろう。これは想像にすぎないが、彼が医学生に対して戦訓を語ろうとするたびに手にしたのかもしれないと、この書冊を手にするたびに思う。とはいえ、この書物が背負ってきた「腥さ」ゆえに、その内容のすべてを否定し去るのは、あまりに短絡的な考えであろう。

本書の後半に収録されている清水軍医の手記「弾雨をくゞる担架」は、戦後に書かれた日露戦争の個人的な経験談が中心だが、公表を目的として執筆されたことや、日露戦争後しばらくして

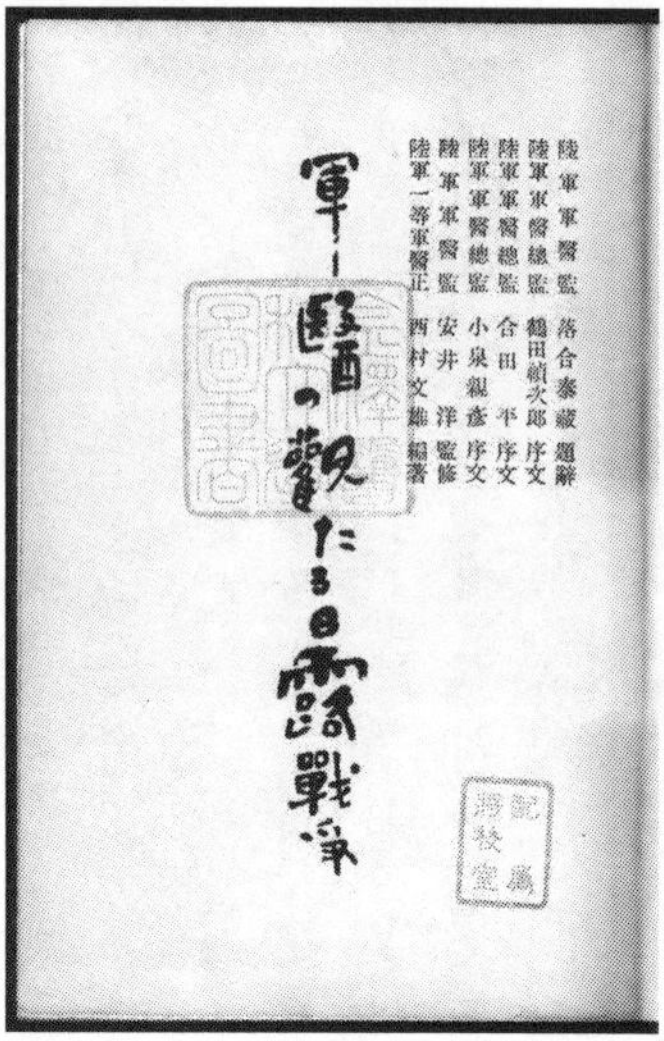

「軍医の観たる日露戦争」(筆者架蔵)

書かれた点からみて、戦場において書かれた生の日誌や日記の類に比べると、史料的価値は一段劣る。自戒を込めていうが、人は想い出を語るとき、無意識のうちにしばしば誇張し、あるいは隠蔽する。後世の回顧録として書かれた文章の場合はとくに、そうした傾向がより顕著に認められるため、歴史史料として用いる場合には、十分に注意しなければならない。

しかし、たとえ多くの誇張や隠蔽があったにしても、一個人の視線から戦場をみつめることは、今日を生きる我々には望むべくもない。実際に清水軍医は、最前線に勤務する隊付軍医として従軍し、死線を越え、奉天会戦後のごく短い期間であるが、軍医としての横川唐陽に部下として接した貴重な証言者であることにかわりはない。本書は、陸軍軍医横川徳郎の姿を追い求めることを大きな目的とするものであり、日露戦争における陸軍衛生部の事跡を正確に跡づけることそれ自体には、さほど重きをおいていない。したがって、この方面の正史ともいうべき『日露戦役衛生史』の記述に全面的に依拠し、考証するよりは、清水軍医の手記をはじめとする、軍医たちの時として人間くさい証言の中に、軍医横川唐陽の姿を見いだしていきたいと考えている。

旅順開城の日の水師営包帯所

唐陽が、第一師団衛生隊の医長として日露戦争に従軍していたことは、『唐陽山人詩鈔』の巻頭に配された高嶋九峰の序にも次のように記されている。

就中、日露之役在第一師団、以衛生隊医長、出入生死之際、能完其職責。其隊受感状。君功居多。

（就中、日露の役に第一師団に在り、衛生隊医長を以て、生死の際に出入し、能く其の職責を完うす。其の隊感状を受く。君の功多きに居る。）

第一師団は乃木大将の率いる第三軍に属し、あの三度にわたる旅順攻囲戦や、日露戦争における大規模な最後の陸戦として知られる奉天会戦を戦った精鋭であった。当時の衛生隊は、陸軍が一九〇三（明治三六）年八月に、新たに制定した「戦時衛生勤務令」に基づいて編成された「戦場の傷者を出来るだけ速に収容し、救急処置をして野戦病院に後送する」(34)ことを目的とした部隊であり、『唐陽山人詩鈔』の序によれば、唐陽はその医長として勤務していたのだという。当時の衛生部員の任務や部隊編制については、尾立貴志「人道主義から戦術優先への退行―日本陸軍の戦場医療―」の中に、石黒大介の『戦時衛生勤務研究録』にもとづいて記された、簡にして要を得た解説があるので、参考までにその一部を引用しておきたい。

日本陸軍の各師団では、軍医などの衛生科隊員は、師団軍医部、各隊付き勤務、師団の衛生隊、師団の野戦病院のいずれかに配属された。

この中で師団軍医部は、師団が保有する衛生隊の管理・運用の監督部署である。また各隊付き勤務とは、歩兵隊、戦車隊、騎兵隊、砲兵隊、工兵隊など、師団隷下の各部隊に配属される軍医、看護兵などであり、火線救護と仮包帯所での治療を担う。ちなみに、複数の師団を保有する軍のレベルでは、軍軍医部、兵站監部軍医部、野戦予備病院、兵站病院、患者輸送部、野戦衛生材料廠、兵站司令部などに衛生科隊員が配属された。

治療を行う師団の医療施設は、戦線の近くから「火線救護」「仮包帯所」「包帯所」「野戦病院」の順となっており、後方へ行くほど大規模な医療施設が配置される。そして師団より後方では、前記の軍の「野戦予備病院」「兵站病院」が配置されるのである。

火線救護を担う隊付衛生班の規模は、例えば歩兵中隊の場合、軍医一名、看護卒四名、補助担架卒一六名（四組）の計二一名が基準例となる。補助担架卒とは、患者搬送の訓練を受けた一般の兵士のことであり、戦闘時など衛生兵が不足する時、臨時で衛生班に配属された。(35)

日露戦争当時、唐陽自身が配属されていた部隊については、『日露戦役衛生史』第一巻の付録として掲出されている「衛生部士官以上名簿」に記載されている。そこでは当時、歩兵第一連隊付の一等軍医であった唐陽こと横川徳郎は、一九〇四（明治三七）年三月七日第一師団衛生隊医長として出征、奉天会戦後までこの任にあった。一九〇五（明治三八）年三月一〇日に第三軍兵站監部付となり、四月には三等軍医正に昇級、同年八月五日には名古屋予備病院付に、一九〇六（明治三九）年三月一日からは、名古屋予備病院付のまま騎兵第三連隊付を兼ねたことなどが、ごく簡潔に記されている。

ここで、唐陽の所属した第一師団の動きについて簡単に整理しておこう。

一九〇四（明治三七）年三月、参謀本部は第一軍（司令 黒木為楨）に引き続き第二軍（司令 奥保鞏）を編成、さらに五月には第三軍（司令 乃木希典）を、つづく六月には第四軍（司令 野津道貫）を、六月二〇日にはこれらを統括する満州軍総司令部を相次いで編成した。第一師団は当初第二軍に属し、五月五日、塩大澳に上陸、同月二五日から二六日にかけて、金州城ならびに南山に拠るロシア軍の攻撃に参加している（南山の戦い）。その後二九日に、第一師団は第十一師団とともに抽出され乃木大将率いる第三軍の戦闘序列に入り、旅順攻略に従事した。『日露戦役衛生史』第一巻には、この間の第一師団衛生隊（全部）の包帯所業務として、五月三〇日から六月一五日の間、後革鎮堡の聚落内に患者療養所を開設、民家十戸を病室に充て、手術室には方錐形天幕を使用し、花柳病一八、胃腸カタル一三、脚気八、腸チフス一、銃創七などを含む傷病者九八名を治療したことが記録されている。(36)

一九〇四（明治三七）年六月、第三軍司令部は遼東半島に上陸、旅順攻略を目指して南下、七月下旬には旅順にその兵力を展開していた。『日露戦役衛生史』第三巻には、唐陽が第一師団衛生隊の半部を率いて、第一次旅順総攻撃の前哨戦（七月二六日）に際して前牧城駅に包帯所を設置した際の、以下のような報告が載録されている。

戦線ニ於ケル処置ハ概ネ良ナリシモ包帯ノ弛緩セルモノ、被覆ノ薄屑ニ過キタルモノ、止血管ヲ装著セルモ弛ミテ用ヲナサス出血セルモノ、「ガーゼ」ノ上ニ渋引紙若クハ油紙ヲ被ヒタルモノ、副木ノ装着不適当ニシテ固定ノ用ヲナサヽルモノ等二、三失当ナルモノアリタリ然レトモ礮霧硝煙ノ裡、急遽ノ際ニ於ケル措置トシテハ比較的其ノ完好ヲ称セサルヘカラス而シテ傷者ハ包帯ノ弛緩若クハ血液浸透ノ為メ収容後悉ク包帯交換ヲ行ヒタルヲ以テ収容区ヨリ直ニ発送区ニ送リタル者ハ一名モナカリキ(37)

衛生隊の任務は、戦場の傷者を速やかに収容し、応急処置を施して野戦病院に後送することである。前線で負傷者が発生すると、まず各部隊付の衛生部員が、負傷者を戦線の近くに開設する仮包帯所に収容した。その後、応急処置を施した上で、師団衛生隊が開設する包帯所に後送し、ここでさらなる措置を施した上で、野戦病院、戦地定立病院、兵站病院を経て内地の陸軍病院や予備病院に後送する。包帯所は小さな村落を利用して設けられることが多かったが、より戦線に近づく必要があることから、村落を離れて開設される場合も少なくなかったという(38)。

唐陽は先の報告の中で、まず戦線の処置について「概ね良好だが、包帯が緩んでいるもの、被覆が薄すぎるもの、止血管を装着しているものの、緩んでいるために止血が十分でないもの、ガーゼの上に渋引紙もしくは油紙を被せているもの、添え木の装着が不適当で十分に固定できていないものなど、二、三の不適当な処置がみられる」と述べて、前線における処置の問題点を指摘し、「戦闘中の応急処置としては比較的良好といえなくもない」として一定の評価を示しながらも、衛生隊の開設した包帯所において「負傷者の包帯の緩みや包帯への血液浸透のため、収容後ことごとく包帯交換を行ったため、収容区より直接発送区に送ったものは一名もなかった」と報告している。このことからもわかるように、前線における応急処置にはやはり限界があり、衛生隊の開設する包帯所において、それ以前に施された応急処置をより完全なものにしつつ、より後方の野戦病院等へ負傷者を後送することに注力する必要があった。

前牧城駅の包帯所は、第一師団衛生隊第一半部が一九〇四（明治三七）年七月二六日午後一時に民家を利用して開設し、計三三人の傷病者を収容、同日午後六時まで作業を継続して第一師団第三野戦病院に引き継いでいる。通常、衛生隊の開設する包帯所は、野戦病院に傷病者を引き継いだ上で前線を追って前進するが、夜に入って野戦病院の後牧城駅への移転が決まり、さらに、その後の戦闘で負傷者が新たに生じたことから、第一師団衛生隊第一半部は、翌二七日午前七時よりふたたび前牧城駅に包帯所を開設し、同日午後六時まで作業を継続している。二八日、衛生隊はより前線に近い郭家屯に進み、午後二時から八時までの間に五八名の傷病者を収容し、手当を施した上で、うち五七名を前牧城駅に開設中の第三野戦病院へ後送、一名のみ戦列に復帰させている。以降の第一師団衛生隊の包帯所業務の様子を見た限りでは、傷病者の大部分が後続の野戦病院などに後送されており、傷病者の戦列復帰よりは、速やかな後送に重点が置かれていたことがうかがえる。

包帯所における手術の件数は概して少なく、必要な場合に限って、切断・縫合・摘出などの外科的処置を行い、多くは、より後方の野戦病院や兵站病院で治療が施された。衛生隊の包帯所では原則として大規模な手術はできるだけ避け、傷病者の速やかな収容・後送とその応急処置に力点を置き、状況が許す限り、収容患者に湯茶や牛乳などを給与して体力の低下を防ぎ、後送に耐える状態を維持することに注力している。後送には徒歩・担架送・車送などの方法があり、体力のあるものは徒歩でより後方の野戦病院を目指した。一方、歩行困難なものは担架送・車送などの手段で後送し、衛生隊ないし野戦病院付の担架卒や輜重輸卒、馬卒などがこの任務にあたったが、輸送力の不足を補うため、現地で人夫を徴傭することも多かった。

旅順をめぐる攻防が本格化していくにつれて、衛生隊の包帯所に収容される傷病者の数は、増加の一途を辿っていく。第一次旅順総攻撃目前の一九〇四（明治三七）年八月一四日午前五時、第一師団衛生隊第一半部は曲家屯に包帯所を開設し、一八日午前四時まで同地で作業を継続しているが、この間に収容された傷病者の総数は四三九名を数え、引き続き一九日から二一日に開設した小金屯の包帯所が受け入れた負傷者も六〇二名を数えた。この間、第一師団衛生隊第二半部は第一半部とは別の地点に包帯所を設けて傷病者の収容を実施し、八月一九日午後二時からは水師営大西溝に包帯所を開設、二〇日午後二時まで作業を継続。二一日午後二時には小金屯で包帯所を開設していた唐陽ら第一半部も水師営に到着、第一師団衛生隊の全部をもって作業を開始している。各隊や師団衛生隊に勤務する第一線の軍医たちには、昼夜を問わず前線の直後で血と泥に塗れた兵士たちの創傷をみて、その重症度を判断する能力はもちろんのこと、殺到する傷病者を秩序立て、他の衛生隊のスタッフと協同し、より後方の野戦病院に速やかに後送するための運営力が求められる。誰にでもできることではない。旅順のロシア軍に対して決定的な勝利を勝ち取ることが出来ない中で、負傷者の収容・治療・後送に携わる衛生部員たちの戦いも、しだいに困難の度合いを深めていく。

一九〇四（明治三七）年八月一九日から二四日にかけて行われた第一次旅順総攻撃は失敗に終わり、十月には、日本国内から二八センチ榴弾砲を取り寄せて、再び総攻撃の挙に出るも、多くの死傷者を出して頓挫する。しかし第三軍は、一一月に入って第三次旅順総攻撃を決意し、攻撃目標を二〇三高地に変更しこれを奪取、東鶏冠山・二龍山・松樹山などの砲台を相次いで占領し、翌年一月、ロシア軍旅順要塞司令官ステッセルからの降伏を受け、ようやく第三軍は旅順要塞を陥れたのである。

この間、第一師団衛生隊は都合三度にわたって水師営に包帯所を設置し、傷病者の収容後送に努めている。唐陽ら第一師団衛生隊第一半部は、一〇月二六日正午より、水師営西端の民家二戸とその庭園を充用して包帯所を開設し、一一月二五日午後一二時までに五五一名を、一一月二六日午前〇時から一二月七日午後二時までの間に一一四〇名を収容した。この間、第二半部は海鼠山北麓に進出して一一月二六日午前四時から一二月七日午後四時までの間に二六七八名もの傷病者を収容、一二月三〇日午前八時からは第一師団衛生隊全部で水師営包帯所での作業にあたり、翌年一月二日一二時までの間に一四〇名を収容している。

前線近くの包帯所で、日々傷者の収容と後送の任にあたっていた唐陽にとって、正月の旅順要塞陥落はやはり感慨深いものがあったのであろう。『唐陽山人詩鈔』巻三には、旅順要塞の陥落に際してよんだ「丙午歳朝」と題する漢詩が収録されている。

丙午歳朝

英雄末路寸心明　　英雄　末路　寸心明し
殺気消時和気生　　殺気　消ゆる時　和気生ず
昨歳今朝瞥於夢　　昨歳　今朝　夢に瞥て
開春第一観開城　　開春　第一　開城を観る

当日、予所宰第一師団衛生隊水師営治創所、為両軍使開城談訂処。
(当日、予の宰る所の第一師団衛生隊水師営治創所は、両軍使の開城談訂の処と為る。[39])

開城規約の談判と締結は水師営で行われた。この前日の様子については唐陽自身が『陣中日記謄本』の中で次のように記している。

一月一日　於　水師営
一、前日に引続き水師営に包帯所を設在し傷者二十六名を収容す。内露国軍人六名
二、正午隊長、医長以下準士官以上収容区の天幕内に集り東向して新年の祝杯を挙ぐ。
三、午後十一時、師団より明日その包帯所を彼我軍使の会見所に充つる故、その準備を為すべしと命令来る。（以下略[40]）

この文章は現在『善通寺市史』第三巻に収録されているが、筆者は原資料を目睹するに至っていない。もしこの史料が現存するのであれば、唐陽の日露戦争中の行動をより具体的かつ詳細に追うことが可能となるだけに残念である。ただし、他にこのあたりの事情を知る手立てがないわけではない。たとえば『日露戦役戦陣余話』などに収録されている他の軍医の手記や回想をみていくと、もう少し詳細に跡づけることができる。

明治三十八年一月一日、森衛生隊長、横川医長以下准士官以上収容区天幕内に集合、東面して新年の祝杯を挙げたる其夜の午後十一時、師団司令部より明二日其の包帯所を彼我軍使の会見所に充つるを以て、其の準備を為すべしとの命に接し、之が準備に着手す。重傷部の家屋を会見所に当てしが、其の四壁は新聞紙を貼りあり、其の新聞紙には露軍を侮辱せる時事

新報の漫画ありしを以て尽く張替へたり。翌二日午前九時に至り重傷部を軍使会見所に、医官室を露国随員控室に軽傷部を我が随員控室及電話所に、発送部天幕を我軍司令部の詰所に充つるの準備を了せり。[41]

当時、第一師団衛生隊付として現地にいた石田雄二は、水師営包帯所が会見所に充てられた経緯について、以上のようにごく簡潔にのべている。師団命令が衛生隊に届いたのが午後一一時であることは、唐陽の陣中日記と同様だが、壁に貼られた新聞紙にロシア軍を侮辱するような『時事新報』の漫画などが含まれていたために、壁紙を張替えたこと、重傷部、医官室、軽傷部、発送部をそれぞれ会見所、ロシア側随員控室、日本側随員控室、軍司令部詰所に充て、その位置関係を図に示していることなどは『善通寺市史』の引く唐陽の「陣中日記」にはみられない。

石田軍医はさらに続けて次のように述べている。

一月二日午後一時彼我の軍使伊地知、レースの両将軍数名の属員と共に来着、会見所に入り白布を以て覆ひたる我が手術台二個（三十八年十月十二日担架第一中隊一等卒森田清太郎、同第二中隊一等卒石川文内の両名製作せるもの、現在軍医学校参考館に保存せらる、又椅子及茶器等は師団司令部より運搬せり）を卓とし之を挟みて開城談判をなし、午後十一時開城規約調印を了す。（志賀重昂氏現場を見て赤十字旗の下に休戦談判を行ふは既に史的なり、更に白布一枚の下

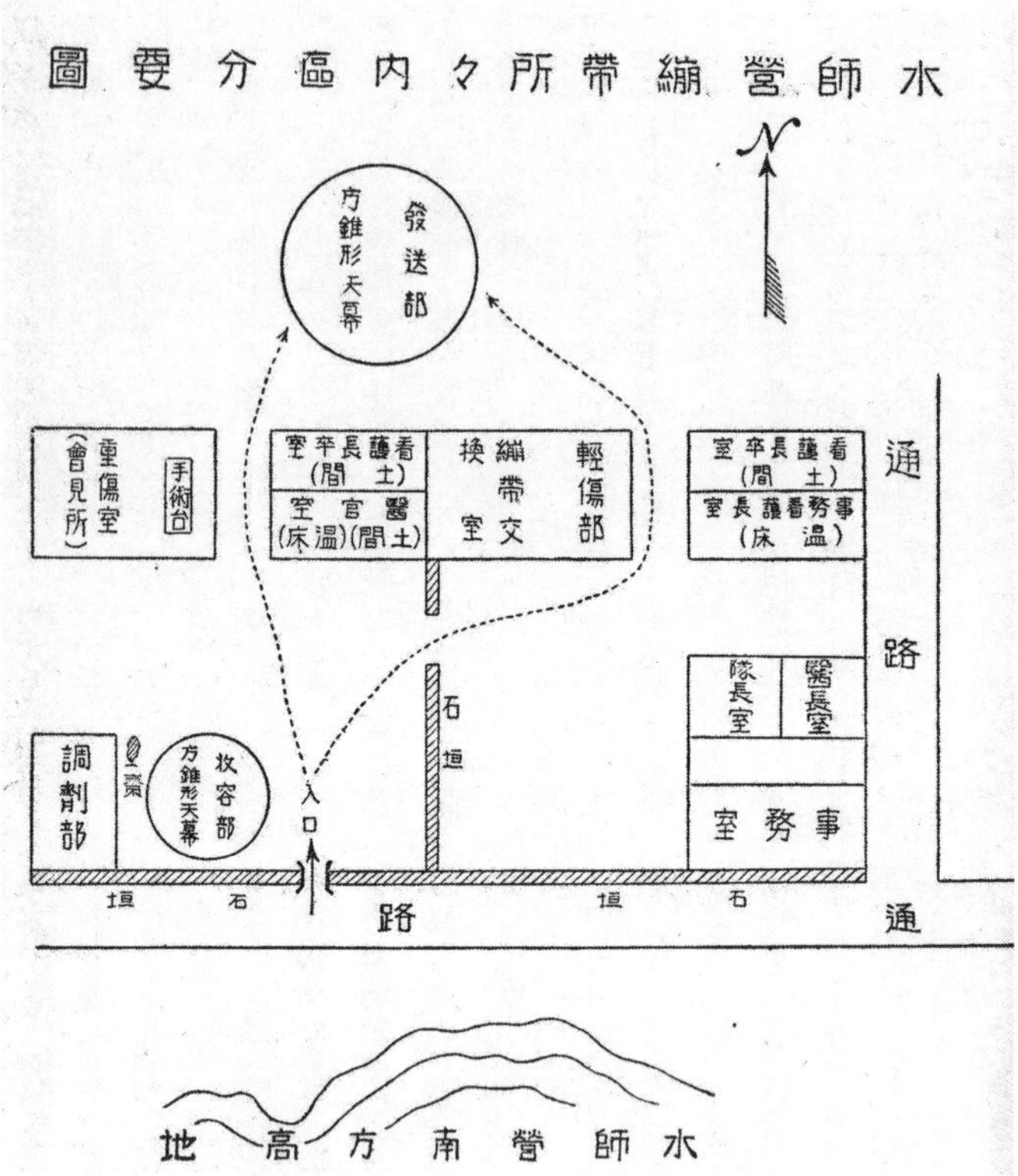

水師営包帯所所内区分要図（『日露戦役戦陣余話』より）

は前日迄彼我の血を以て塗れたるものなりとは、是れ有史以来未曾有の事なりと深く感慨に打たれたり）当日此の軍使会見の為我が包帯所内外は人馬輻輳して異様の光景を呈し、夜間は我が衛生隊に於て二十余箇の篝を焚きたる為め壮観を呈せり。
本包帯所は明治三十七年十月二十六日正午開設以来作業すること三回に及べるものなり。(42)

一月二日午後一時から、日本側からは伊地知幸介参謀長らが、ロシア側からはレイス大佐らが出席し、水師営包帯所にて開城談判が行われた。談判は深夜まで続き、午後一一時、ようやく開城規約が調印される。第一師団衛生隊第一半部が昨年一〇月二六日正午に水師営包帯所を開設して以来、多くの負傷者がここに収容されてきた。一日にはじめて衛生隊の実務に携わったという石田軍医にとっても、この二日の出来事は強く印象に残ったのであろう。なお、水師営の包帯所が会見の場に選ばれた理由については、西村文雄軍医の以下のような一文からも見て取れる。

水師営は、旅順要塞前の支那部落で、戦闘間は敵弾の為めに破損され其の光景は真に惨憺たるものであつた。開城の際両軍使の会見に充つべき適当の家屋なきに苦しみ、幸に第一師団衛生隊が開設中の包帯所の家屋は宏大ならざるも破損を免れあり、他に之に勝るものなかりしを以て此の茅屋を以て会見所と定めた。庭前には一小棗木あり繋馬に適した。当時所内には一台のテーブルだになく、衛生隊にて使用し来れる手術台は唯一の卓子であつた、即ち此

絵葉書「日露両将軍の会見セシ水師営ノ残家」（筆者所蔵）

の急造の卓子に白布を覆ひ以て永久に記念すべき彼我の協定は此の上にて調印せられた。此卓子は今陸軍軍医学校に保存しあり、嘗ては幾多傷付きたる将士が慈悲の活人刀をもて、骨を削がれ、肉を切られたる其の手術台が、いま彼我停戦協定の調印台となれるも誠に因縁深きものと謂ふべきである。(43)

水師営における、開城規約調印の際にテーブルとして使用されたのは、第一師団衛生隊の軍医らが前日まで用いていた手術台であった。『彰古館―知られざる軍陣医学の軌跡―』によれば、日露戦争後も手術台のうち一台は水師営に置き留められ、もう一台は、会見所の掲げられた日章旗・赤十字旗とともに日本に持ち帰られ、陸軍軍医学校の標本館に収められた、という。後者の手術台は、その後、国立第一病院、衛生学校を経て、現在、乃木大将旧邸に保

存されている。(44)

一九〇五(明治三八)年一月二日午後九時四五分、第一師団衛生隊包帯所において、日・露両軍委員の間で旅順開城規約が調印された。一月四日、第三軍司令の乃木希典大将は、参謀の津野田是重大尉と川上俊彦事務官を旅順市内のステッセル中将のもとへ派遣し、鴨三〇羽、干しぶどう一箱、シャンパン一ダースを届けるとともに、翌日午前一一時に開城規約の調印が行われた水師営において、乃木が個人として会見する旨を伝え、一月五日の一一時半より昼食を挟み、両将軍とその幕僚たちの間で雑談が交わされた。会談を終えた一同は外庭で記念写真の撮影を行い、ロシア側は一時二五分ごろ会見所を辞去している。新年を迎えた水師営は一日から好天気がつづき、会見の行われた五日もまた気候にめぐまれ、たいへんおだやかな日であったと伝えられている。(45)

乃木大将の感状――奉天会戦における第一師団衛生隊

高嶋九峰は『唐陽山人詩鈔』の序において、日露戦争中の唐陽を「就中、日露之役、在第一師団、以衛生隊医長、出入生死之際、能完其職責。其隊受感状。君功居多。(就中、日露の役、第一師団に在り、衛生隊医長を以て、生死の際に出入し、能く其の職責を完うす。其の隊感状を受く。君の功居多なり)」と讃えている。当時の「感状」は、日露戦争開始直後の一九〇四(明治三七)年三月一日に制定された「陸海軍感状授与規定」にもとづき、陸軍総司令部等が所定の審査を経た上で、勲功のあった個人や部隊に授与していた(46)。日露戦争時に第一師団衛生隊が受けた感状については『陸軍軍医学校五十年史』に実物の写真が掲載されている。

感　状

第一師団衛生隊

明治三十八年三月八日ヨリ十日ニ至ル田義屯三台子　ウンガンツン方面ノ戦闘ニ際シ真ニ避クヘカラサル情況ノ下ニ銃砲弾ノ危険界ニ包帯所ヲ開設シ多大ノ損害ヲ顧ミズ勇敢機敏ノ働作ヲ以テ二千五百有余ノ傷者ヲ収容シ機ヲ失セス完全ナル応急処置ヲ施シ得タリ其功績偉大ニシテ他ノ模範トナルニ足ル仍テ感状を授与ス

明治三十八年三月十二日

第三軍司令官陸軍大将正三位勲一等功三級男爵　乃木希典(47)

この感状によれば、第一師団衛生隊は、一九〇五（明治三八年）三月八日より一〇日にかけて、田義屯・三台子方面の戦闘に際し、危険を冒して最前線に包帯所を開設、勇敢かつ機敏に作業を行い、二五〇〇人あまりの負傷者を収容し、時機を失することなく応急処置を施したという。しかしその記述はあくまで簡潔で、感状授与の理由となった田義屯の戦いや、衛生隊の具体的な行動は、当然のことながら感状からは具体的に読み取ることはできない。第一師団衛生隊が「感状」の栄誉に浴する活躍をみせた、奉天会戦中の田義屯における救護活動はどのようなものであったのか。このあたりの事情については、西村文雄「軍医の観たる日露戦争」に次のように記されている。

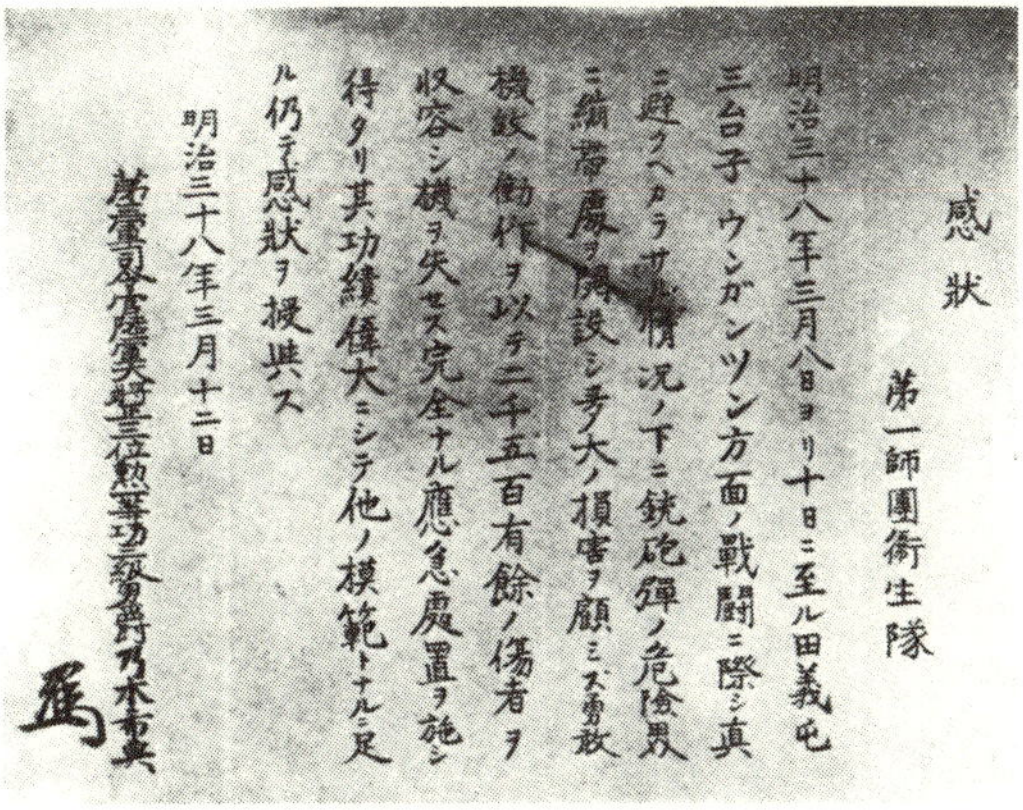
感状
第一師團衛生隊
明治三十八年三月八日ヨリ十日ニ至ル田義屯
三台子ウンガンツン方面ノ戦闘ニ際シ真
ニ避クヘカラサル情況ノ下ニ銃砲彈ノ危険ヲ冒シ
ニ繃帯處ヲ開設シ多大ノ損害ヲ顧ミス勇敢
機敏ノ動作ヲ以テ二千五百有餘ノ傷者ヲ
收容シ機ヲ失セス完全ナル應急處置ヲ施シ
待タリ其功績偉大ニシテ他ノ模範トナルニ足
ル仍テ感狀ヲ授與ス
明治三十八年三月十二日
第三軍司令官陸軍大將從三位勲一等功三級男爵乃木希典

感状（『陸軍軍医学校五十年史』より）

全戦役を通じて大小二十数回の戦闘あり、此の間包帯所を開設した回数四百四十回、其の収容総数実に十万七百余人に達し、他に露兵二千三百余名を収容した。奉天大会戦に於ては百三十七箇所に於て作業を行ひ三万六千五百余名を収療した。又一箇の包帯所にて収容傷者一千名以上を取扱ひたるものは黒溝台戦に於て二箇、奉天大会戦に於て十箇、旅順要塞戦に於て六箇を算し、就中奉天大会戦田義屯第一師団衛生隊に於ては三日間に二千三百名を収容し、而かも其半数以上は衛生隊半部の人員を以て作業したのであるから、其の混雑繁劇と軍医以下の困苦努力とは実に筆舌の克く尽し得ざるところであった。

包帯所は火戦近くに開設するを以て、敵弾の被害を受け、衛生部員、傷者共に敵弾に傷けるものも少なくなかつた（中略）第一師団田義屯包帯所では軍医二名負傷したる外、看護長手の多数が犠牲となった。又開設中敵弾の為に火災を起した場合も少なくなかつた。(48)

西村文雄によれば、日露戦争の大小の戦闘中、衛生隊が包帯所を開設した回数は四四〇回にのぼったという。そのうち多くの死傷者を生じた奉天会戦では一三七カ所において作業し、三万六五〇〇名余を収容・治療した。同会戦で千人を超える傷者を収容したのは一〇カ所にのぼり、なかでも過酷な環境で行われた作業事例として、田義屯における第一師団衛生隊の事跡が次のように特筆されている。

第一師団田義屯包帯所（医長一等軍医横川徳郎）は、三月八日正午先づ半部を開設し、他半部は待機の状況にあつたが、戦況上前進し難く、後に至り全部を以て作業に従事した。其の担架中隊は戦闘開始と共に傷者の収容に従事したが、戦闘酣なるに至つて、戦場は平坦開濶地にして担架の運動を許さず、夜に入つて初めて収容に着手した。

包帯所内は傷者輻輳して作業多忙を極めたが、村落内には我放列あり又予備隊の隠蔽するありて、敵は熾に村落の内外を掃射し危険極まりなく、包帯所内にも頻々死傷者を生じた。既にして収容者は益々増加して民家に充盈し、勉めて之を後送したるも尚ほ収容余力を得るに至らず、かくして九日に至り後備歩兵第一旅団及び師団左翼隊は戦況不利となりて退却するに至り、軽症者は群集して来り所内に溢るゝに至る。且つ同日午後五時頃、戦況上殊に傷者の後送を急速にし又行李を整理すべきの訓令を受けたるを以て、所内は恰も鼎の沸くが如く混乱を極めた。当時包帯所は我第一線の直後に在り小銃火頻りに所内に落ち光景実に凄惨たるものであつた。加之民家は兵燹に罹り病室に延焼し傷者の救護、材料の搬出等一層の混雑を招いた。此の間担架中隊は前方傷者の収容に、補助輸卒隊は後方輸送を継続した。かくて漸く敵の退却するに至り、包帯所は其のまゝ作業を続行し収容傷者二千三百余名に達し、担架四十一箇を破損し、急造担架五十箇を使用したるも之れ又其の半数を損した。又所内に勤務せし軍医二名負傷し看護長手担架卒六名死傷し、傷者収容に従事せし担架中隊にあつては中隊長以下四十六名の死傷者を出した。戦終つて軍司令官から感状を授与せられた。(49)

一九〇五（明治三八）年二月から三月にかけての奉天会戦は、日本・ロシアあわせて五〇万を超える兵力を繰り出した史上稀に見る大会戦であった。旅順要塞の攻略を終えた第三軍は北方の主力部隊と合流、奉天会戦では最左翼を担い北進し、三月七日には、第三軍隷下の第一師団が奉天北郊の田義屯・四台子方面に進出、翌八日、第一師団は歩兵第一旅団等の前衛を三台子に、同第二旅団等の左側衛を文官屯に向かわせ鉄路をおさえ、ロシア側の退路を断つべく攻撃するが、敵の激しい反撃にあい容易に進捗しない。ことに左側衛は、観音屯及びその西北の森林から銃火を、文官屯西端および三台子東方から砲火を受け前進の中止を余儀なくされ、苦戦を強いられていた。午前八時半ごろ田義屯西北端に到着した第一師団本隊は左側衛のかかる状況を知り、同村東南端付近から文官屯・三台子付近へ向けて攻撃を開始するが、やはり戦況は好転しない。

結局、柳条湖へ向かって前進し、奉天─鉄嶺間の交通を遮断し鉄道線を破壊してロシア側の退路に迫る、という、第一師団の当初の目的は達成されなかった。すでに「第一軍、第四軍前面の敵兵が七日夜半より退却を始めた」旨を知らせる通報を受けていた第三軍司令部は、三台子・文官屯の敵を排除し、北へと延びる鉄道線へと進出する必要に迫られ、あくまで文官屯・三台子・観音屯方面への攻撃を繰り返したが、決定的な打撃を与えることができずにいた。かかる状況をみて第三軍司令部は、攻撃の督促を行うとともに、総予備隊の後備歩兵第一四旅団などの増援を決定する。これを受けて第一師団は、翌九日も田義屯を拠点に三台子・観音屯・文官屯方面への攻撃を継続するが、正午すぎに後備第一旅団の敗走が引き金となり、大潰走を惹起してしまう。

このような困難な状況のもとで、諸隊の軍医たちや田義屯の第一師団衛生隊が傷病者の収容や治療に従事していたことは、今日ではほとんど注目されることはない。けれども、先に紹介した西村文雄の記述や、当時、田義屯付近にいて業務に携わった人々の記録から、ある程度、その当時の様子をうかがい知ることができる。

たとえば、三月八日から一一日にかけての第一師団衛生部員の動向については、当時第一師団の軍医部長であった、鶴田禎次郎の『鶴田軍医総監日露戦役従軍日誌』の記述によって、ある程度まで把握することができる。たとえば三月八日の条には次のように記されている。

三月八日　晴　気温　-11℃　+4℃　-9℃　西南風　風力　2

（中略）師団司令部は午前七時董家台を出発し、午前八時四十分図上の張家子即ち田義屯に到著、爾後戦闘開始、同地南端に在り、夜田義屯民家に宿営す、携帯口糧使用。包帯所を田義屯に開設、第三野戦病院を五台子に、第四、第二を道義屯に開く。(50)

これによれば師団司令部が田義屯に到著したのは午前八時四〇分、衛生隊は同地に包帯所を開設し傷者の受入を開始し、やや後方の五台子、道義屯には野戦病院が設けられ、傷者の後送と受入のための準備が整えられていたことがわかる。ただしこの記述からは、前線の様子はみえてこない。

一九〇五（明治三八）年三月八日、第一師団は歩兵第二連隊を主力とする左側衛をして文官屯方面への進出を企図し、午前八時過ぎに朝霞に乗じて田義屯より前進を開始する。しかし、田義屯東南の観音屯及びその西北の森林から銃火を、文官屯西端及び三台子東方から砲火を受け停滞、午前八時半ごろ田義屯西北端に到着した第一師団本隊もこれを助けた。『日露戦役衛生史』によれば、観音屯西北の小森林を占領するまでは比較的損害は少なく、負傷者の後送は逐次行われていたものの、同日正午頃の森林占領後は敵の集中射撃を受け被害が拡大し、収容・後送にはかなりの困難がともなったようである。この日西村文雄は、歩兵第三連隊第二大隊付三等軍医として観音屯に前進攻撃中の第三大隊と第二大隊の散兵線後にいて担架卒を指揮し、傷者の収容に努めており、自身の経験を「軍医の観たる日露戦争」の中で次のように記している。

田義屯の戦闘。三月八日歩兵第三連隊は、田義屯より東南方観音屯に向ひ前進攻撃を決行した。敵は優勢なる砲兵を各方面に配列し、我に十字火を集中し死傷忽ち続出した。第三大隊付三等軍医荒武本三は当時既に受傷して後退した。第二大隊付三等軍医西村文雄は、両大隊の散兵線後に在つて補助担架卒を指揮し多数の傷者を収容した。敵は村落の囲壁に拠つて猛火を注ぎ我が損害益々多きに上つた。戦場は一望通視し得るべき平坦地なるを以て拠るべき地物なく、大隊は猛進して敵前五、六百米に達し、戦闘を継続しながら夜に入つた。此の間補助担架卒は敵火を冒して勇敢に動作し、更に衛生隊の担架卒も亦之れに加はり傷者の収集に努めしも、単独兵の行動さへも許さゞる第一線付近にありては如何ともすべからず、只三々伍々中隊附属の看護手によつて救護を受くるに過ぎず、斯くして夜に入り漸く之を収容することを得た。(51)

ここで、西村ら隊付軍医の任務について確認しておきたい。彼らは、前線の歩兵隊、戦車隊、騎兵隊、砲兵隊、工兵隊など、師団隷下の各部隊に配属され行動を共にし、戦線の直後において仮包帯所を開設、担架卒・補助担架卒を指揮して負傷者の収容に努めることを主な任務としていた。戦闘が開始され負傷者が発生した際、戦線の近くにありながら敵の攻撃を受けにくく、交通の便や水を確保しうる地点に仮包帯所を設け、負傷者の収容と初療の普及・修正を実施する。これを通常隊付軍医二名で担当し、主として高級医官が仮包帯所における処置を担い、一方がより前線に進出して担架卒とともに収容にあたる場合が多かったようである。仮包帯所では、戦線において戦友あるいは負傷者自らが行った包帯の矯正・交換や止血法をチェックし、骨折がある場合には添え木をあてる等の応急処置が中心で、緊急の場合を除いて手術は行われなかった。同所は、衛生隊が到着し負傷者の引き渡しを終えると閉鎖するのが基本であるが、戦況や天候などの関係上、負傷者をより迅速かつ円滑に後送する必要があるときは、そのまま作業を続行する場合も多かった。

三月八日当時、田義屯には師団衛生隊の包帯所や、歩兵第三連隊第二・第三大隊の仮包帯所のほかに、同じく師団左翼隊を構成する歩兵第二連隊第一大隊、第二大隊、第三大隊、歩兵第三連隊第一大隊の仮包帯所が設置されており、西村は連隊と行動を共にし、担架卒を指揮して負傷者の田義屯方面への後送を担っていた。

一方、同時期に三台子方面へ進出した前衛はどのような状況に置かれていたのであろうか。一例として、歩兵第十五連隊の事例もみておきたい。

三月八日、歩兵第十五連隊は前衛として三台子を攻撃するものの、防戦するロシア側の激しい反撃にあい多くの損害を出し、師団予備隊の一部（歩兵第一連隊第一大隊）の増援を受けて前進を企図するも果たせず、昼間の攻撃を中止。翌九日、〇時過ぎに歩兵第十五連隊主力をもって夜襲をかけ、三台子の一部を占領するものの家屋に拠り防戦するロシア軍に阻まれ、一〇日午後二時過ぎ、ようやくそのすべてを占領した。死傷者数は歩兵第十五連隊全体で九三〇名に上り、歩兵第一連隊第一大隊、歩兵第十五連隊付軍医は金家窪子に仮包帯所を開設して傷者の収容に努めた。このときの衛生業務の概要は『日露戦役衛生史』に記録されているが、歩兵第十五連隊第二大隊については当時隊付軍医として従軍した髙塚徳次郎の日記・記録類が現存するため、より状況を詳細に跡づけることができる。

歩兵第十五連隊第二大隊の「明治三十八年（自三月八日 至三月十日）三台子付近戦闘ニ於ケル衛生業務報告」には戦線における負傷者救護の状況について、次のように記されている。

1、戦線ニ於ケル傷者救護ノ状況　戦線ニ於ケル傷者ノ救護ニハ看護者二名ヲ派シテ之ニ任ゼシメ、補助担架卒四担伍ヲシテ重傷者ヲ運搬セシメシガ今回ノ戦闘地区ハ開闊セル平野ニシテ地物ノ敵眼ヲ遮蔽スルモノ一モアルコトナク、従テ後方交通路ハ常ニ敵ノ銃砲弾ノ脅威ヲ受ケ危険極マリナク、遂ニ看護手一名・補助担架卒二名ノ負傷者ヲ出スニ至レリ。状況右ノ如クナルヲ以テ第一線ニ於ケル傷者ノ救護後送ハ非常ニ困難ナリシモ、第一日ハ戦闘夜ニ入ルト共ニ中止ノ姿トナリシヲ以テ其機ヲ利用シ傷者ハ悉ク之レヲ収容スルヲ得タルモ、第二日ノ八日夜半ヨリ九日払暁ニ亘ル夜襲ニ於テ生ジタル傷者ハ其数非常ニ多キト暗夜ナリシト尓後戦闘ノ間断ナク継続セルトノタメ患者ヲ収容スルヲ得ズ。遂ニ三日《ママ》迄救護ヲ受ケザルモノアリシハ遺憾ナリキ。

第八中隊看護手橋詰詮ハ八日ノ夜突撃隊ニ加ハリ傷者救護中左拇指ニ貫通銃創ヲ受ケ遂ニ戦線ヲ退クニ至レリ。[52]

三月八日から一〇日に至る三台子付近の衛生業務に携わったのは、同報告によれば、一等軍医倉林香三、三等軍医高塚徳次郎、二等看護長原喜十、看護手荒張豊・橋詰詮のほか、上等兵一名、一等卒一名、担架卒三名、補助担架卒一四名の計二四名で、三月八日午前一一時三〇分から同一〇日午前一〇時までの間開設された仮包帯所には歩兵第十五連隊第二大隊二〇二名、同第一大隊三名、同第三大隊六名、後備歩兵第十五連隊第一大隊一名の計二一二名であるという。[53]前線における重傷者の運搬には補助担架卒があたったが、三台子付近は広々とした平野で敵の視線を遮るようなものがなく、また、後方の交通路もしばしば敵の銃砲弾の脅威にさらされ危険が多く、その作業は困難をきわめた。『日露戦役衛生史』にも、

八日三台子攻撃部隊ノ開豁地ヲ前進スルヤ敵前約千五百米ノ地点ヨリ既ニ死傷アリ敵ニ近クニ従ヒ損害漸ク加ハリ初期ノ傷者ハ逐次後送ヲ得タルモ対戦久シキニ及ンテ敵火逾〻雨下シ

後方ノ連絡ハ伝令ノ往復モ断絶セントシ軽傷ニシテ自ラ匍匐シテ後退シ得ルモノノ他ハ戦線後ノ小地物ニ倚ラシメ日没ヲ待チテ之ヲ後送セリ(54)

とあるように、戦闘が激しさを増すにつれて、傷者の収容・後送や後方との連絡は、激しい敵の攻撃の中で困難を極め、敵銃砲弾の脅威が相対的に少ない夜の訪れを待って後送を実施したようである。しかし三月八日の夜半から九日の明け方にかけて夜襲が行われ、再び多くの死傷者を出してしまう。だが、戦闘はその後も間断なくつづき、敵味方の銃火のために収容できなかった負傷者も多く、三月一〇日朝になって仮包帯所を撤収し、負傷者の後送作業を第一大隊の山田一等軍医に託し、倉林軍医以下大隊付衛生部員と補助担架卒は、師団衛生隊とも連携しつつ、大隊の占領した三台子北端に進出して救護所を開き、総力を挙げてその収容に努めている。

三月八日、各隊の衛生部員が負傷者の収容に努めている間、田義屯には衛生隊の包帯所が、さらに後方の五台子や道義屯には野戦病院が開設され、着々と負傷者の受入・後送の体制が整えられていった。しかし戦況はなかなか好転せず、田義屯に開設された包帯所には負傷者が殺到し、衛生隊の業務は多忙を極めた。各隊から田義屯方面への後送は、戦闘の激化とともに困難の度を増し、事態は刻一刻と悪化の一途を辿っていった。当時第一師団衛生隊の医長として指揮をとっていた横川唐陽は、このときの様子を野口寧斎に宛てた書簡の中で、次のように述べている。

三月八日　午前七時、発道義屯、行一里。余憩于田義屯之南方。敵弾飛来者数十、我師団直整隊伍、交戦漸劇。午時、開包帯所於村之中央民家、傷者陸続接踵。到午夜已算八百七十名。敵弾縦横在包帯所内、受傷者数人、傷兵診問之間、一全弾落我与石田之間。両傷兵更失一肢、危哉命也。（三月八日　午前七時道義屯を発ち一里を行く。余、田義屯の南方に憩う。敵弾の飛来するもの数十、我が師団直ちに隊伍を整え、交戦すること漸く劇し。午時、包帯所を村の中央の民家に開く、傷者陸続として踵を接す。午夜に到り已に八百七十名を算う。敵弾の縦横包帯所内に在り、傷を受ける者数人、傷兵診問の間、一に全弾我と石田との間に落つ。両傷兵更に一肢を失う、危なるかな命や。[55]）

去る三月六日に、総予備隊の後備歩兵三個旅団（後備歩兵第一旅団、同第十三旅団、同第十四旅団）を隷下に入れた乃木第三軍は、奉天のロシア軍主力の退路を遮断するため奉天北方へと兵を進め、第一師団に田義屯へ進出し奉天・鉄嶺間の鉄道を破壊すべしとの命令を発した。三月八日午前七時、第一師団は田義屯南方へと進出しロシア軍と交戦、師団左翼隊の各隊は八日午前から午後にかけて順次田義屯に仮包帯所を開設し、各隊の負傷者の収容を急いだ。『日露戦役衛生史』によれば、八日午後〇時、田義屯の第一師団衛生隊に包帯所開設命令が出され、午後三時三〇分には作業を開始。この間、午後一時四〇分に第三野戦病院に董家台での開設命令が、八日午後九時には第四野戦病院に対して道義屯における野戦病院開設命令が出され、九日深夜に第一、第二野戦病院を道義屯に前進させ、包帯所から野戦病院へ向けての後送体勢の強化が図られた。しかし状況は好転せず、翌九日には重大な局面を迎えるに至るのである。ふたたび、鶴田軍医部長の日記に目を向けてみよう。

三月九日　晴　気温　-6℃　+8℃　+1℃　西南風　風力9

軍医部は終日田義屯の南端にあり。

田義屯包帯所の収容傷者　午前零時三十分まで九百十四名、午前七時まで千〇二十七名（包帯所残留三百名）午前十時三十分まで千百七十七名（残留三百名）。

（中略）田義屯宿営、給養は大行李糧秣。

今夜歩第一旅団の兵二百名と共に衛生隊は我退却せる左翼方面の傷者を出来得る限り運搬する筈。

包帯所にて（以下略）(56)

鶴田の日誌は実に淡々としているが、この日、第一師団はきわめて重大な事態に直面しつつあった。

第一師団は、奉天―鉄嶺間の道路を遮断し鉄道線を破壊すべく、後備歩兵第一旅団を歩兵第二旅団（歩兵第二連隊・同第三連隊）の左方に展開させ、正午前には鉄道線近くに到達する。しかしロシア側の激しい抵抗にあい、後備第一旅団が田義屯に向かって潰走、これが第二旅団にも波及し田義屯への退却を余儀なくされ、司令部は、師団予備隊であった歩兵第一連隊を田義屯に展開し敗兵の収容にあたらせるとともに、後備歩兵第一四旅団を田義屯北方に展開し、司令部は「三台子と田義屯を両拠点として敵を阻止し、万已むを得ざる時は田義屯を以て師団長以下の墓地と定め(57)」る決意で敵の来襲に備えた(58)。このとき田義屯の包帯所には退却してきた諸隊の兵が殺到し『日露戦役衛生史』に、

後備歩兵第一旅団及師団左翼隊ノ退却ニ方リテハ軽重傷者混淆シテ来リ同日午後五時頃戦況上特ニ傷者ノ後送ヲ急キ又行李ヲ整頓スヘキ訓令ヲ受ケ包帯所内殆ント鼎沸ノ状アリ(59)

というような状況に陥っていた。このとき、田義屯包帯所には「午前零時三十分まで九百十四名、午前七時まで千〇二十七名（包帯所残留三百名）午前十時三十分まで千百七十七名（残留三百名）(56)」もの負傷者が収容されていたが、潰走した左翼隊の負傷者収容がいまだ十分ではないことを考慮して、夜間、衛生隊の担架中隊が第一旅団の兵二〇〇名とともにできうる限り収容することが予定された。それにしても『日露戦役衛生史』が、包帯所内の混雑を「鼎沸ノ状アリ」と記しているのは、当時の様子を簡潔に述べた、実に上手な表現であると思う。「鼎沸《ていふつ》」は、鼎《かなえ》の湯が沸きかえるように騒ぎたつ様子を示す漢語表現で、後備歩兵第一旅団と歩兵第二旅団の潰走によって、

多くの負傷者が殺到した田義屯包帯所の混雑、恐慌ぶりをよく伝えている。

ところで、この日は、師団司令部や衛生隊の包帯所があった田義屯に対しても、直接的な攻撃がつづいた。当時、田義屯における戦闘に参加した歩兵第一連隊の『歩兵第一連隊歴史』には、次のように記されている。

午後五時頃になると、敵は此の黄塵濛々たる狂風を利用し、いづれからか我が田義屯に攻撃して来た。塵風の合い間を透して見れば、敵は黒山のやうになつて押し寄せて来る。連隊はナアニ破らるゝものかと直に陣地を拠り、敵を六、七百米突迄引き付けて一斉に猛烈な射撃を開始した。敵は我猛射に辟易したものか、やがて再び黄塵の中に没してしまつた。此の夜は戦闘隊形の儘警戒して居たが、折悪しく村内に火災が起つたので、民家は皆負傷者の為に占有せられて居る時ではあり、後退部隊の整頓のためには非常な混雑を来した。(60)

連隊史の記述は勇ましいが、この時のロシア側の攻撃は、日本軍による鉄道遮断を阻止することを目的としたもので、その第一線は田義屯の前方六・七百メートルの所で停止し、村へ突入する意図を持たなかったため、九死に一生を得た、というのが本当のところであったようである。田義屯周辺での戦闘が断続的につづく間、衛生部員たちは負傷者の収容・治療に忙殺されていた。統制のとれない中での退却、恐慌をきたした負傷者、付近で繰り返される戦闘。そのような混乱の最中に冷静沈着に重傷・軽傷を見極め、適切な応急処置を施していく。後送が可能になれば、後方の野戦病院や兵站病院に傷病者を送り出す必要があるし、それが望み得ないのであれば、その場にとどまって一人でも多くの命をつなぎ止める以外に道はない。手術はできうる限り後方で行うのが原則だが、砲弾の飛び交う中、手術を行わなければならないときもある。去る七日には、手術の最中、敵弾をその身に受けて戦死した軍医がいた。「次は俺か」という思いも去来する。前線には未だ多くの負傷者が取り残され、各隊付軍医の開設した仮包帯所は、衛生隊担架卒の到着を今か今かと待っている。しかし、翌一〇日もロシア側の攻勢はつづく。ふたたび『歩兵第一連隊歴史』をみてみよう。

混乱の九日も翌十日となれば、狂風は忘れたようにおさまり日も温かである。連隊は依然田義屯に於て待機の姿勢にあつたが、田義屯に対する敵の砲撃は依然として衰へないばかりでなく、我が第一線各方面の戦況は依然として発展しない。やつと午後四時になつて、第二旅団は文官屯に、後備歩兵十四旅団は三台子に向って前進を起すことが出来た。

（中略）

聽てさしもに頑強であつた前面の敵も次第に退却に移つたので、我が砲兵は追撃射撃を加へたが、弾薬の補充が思ふやうにならない為め、敵の歩騎砲の大縦隊を見乍らも、みす〳〵之を逃がすと云ふ有様、見て居るものをして切歯扼腕せしめた。

翌くる十一日午前三時、師団命令によつて初めて奉天が昨夜の中に陥落したことを知つた。(61)

一〇日に入っても、田義屯に対する攻撃は続いていた。ロシア側は奉天の北方、鉄嶺に向けての撤退を継続し、あわせて日本側に退路を絶たれるのを妨害するべく、奉天―鉄嶺間の鉄道線に迫ろうとする乃木第三軍に対して徹底的な反撃を加えた。同日、日本軍は奉天を占領するが、それはロシア側の戦略的撤退の結果にすぎない、という見方もできる。十分な余力を残しつつ撤退したロシア側の反撃は力強く、それだけ第三軍の受けた被害は大きなものとなった。

このころ、三台子、ウンガンツン方面の状況や、傷者の収容にむかった衛生隊の被害状況に関する情報が、鶴田第一師団軍医部長のもとに集まりはじめる。後備歩兵第一旅団の兵二百とともに三台子方面の傷者収容に向かった衛生隊の担架中隊に大きな被害が出たこと、田義屯周辺二千メートル範囲内に依然多くの負傷者がいることなどが確認されている。

三月十日　快晴　気温　-6℃　+8℃　-1℃　北風　風力3

進級の電報命令到達す（三月四日付）。

終日田義屯南端にあり。

午前二時森衛生隊長、田義屯宿営に来りて曰く、参謀長の談により三台子に出したる十担架は三台子前方に於て敵の一斉射撃を受け三名踪跡不明、小隊長負傷し、唯此線より以後にある傷者若干を運搬せり、此後に出したる後備歩兵（将校指揮）亦入るを得ずして帰ると、又曰く、後歩は担架卒より弱劣なりと。

（中略）

午前八時三十分、食事を取りに来りたる歩十五ノ二大の兵二名（同隊炊事は田義屯にあり）の談に曰く、三台子は半分宛彼我之を分領して交戦中、村落内は却て安全なるも其後方三、四百mの所は敵弾甚しく担架卒は皆茲にて斃さると。

宮澤部員をして此兵を衛生隊長の許に導かしめ、此兵と共に担架卒を三台子に派遣せしむ。

又昨夜ウンガンツン方面に出したる担架卒は田義屯村端より約八百m迄到れり（茲に彼我傷者混在せりと）我前哨も亦此線より前方に進まず、然るに我委棄せる多数の傷者は田義屯より二千m以上の所にあるなりと（後略）[62]

銃声が止んでもなお、負傷者は前線に取り残されていた。負傷者の収容に向かった担架卒のうちにも、二度と還らないものが多くいた。唐陽は、この酸鼻きわまる戦場の現実を、いち軍医として目の当たりにしたのである。

万宝山の敗戦、黒溝台の戦闘と並んで、日露戦争における危機的な局面の一つに数えられる田義屯の戦いは、二個旅団の潰乱敗走という大規模なものであった。当時、田義屯に開設された包帯所の付近は一時「敵は熾に村落の内外を掃射し危険極まりな[63]」い危機的な状況に陥りながらも、第一師団衛生隊は傷者の収容に注力し、多くの犠牲を払いつつ二三〇〇余名の傷者を収容することに成功、のち「感状」の栄に浴したのである。

奉天の鷗外と唐陽

横川徳郎（唐陽）が森林太郎（鷗外）と同じ陸軍軍医であり、漢詩を通じた交流があったことは、『明治漢詩文集』所収の「略歴」や藤川正数の研究によって指摘されている。実際に『唐陽山人詩鈔』の巻首にみえる高島九峰の序をみると、

鷗外森博士、為君上司、常服君詩、毎一吟成、就君求益、呼以先生。
（鷗外森博士、君の上司たり。常に君の詩に服し、一吟成るごとに、君に就きて益を求め、呼ぶに先生を以てす。[64]）

とあり、鷗外との関係が森槐南、野口寧斎らの師友とは別に記されているものの、この記述からは、森鷗外と横川唐陽との関係に関する具体的な様相をうかがうことはできない。ただし、そのための資料がまったく遺されていないわけではなく、今日、『鷗外全集』[65]などに収められている鷗外の書簡や、山田弘倫の『軍医としての鷗外先生』（『軍医 森鷗外』と改題[66]）によってある程度

跡づけることができる。このうち山田の著作には「横川唐陽叱らる」という一文が収められており、研究者の間ではしばしば鷗外の戦争観を伝える資料の一つとして注目され、近年刊行された鷗外の伝記、小堀桂一郎『森鷗外―日本はまだ普請中だ―』の中で、山田弘倫の先の一文に基づいて、

横川唐陽（本名徳郎）は、日清戦役の章でもその名に触れた、森より六歳年下の軍医で（中略）横川の担当する野戦病院も奉天に進出してゐたので、横川は或る日第二軍軍医部長たる森の許に挨拶に赴き、そこで漢詩文の上での平生の親しい交際からつい気を許して、奉天会戦の御感想などお聞かせ願ひたいと気軽に質問を向けた。すると森は俄に容を改め、「いやしくも軍服を身に着けた軍人が戦争の感想などは言へる筈がない。強ひて云ふならば、悲惨の極とでも云はねばならんじやないか。さういふことはちと慎しんだがよからう」（山田弘倫『軍医森鷗外』〔昭和十八年、文松堂〕に記載のまま森の言葉を引く）と横川を強く窘めたといふ。

と述べた上で「人間の世には、暇令胸の裡に煮え滾る如き思ひであつても決して口外すべきではない、といつた酷しい現実が存在することを、森は戦場の現実に触れて深刻な認識として懐いた如くである」と指摘している。(67) 以上のような小堀の叙述からもうかがえるように、山田弘倫の「横川唐陽叱らる」は、日露戦争時における鷗外と唐陽の交遊だけではなく、鷗外の戦争観をうかがう一証言として一定の意義を有している。しかしながら、山田弘倫自身が「此の頃患者還送の業

務も漸次進捗したやうであるから、先生は復た日々を趣味の方面にも向けられて居られたのであらう。それに就ては清水（秀夫）軍医手記『弾雨をくゞる担架』中の「奉天に於ける鷗外博士」の一節がある」[68]と述べられている点からみて、この一文を紹介する場合には、山田弘倫の『軍医森鷗外』の記述だけではなく、清水秀夫の手記「弾雨をくゞる担架」をあわせて参照する必要があるように思われる。

清水秀夫は、日露戦争に第三軍隷下の第九師団工兵第九大隊付次級軍医として出征し、旅順攻囲戦に参加した軍医で、楊家屯の第一野戦病院（病院長 野口銓太郎軍医正）勤務等を経て、奉天会戦後第三軍兵站監部付となり、唐陽のもとで第三軍奉天兵站病院の開設・運営に従事した。唐陽とはその後、同病院の閉鎖、道義屯における病院の設置までを共にしたが、第九師団歩兵第十九連隊付の高級医官への転任を命ぜられ、その下を去っている。

清水秀夫の手記は、現在、一九三四（昭和九）年に戦医史刊行会から刊行された『軍医の観たる日露戦争 弾雨をくゞる担架』によって見ることができる。同書は、日露戦争に歩兵連隊付軍医として従軍した経験をもつ西村文雄の手によって編まれた書物で、西村自身が執筆した「軍医の観たる日露戦争」「旅順から奉天へ」と清水秀夫の手記「弾雨をくゞる担架」が収録されている。このうち西村の筆になる「軍医の観たる日露戦争」の自序には、

時に偶々知友清水君が日露戦の従軍談を書き綴り「弾雨をくゞる担架」と題して余に示した。

嘗て旅順攻囲戦に又奉天方面に従軍した私としては殊更懐古の情に堪へず、一気に読了して興趣尽きず、戦場の光景を髣髴し、従軍々医の手記としては上乗の著述なるを思つたが、それにつけても、更に戦役全般の医事衛生の事蹟をも紹介しなば、錦上更に花を添ふるであろうと考へたのである。(69)

と述べ、西村が清水軍医の「弾雨をくゞる担架」を補足する意味を込めて「軍医の観たる日露戦争」を執筆したことがうかがえる。西村は『日露戦役衛生史』の編纂にも関わった人物で「戦役全般の医事衛生の事蹟」を紹介することができるだけの情報を持っていた。

西村文雄と清水秀夫の著作を合本した『軍医の観たる日露戦争　弾雨をくゞる担架』は、山田弘倫『軍医としての鷗外先生』と同年に刊行されている。したがって、山田弘倫もまた西村文雄と同様、清水秀夫から示された、単行の「弾雨をくゞる担架」を目にしていたものと思われる。なお「弾雨をくゞる担架」には、『軍医としての鷗外先生』の中で「横川唐陽叱らる」として紹介された一文のほかにも、当時、唐陽が院長として勤務していた奉天兵站病院に関する記述がみられ、日露戦争中、奉天における鷗外と唐陽の会談の背景を明らかにする上で重要な情報を提供してくれており、山田弘倫『軍医としての鷗外先生』をしのぐ史料的価値を持っている。

日露戦争における軍の行動や、司令官の輝かしい功績については、『明治三十七八年日露戦史』のような公刊戦史を繙けば、その大概を把握することができる。もちろん、参謀本部が公刊を目的として編纂したものである以上、すべての事柄がありのままに書かれているわけではない。人々の姿はむしろ、こうした手記の中で語られることが多い。幸い、陸軍の軍医たちは、先人の事跡を記すことに熱心であった。大正から昭和にかけて陸軍軍医団やその関係者が刊行した本も一定数存在している。もちろん、戦場における自身の体験を語る口吻の中に、誇張がまったく含まれていないといえば嘘になる。とりわけ、血を血で洗う戦争の悲惨さなどは、しばしば武勇伝の影に隠蔽され、語られることは少ないが、それでも戦場に立った者の語りは、一人ひとりの相貌に迫るうえで貴重な資料を提供してくれている。

清水軍医は兵站病院勤務を命じられるまでの経緯について、次のように述べている。

> 今度の奉天会戦で、多大の傷者ができた、いま野戦病院や定立病院に充満してゐる傷者を奉天に集中する為に、更に第三軍兵站病院を編成することになつた、いま、その要員を招集中であつて不日その人達が到着したら奉天に向つて行くのである。それまで君等二人は、黄泥窪にある兵站病院の補助勤務をやつてゐてくれ、どうせ、その病院とても、奉天に新に病院を開設せば閉鎖することになつてゐるが、別命があるまでは、そこに勤務して貰ひたい。とのことであつた（中略）其処に、ともかくも十九日まで働いてゐると、その日の夕刻に軍医部から電話で、今夜の中に日高軍医と僕とに、小北河の軍医部へ出頭せよとのことだ（中略）翌二十日午前八時に、軍医部に行くと、人員材料が揃うてゐた、そして病院長には横川軍医

（徳郎）といふ一等軍医が第一師団衛生隊医長から、こちらへ転勤してこられたのだ。僕には、主計の仕事である出納官吏をやれと、部下に計手代用の尾辻憲兵上等兵を付けてくれた。[70]

三月一日から一〇日にかけて行われた奉天会戦で、各師団ともに多くの損害を出していた。奉天会戦そのものは三月一〇日の占領によって一応の区切りがついたものの、すでに奉天周辺に設けられた野戦病院や兵站病院、より後方の定立病院には多くの負傷者が収容され、軍医たちはその対応に追われた。その一環として、奉天に兵站病院を設置することが計画され、院長として第一師団衛生隊の医長であった横川唐陽が指名されたのである。このときの様子については、唐陽自身も野口寧斎に宛てた書簡で、次のように記している。

小生去十九日第三軍奉天兵站病院長被仰付二十一日着任二十三日開設何モ無キ処へ新ニ立テルノデ其ドサクサ御話ニナラズ一睡モセザルコト三日ニ及ベリ傷者ハ連日千以上ニテ送テモ〳〵尽キズ先頃衛生隊デヤツタノヲ又コ、デ取扱フトイフノモ有ル始末ニ候[71]

一九〇五（明治三八）年三月一九日、唐陽は、新たに開設される奉天兵站病院の病院長に任じられ、二一日着任、二三日にはスタッフを指揮して兵站病院を開設するという任務を与えられた。奉天兵站病院に関する唐陽自身の記述は先に掲げたものに尽きるが「弾雨をくゞる担架」には、比較的詳細に記されている。

三月二十二日、愈々奉天で新に兵站病院を開くべき日がきた。僕は兵站司令部へ出かけて、その位置を訊ねた。

こゝの停車場から、西南方約千米に当つて、露軍の冬営に使つてゐた沢山の土窟がある。それを適当に区分して兵站病院に使用せよとのことであつた。

横川院長と僕とは、その土窟の下検分に出掛けた。なるほど沢山の土窟が、行儀よく平地に並んでゐる。その掩蔽部の数が四十八個、一々之れに番号を付してある。そこから東の方五十米ばかり離れたところに、更に六個の土窟があつた。

構造からいつたら、楊家屯の野戦病院で冬営に造つた、あの土窟とあまり変りがない、が、只中央に出入口を通した通路があつて、その両側が一段と高く、あの図体の大きな露助が、足を伸ばして臥ても上下が明く位の床になつてゐる。いま、この土窟一棟には五十名の患者を優に容れることが出来ると計算した。採光は屋根の両側に二箇所高窓が開けてあつて、そこへ大きな円い空瓶を嵌め込んであつた。だから、昼尚ほ薄暗い陰鬱な室ではあつた。

別棟の方は、事務室とか、薬室とか、手術室とかの附属舎として、三十六棟だけを病院で使用することにして、傷者二千名は楽々と収容し得る見込を立てた。

内部に入つて見て驚いた、その不潔さ加減といつたらない。まるで家畜でも養つてゐたのじやないかと、思はるゝ程に乱雑不潔極まるものであつた。内部ばかりか、周囲も亦ひどひ汚れ方で、人糞や塵埃が随所に散ばつてゐた。早速、兵站司令部へ交渉して、補助輸卒隊と苦力とを、よこして貰ふことにした。直ぐに大掃除にかゝらねば、とても潔癖な日本人には、このまゝでは使はれない。要求は直ぐに容れられて、輸卒と苦力の若干名がやつてきて、内外の大掃除を初めた。堆高く積んだ塵埃は火をつけて焼いた。
そして、ともかくも荷物を、その掃除のできた土窟に運んで、格納した。役割も、それ〴〵きまつた。衛生材料は整うたが、大事な金を入れる金庫がない。用紙があつても、病院の印章がない、職印もない。食器もない。全く茶を沸かす薬罐一つだつてない、ほんとうの新世帯だ。(72)

実際に、病院開設に携わったスタッフの苦労は大きなものであったらしく、唐陽自身も「何もないところへ新に立てるので、そのどさくさお話にならず、一睡もせざること三日に及べり」と述べていたことはすでに紹介した通りである。清水軍医の手記によれば、実際に傷病者の受け入れを開始したのは、三月二四日である。奉天よりさらに前線に近い馬三家子・平羅堡・五台子・道義屯・秋家屯・造化屯等に設置された定立病院や野戦病院にはすでに多くの傷病者が収容されており、それらの病院から後送されてきた傷病者が奉天兵站病院に殺到することはあらかじめ予測されていた。また、奉天兵站病院からは、鉄路でより南方の蘇家屯の定立病院への後送が予定され、病院職員の業務分担も定まり、いよいよ奉天兵站病院は稼働をはじめた。森鷗外と唐陽の再会もまたこの時期のことであったらしく、清水軍医の手記には以下のような記述がみえる。

土窟内の病院で、僕は朝から晩まで傷者の収容後送、それから治療の方も受持ち、中々多忙な日を送つてゐたが、わけても、事務のことでは、よく横川病院長からお小言を頂戴したものだ。

院長は、陸軍部内で相当に名のある漢詩人で、雅号は唐陽山人といつた。それだから新米の僕が書いた文案などは、気に入るはづがない、一々その字句を直される、暇な時なら僕も賢まつて承りもするが、いまこの忙しい眼の廻るやうな時に、そして最も敏活に仕事をやらねばならぬ最中に、字句の説明を永々と皮肉にやられたのでは、事務の渋滞ともなり、若い者の常として気まづい心地もした。それでも、僕はをとなしく服従はしてゐたが。兵馬倥偬のときだ、文字の使分けぐらゐは、ちつと簡潔にしたつてよさそうなものだと思つたこともあった。これじゃ毎日学校の生徒が、作文の口頭試問を受けているような気分で、字句の修正を謹聴していた。

その頃、第二軍司令部が奉天に入場してゐた、軍医部長は森軍医監（林太郎）で人も知る文豪の鷗外博士で在られた。院長がある日、僕に「ちよつと、森閣下のところまで伺候してくるから」といつて出て行かれた。

暫らく経つと帰つてこられた、どうもその様子が馬鹿に悄れて、いつもの元気がない、で、僕は変には思ったが、そんなことを尋ねて、院長のご機嫌を損じてはならぬと思つて、事務を執つてゐた。

「君！　今日は森閣下から一本やられたよ！」「どうなさいました？」

「実はね！　閣下のお部屋に伺候して、それから奉天会戦の御感想をお聴きしたい」とお尋ねしたら閣下が容を改めて云はる丶には、そのことなら、こちらから君に聞きたいねと云はれたよ、僕は返詞の仕様がなくて閉《ママ》まてゐると、暫く経って閣下の云われるには、」

「いやしくも軍服を身に着けた軍人が、戦争の感想などは言へる筈がない、強ひて云ふならば、悲惨の極とでも云はねばならぬじやないか、そういふことはチト慎んだ方がよかろう」

と云われたのには閉口したよ。

「それから、奉天城の起源やら故事来歴、皇陵の歴史、そんなことを詳しく質問せられて全く閉口したよ。」

「それから、部屋の温突の上には、支那の古書が山と積れてあつた。流石は森閣下だと感心したよ、奉天が陥落すると馬で城内を廻つて古本屋を漁り珍本奇籍を買上げられたのだそうな、兵燹にでもかかると惜しいと思はれたからであらう」

僕は、いま院長からつく〴〵と閉口したやうな話を聞かされたが、「さうでしたか」と簡単に返詞をした切りであった。

内心では、僕がふだん余りに字句でお小言を頂戴するから、その仇討をして貰つたんだな位に思つた。それからといふものは、いくらかお小言が止むかと思ったら相変らずであった。却てその埋合が僕の方に飛ぱ散りとなってきたのかも知れない。

森閣下は、そんな忙しい陣中でも文学の研究は、やつてゐられたと見えて戦争に関する著述が中々に多い。旅順が開城した時に「旅順の箱入娘」といふ戯作の軍歌が作られて、隊兵一般が歌うたものだ、楽譜は日清戦役当時の「雪の進軍氷を踏んで」の節で、旅順を箱入娘に譬へて、落ちぬ靡かぬ箱入娘が、正月の屠蘇の機嫌で口説いて見たら、つい、ころりと落ちたといふ誠にくだけた面白い歌詞であつた。(73)

一九〇四（明治三七）年三月六日、第二軍軍医部長を命じられた鷗外は、他の第二軍の面々とともに四月二一日宇品を発った。出立の三日前、偕行社において第二軍衛生部決別会が開かれ、軍医部長の鷗外や、鶴田禎次郎第一師団軍医部長をはじめ、第二軍の戦闘序列に編入された各師団の衛生部員が参加している。ただ、このとき鷗外と当時第一師団衛生隊医長であった唐陽とが、会話を交わした記録は遺されていない。同年五月五日、第二軍は塩大澳に上陸を開始、遼東半島の中程に位置する金州・南山の攻略を目指す。二五日五時半、日本軍は金州及び南山への攻撃を開始し、翌二六日には金州城を占領。引き続き南山のロシア軍に攻撃を加えるが、南山を占領したのは同日夜に入ってからのことであった（南山の戦い）。五月二九日、第一師団は第二軍戦闘序列から脱し、新たに第三軍に編入されることになった。

六月四日、第三軍司令部が遼東半島に上陸すると、第一師団をはじめ、隷下の各師団は南下して旅順へと向かった。一方、第二軍は、遼陽・奉天を目指して北上し、六月には得利寺において陣地構築中のロシア軍を攻撃、七月九日には蓋平を占領、七月二四日には大石橋を攻め、第一軍・第四軍とともに遼陽を攻略、九月七日には大山巌総司令官が遼陽に入城している。

一方、南に向かった第三軍は、八月一九日から八月二四日にかけて、旅順に拠るロシア軍に対し総攻撃を実施するも失敗、一〇月に二六日から一〇月三〇日にかけて第二次総攻撃を行い、多くの死傷者を出しながらも、大きな戦果を挙げることができず、一一月二六日に三度目の総攻撃を実行に移す。各師団は苦戦を強いられたが、一二月一五日には二〇三高地の奪取、以降東鶏冠山、二龍山、松樹山を占領し、翌年一月一日、ロシア側より開城の申し入れがあり、翌日二日水師営で旅順開城規約の調印が行われた。

半島北方では、第一・第二・第四軍がロシア軍と対峙し、沙河会戦、黒溝台会戦の苦闘が続いたが、日本側は、決定的な敗北を喫することなく踏みとどまり、奉天決戦の準備が着々と進められていった。第三軍・鴨緑江軍を加えた日本軍主力は、三月一日を期して奉天の包囲攻撃に着手、激闘の末、三月一〇日に奉天は陥落するが、ロシア軍を包囲し決定的な打撃を与えようという日本側の目的は、達成できなかったのである。

この間、第一師団衛生隊医長として旅順攻囲戦・奉天会戦に参加した横川唐陽と、第二軍軍医部長として遼陽・沙河・黒溝台会戦を経験した森鷗外の二人が、面晤する機会はなかった。

三月一〇日、奉天が陥落すると、鷗外の属する第二軍は鉄嶺方面への追撃を行わず、奉天近郊に滞陣することとなった。鷗外の日記や書簡によれば、奉天時代の鷗外は、まず三月一一日に奉天西関外の寺に、一三日には寺から四、五軒東方の家を仮の住まいとしていたようである。奉天占領後しばらくの間は、露国病院関係者の送還に尽力するなど多忙な日々を送っていたが、二七日以降は、日々の生活にも少しゆとりが出てきたのであろうか、三月二八日には奉天の実勝寺に、四月一一日と同二七日には清の太宗の墓（昭陵）を訪れるなど、奉天周辺の史跡にも足を運び[74]、四月五日には奉天市内に出かけて書店で書物を購入するなど、日記や書簡から、さまざまな方面に関心を向ける鷗外の姿が垣間見える。一方唐陽は、奉天会戦後第一師団衛生隊医長から奉天兵站病院院長に転じ、四月一〇日まで同地で勤務していることから、唐陽が鷗外との久々の会談の機会をもったのは、兵站病院が軌道に乗り始めた四月初旬のことであったと推測される。

以上のような状況を踏まえて、先の清水軍医の手記の中で唐陽が「『実はね！ 閣下のお部屋に伺候して、それから奉天会戦の御感想をお聴きしたい』とお尋ねしたら閣下が容を改めて云はるゝには、そのことなら、こちらから君に聞きたいねと云はれたよ」と述べたという一件について、少し考察をめぐらせてみることにしたい。

唐陽が、第一師団衛生隊の医長として奉天会戦中もっとも困難な局面の一つであった、田義屯の戦いにおいて、相当な辛苦をなめてきたことは前節で述べた通りである。一方、鷗外は第二軍の軍医部長として奉天会戦を経験し、乃木第三軍が奉天の北方で苦闘を続けていた三月七日から九日にかけては、奉天から八キロほど離れた四方堡にいて、妻のしげ子に次のような手紙を書き送っていることからもうかがえるように、直接の戦闘からは少し距離をおいた所でこの会戦をつぶさに観察している（［　］内は『鷗外全集』に付された書簡番号を示す）。

［四四一］　三月七日　東京市芝区明舟町十九番地荒木邸 森しげ子宛　出征第二軍々医部より

こなひだ二月二十日のお前さんの手紙の来たことは葉書でいつてあげたつけがとゞいたらうね。その後毎日々々戦争で夜の間だけ屋根の下にはいるのだから手紙をゆつくり書くひまはないのだ。インキを外套のかくしにいれてペンをお弁当のはしと一しょに背負袋の中に入れて持つてゐて書くといふやうなわけさ。○茉莉が鵠沼にゐて公園にいかうといふなぞはおもしろいね。小児といふものはどうもかはい、ことをいふものだよ。○今ゐる処は奉天にもうたつた二里しかないのだ。四方堡といふ村に夜丈はいつてねて昼は山の上にあがつて奉天の戦争を見るのだ。いそがしいからこれであばよだ。○皆さんによろしく。

三月七日　林　しげ子殿(75)

鷗外の日々の行動を追う場合にたいへん便利な書物として、苦木虎雄の労作『鷗外研究年表』があるが(76)、その日露戦争中の記事をみていくと、しばしば鷗外が第二軍の衛生状況や、師団別死傷者の概数、将校や衛生部員の死傷者数の報告をとりまとめていた記述がみえる。奉天会戦後もその例にもれず、四月一八日には第二軍の衛生状況を、同一九日には、奉天付近会戦に於ける衛生部員死傷者や、衛生隊、補助担架卒死傷者の創傷、等級、氏名などを、同三〇日には奉天付近での第二軍の死傷将校の氏名、隊号等級などを野戦衛生長官に報告している。鷗外は衛生隊や各隊に所属する軍医たちのように、前線の直後にあって負傷者の救護にあたっていたわけではないが、第二軍軍医部長として、奉天会戦における陸軍衛生部の仕事とその結果を総轄する側にあって、この戦争に向き合っていた。

第一線の困難な状況の中で傷病者の収容・後送に従事した唐陽としては、その苦労話などを披露しつつも、奉天会戦についての鷗外なりの観察や分析を聴いてみたかった、という思いがあった。しかし鷗外のほうはといえば、奉天会戦の感想などを述べあうよりは、むしろ軍医としての実務を離れて、最近奉天市街の古書店で買い集めた書物や、史蹟見学の成果、日々の読書によって得た知見を披瀝したい、という思いが強かったのかもしれない。

日露戦争従軍中の鷗外が、滞陣した街で漢籍を入手し、余暇にこれを繙くのを愉しみとしていたことは、鷗外の書いた書簡の中にも認められる。妻のしげ子に送った次のような手紙にも、以下のような記述がみえる。

戦争がひさしくないのでみんなたいくつがつてゐる。こちらは遼陽のほんやでほんを買つてよんでたのしむのだ。そのほかにはかへる迄たのしみはないからね。許註杜詩といふ本を二十四冊かつたので当分よまれる。[77]

このとき鷗外が、遼陽の書肆で買った二四冊からなる『許註杜詩』は、書名からみて杜甫の詩に注釈を加えたものであろう。杜甫の詩は、中国では王安石や蘇軾、黄庭堅らによって高く評価され、北宋の王洙によって杜甫の詩文集『杜工部集』二〇巻が編まれるなど、宋代以降詩集や注釈書が数多く出版されている。[78]代表的な注釈として、郭知達『九家集註』、銭謙益『杜詩箋注』、仇兆鰲『杜詩詳注』などがある。鷗外が遼陽で入手した『許註杜詩』は、清代に編まれた杜甫の注釈書の一つ、許宝善『杜詩註釈』二四巻とみられ、現在も東京大学総合図書館鷗外文庫に所蔵されている。

鷗外が従軍中に買い求めた漢籍は、詩集だけではなく、歴史書や地方志にも及んでいた。四月五日、露国病院関係者の送還に関する業務を一段落させた鷗外は、奉天市内の書肆をめぐり書物を買い求めている。そのときに手に入れた六〇冊がどのような書物であったのかは判然としないが、当時読んでいた書物のうちの一つが、のちに紹介するように、清朝に関する編年体の歴史書『十一朝東華録』であったらしいことが、唐陽が野口寧斎にあてた書簡からもうかがえる。実際に、東京大学の鷗外文庫には『十一朝東華録』が収められており、実際に鷗外が、この膨大な編年体の歴史書を手にしていたことは確かなようである。そのような鷗外に触発されたのであろうか、それともそれ以前から入手していたのだろうか。このあたりの事情は不明ながら、唐陽自身もまた遼東地方の地方志である『盛京通志』を入手し、日露戦争後しばらくの間、愛蔵していたことは、明治大学所蔵『盛京通志』に押捺された印影からうかがえる。唐陽の『盛京通志』入手時期を特定することは困難だが、唐陽自身の経歴からみて、日露戦争従軍中にこの書物を入手した可能性は十分にあると考えている。

『盛京通志』は奉天（盛京）をはじめとする東北地方の状況を概述した総合的な地方志で、董秉忠等奉勅撰・一六八四（康熙二三）年刊の欽定三二巻本、王河等増修・一七三六（乾隆元）年刊ないし一八五二（咸豊二）年刊の四八巻本、阿桂等奉勅撰・一七七八（乾隆四三）年（刊年は乾隆四九年以降）の欽定一三〇巻本がよく知られているが[79]、このうち唐陽が入手したのは咸豊二年跋を持つ四八巻本であった。鷗外もまた四八巻本の『盛京通志』を入手していたようで、東京大学の鷗外文庫にも『盛京通志』四八巻中、巻二六から巻四八までが所蔵されている。

たとえば、東京大学鷗外文庫に収蔵されている『盛京通志』第一二冊～第二〇冊の場合、巻二六「祠祀」と巻二七「物産」が収録されている第一二冊と、巻四七「芸文 詩」が収録されている第二〇冊が他冊に比べて痛みが目立つことから、他巻に比べて閲読される機会が多かった様子がうかがえる。もちろん、これらの資料は寄贈されて以来、東京大学の蔵書として現在まで伝えられたものであり、書物に残る読書の痕跡のすべてが鷗外のものであると断定することはできないが、『盛京通志』の物産に関する記述から、現地で入手しうる食糧等の知識を得ていた可能性性は考慮されてよい。
一方の『十一朝東華録』の場合はどうだろうか。現在、鷗外文庫に収められている『十一朝東華録』は四八冊からなるが、このうち書き入れは前半の二冊に集中しており、清朝の草創期、具体的には天命から順治帝までの時期に関心を持っていた様子がうかがえる。『十一朝東華録』は、現在の清朝史研究者からみればけして良質の史料とはいえないが、清朝歴代の事跡を大まかに把握するために、当時入手が可能な書物の中では、比較的詳細かつ便利な書物であったことは確かである。

じつは日露戦争当時、清朝や遼東半島の歴史や文化について記した日本語の書物はほとんどなかった。一八九〇（明治二三）年に刊行された中国通史、那珂通世『支那通史』は元代でその叙述を止めているし、一八九〇年代後半に相次いで刊行された東洋史の教科書の中にも、清朝史はごく簡単にふれられていたにすぎない。稲葉君山による通史『清朝全史』[80]や、内藤湖南の講演をまとめた『清朝衰亡論』[81]『清朝史通論』[82]などが刊行され、研究者による清朝史理解が広く書物として流布するようになるのは、あくまで大正期以降のことである。この時代に、当地の歴史や地理・文化・物産などの情報を得るためには、日本語で書かれた書物に頼ることなく、『盛京通志』や『十一朝東華録』といった中国の書物を直接繙く必要があった。昭和に入ってから編纂された資料だが、田中末広編『満洲物産原誌』[83]や小野玄妙編『古文献に基く支那物産分布資料　索引』[84]に基礎をあたえた史料もまた、『盛京通志』をはじめとする地方志である。昭和においてもなお、中国で編纂された地方志の情報が貴重な情報源の一つとして活用されていた。

実は陸軍衛生部内でも、地方志に記されているような、特定地域の地形や気候、衣食住等に関する情報に注目する向きは早くから存在した。たとえば、医学校時代の同級生であった小池正直の場合、一八八三（明治一六）年から一八八五（明治一八）年の間、済生医院長として朝鮮に赴任した際、調査・見聞をもとに『鶏林医事』を著しているが、この書物は当地の医事衛生はもちろん、地形・気候・風俗・人物・衣服・住居・飲食などの記述を含む地方志的な性格を併せ持つものであった。その後、この書物によってもたらされた情報は、日清戦争中大いに役立てられていたという。

一方、鷗外文庫の『十一朝東華録』にみえる書き入れは、清国の前身たる後金を建国し、八旗を編成して軍制を整え、満州文字を作り遼東地方を勢力下に収めたヌルハチから、国号を清と改めたホンタイジ（太宗）を経て、山海関から華北に入り北京に遷都して中国全土の支配を進めた順治帝（世祖）に至る、清朝三代の歴史を記した前半部分に集中している。鷗外が日露戦争中にこの書物を手にして読んでいたことは唐陽の、

一昨々日奉天をタヽミ道義屯に進出相かはらずの業務致し居候御陰を以て去る二十三日付にて一ポンまき申候序で故一寸奉申上候奉天にて久し振りにて鷗外医監と緩々接唔老兄の御噂ども申出先生十一朝東華録など買込みて読み居られモー奉天の事はスッカリ分ッたなどとや

つて居られ候不相変元気充溢せり[85]

という証言もある。以上のような状況からは、日露戦争当時の鷗外が奉天・遼陽を含む遼東地方の歴史に関心をもち、同書を閲読していた様子が朧気ながらみえてくる。

唐陽の勤務した奉天兵站病院は、奉天会戦後、大量に生じた傷病者を収容するため、土窟内に開設された急造もので、当初から環境面・設備面に大きな問題を抱えており、四月一二日には、早々に同病院は閉鎖となった。その後、横川院長以下兵站病院の職員は道義屯に移り、改めて兵站病院を開設しているが、清水軍医は、四月二二日に第九師団歩兵第十九連隊付の高級医官への転任を命じられ、二五日、やはり二二日付で三等軍医正に進んだ横川院長と職員に見送られながら、道義屯を後にしている[86]。

鷗外と唐陽がともに奉天で過ごした日々はけして長いものではなかったが、以来、鷗外の退役とその死まで続く公私にわたる交遊の、新たな起点となったのである。

鷗外からの手紙

先に紹介した、逸話「奉天に於ける鷗外博士」の日時について、清水軍医は具体的日時を記していないが、以上のような経緯からみれば、第三軍奉天兵站病院開設とそれにともなう傷病者の受け入れが一段落した三月下旬から四月上旬のことであった、とみるべきであろう。ただ、唐陽と鷗外とのやりとりは、兵站病院の道義屯移転後も書簡を通じて継続され、現在『鷗外全集』には、森鷗外から横川唐陽へ宛てた書簡四点が収録されている。

［四八二］　六月八日　出征第三軍兵站監部附属横川徳郎宛　第二軍々医部より
左ノ悪詩若シ手ガツケラルルナラバ直シテ見テクレ給へ老人デ無聊ニ苦ンデ居ル人ニヤルノダカラ君ガ合格サセテクレレタ以上ハヤル積ダ
　次慶雲堡岳翁有詩見贈次韵却寄
長征万里歳初周戦罷暫留遼水頭候騎宵深迷野径列営春静近汀洲柳侵帷幄千条裊雲擁旌旗誤植浮一捷絶聞優詔至無人肯説故郷愁　六月八日(87)

［四八七］　六月十八日　通江口第三軍兵站監部付横川徳郎宛　第二軍々医部より
拝読兄ノ推敲ノ迹ヲ見ルハオモシロク且有益多謝々々「移し植うる」云々ハ昨年兵ノ上陸ヲ見テ「人間有物難留連難留連易消歇塞北花江南雪」ヲヤキ直シタルニ過ギズ特ニヤキ直シノ標本トシテ御覧ニ入レシナリ先日ノ七律可成衆説ヲ聞キテ改メント峡南ニモ送リシニ東京へ送リタリトノ返事ナリ難有迷惑トハ此事カ悔ユレドモ不及候明日総軍医部ニ召サレ出発二十四日頃ニハ帰ル筈ニ候猶イロ〳〵珍談アレドモ他日ヲ期ス早々　六月十八日(88)

［五〇六］　七月二十七日　通江口第三軍兵站病院横川徳郎宛　第二軍々医部より
絵葉書拝見〇野口家事件何とも申やうなき痛恨の事に候万朝報に出でたる菖水のソエ子さん訪問記を見て少しく意を強うするものあり兎に角寧斎君を傷けずに落着せんことを祈る外無之候男三郎の如きものに近接せられしは否運いたしかたなく候〇新詩ありや示され度候〇郷人山路蕗村といふもの詩を寄す峡南よりは上手なり(89)

［五二八］　八月二十一日　名古屋市陸軍予備病院　陸軍三等軍医正横川徳郎宛　第二軍々医部より
城の上に立ちて嘯けさちほこのこがねの鱗みな動くべく　八月二十一日古城堡にて(90)

以下、それぞれの書簡について気がついた点を記そう。
まず［四八二］は、鷗外が岳父荒木博臣へ贈るための詩について、唐陽に批正を請うたものである。末に鷗外自作の「次慶雲堡岳翁有詩見贈次韵却寄」と題する漢詩（七言律詩）が載せられている。

長征万里歳初周　　長征 万里 歳 初めて周り

戦罷暫留遼水頭
候騎宵深迷野径
列営春静近汀洲
柳侵帷幄千条裊
雲擁旌旗五色浮
一捷絶聞優詔至
無人肯説故郷愁

戦罷みて 暫く留る 遼水の頭
候騎 宵 深くして 野径に迷い
列営 春 静にして 汀洲近し
柳は帷幄を侵し 千条 裊かに
雲は旌旗を擁し 五色 浮ぶ
一捷 絶《とお》く優詔の至るを聞けば
人の肯て故郷の愁を説く無し

本詩について藤川正数は、第二句に「戦罷みて 暫く留る 遼水の頭」と詠ぜられている点を根拠として、同年五月二九日頃に作られたものと推定し、[91] 古田島洋介もまた、同詩を五月三〇日から六月八日にかけての作とみる。[92] 詩題にみえる「慶雲堡」は亮子河西岸に位置する村で、森しげ子宛書簡［四六五］によれば、鷗外は五月五日に奉天を立ち、五月九日には慶雲堡に到着していたようである。［四八七］にも先の七言律詩のことが言及されており、鷗外が「衆説ヲ聞キテ改メ」ようと思い、早川峡南にも意見を求めたことがわかる。峡南とは日清戦争に従軍した軍医早川恭太郎のこと。唐陽と同じ第一高等中学校医学部の出身で、鷗外とも漢詩を通じた交友があった。彼の名前は引き続き［五〇六］にもみえている。

［五〇六］の書簡にみえる「寧斎君」とは野口寧斎のこと。横川唐陽とは同じ槐南門下の漢詩人

として親しく、台湾従軍中、鷗外とも漢詩の贈答を行うなど相識の間柄であった。(93)書簡にみえる「野口家事件何とも申やうなき痛恨の事」「男三郎の如きものに近接せられしは否運いたしかたなく候」という記述からは、一九〇五(明治三八)年五月十二日の寧斎の死に際して妹婿の野口男三郎が引き起こした事件について、唐陽や鷗外が懸念を抱いていた様子がうかがえる。

奉天会戦後しばらくの時日が経ち、日々の業務にもすこし余裕がでてきたためであろう。明治三八年の六月から七月にかけての鷗外と唐陽は、軍医としての仕事の傍ら、折にふれて余暇に漢詩や共通の知人に関することなどを書き送り続けた。先に宇品の地を踏みしめたのは、唐陽のほうであったらしい。一九〇五(明治三八)年八月十日、アメリカ合衆国ニューハンプシャー州のポーツマスにおいて日露間の講和交渉がはじまり、九月一日には休戦議定書が、同五日には講和条約が締結される。軍の撤兵準備も進み、唐陽は森軍医部長より一足早く内地への帰還を果たし、名古屋の陸軍予備病院で鷗外からの書簡を受け取っている。一方、鷗外の凱旋は、翌年一月一二日のことであった。

一九〇五(明治三八)年の夏からしばらくの間、唐陽は名古屋予備病院に勤務し、戦地から後送されてきた傷病者の治療にあたっていたようである。『明治三十七八年日本赤十字社救護報告』によれば、当病院が受け入れた戦地還送者の中心は、名古屋鎮台をその前身とする御当地師団で、第三軍に属して日露戦争を闘った第三師団の傷病者であったが、長距離の移動が困難な第七師団(旭川)と第八師団(弘前)の傷病者も受け入れていたようである。同予備病院は、名古屋城第三廓の西北隅にあった名古屋衛戍病院を本院とし、急造のバラックに第一〜第四分院を設け、本院に内科（伝染病、精神病を含む）及び外科、第一分院に外科及び眼科、第二分院に内科、第三分院に伝染性の皮膚病及び花柳病、第四分院に伝染病・精神病・肺結核をのぞく内科・外科患者を収容していた。[94]名古屋予備病院は日露戦争後もしばらくの間傷病者の治療にあたったが、一九〇六（明治三九）年七月には平時の体制へと戻り、予備病院本院はもとの名古屋衛戍病院としての機能を回復した。[95]

ちなみに、名古屋衛戍病院は、第二次世界大戦後厚生省に移管され国立名古屋病院となり、一九五五（昭和三〇）年まで、衛戍病院時代の建物が引き続き使用されていたが、一九六二（昭和三七）年に残されていた建物を明治村に譲渡、現在、犬山の明治村には、管理棟、病棟一棟と両者を結ぶ渡り廊下が保存されている。唐陽がこの病院に勤務した期間はいまのところ明らかではないが、一九〇八（明治四一）年に浜松衛戍病院長に任じられるまでの間、同病院に勤務していたものとみられる。

日露戦争中に三等軍医正へと進んだ唐陽は、地方の衛戍病院長として勤務することが増え、任地替えのたびにその住まいを転々とした。槐南門下の畏友、野口寧斎はすでに亡く、落合東郭は一八九八（明治三一）年に東都を離れて熊本へ帰り、一九〇八（明治四一）年には第五高等学校の教授となっている。寧斎・東郭・唐陽の師にあたる森槐南は健在であったが、一九〇九（明治四二）年一〇月に伊藤博文（春畝）がハルビンで暗殺された際、随行していた槐南も負傷、一年半後、四九歳の若さで他界している。若き日にともに漢詩をつくった師友が去りゆく中で、鷗外との漢詩を通じた交友は、かえって深いものとなっていったようである。一九〇七（明治四〇）年一〇月に陸軍軍医総監に昇進し陸軍省医務局長に就任した鷗外との間には地理的には距離が生まれたが、『鷗外全集』に収録されている書簡のほかに、文京区立森鷗外記念館には唐陽から鷗外に宛てて書かれた葉書が遺されており、両者の間でしばしば書簡が交わされていたことがわかっている。

日露戦争後唐陽は、しばしば地方の衛戍病院長に任ぜられ、作品もその時々の任地に因むものが多くなる。一九〇九（明治四二）年より第十五師団の浜松衛戍病院長として勤務したのち、一九一一（明治四四）年一月より第十一師団善通寺衛戍病院長として善通寺へ赴き、二月には二等軍医正に進んだ[96]。第十一師団は日露戦争中第三軍の司令官を務めた乃木希典が初代師団長を務めた地で、市内には現在も師団ゆかりの建造物が遺る。

唐陽の最後の任地は北方防衛の要、旭川であった。一九一五（大正四）年一二月二三日、第七師団軍医部長として赴任し、翌年一一月一五日一等軍医正に進み[97]、一九一八（大正七）年まで同地に勤務、四月一日、陸軍一等軍医正 従五位勲三等功五級をもって予備役に編入[98]、退役後は渋谷で医院を開業したという。

（1） 横川端「父祖が呼んだ旅順」（「文藝春秋」八八巻一五号、二〇一〇年一一月）本書冒頭に「父祖が呼び寄せた大連」として収録。

(2) 大江志乃夫『日露戦争の軍事史的研究』(岩波書店、一九七六年)第二章一「戦死傷病にしめされた戦争の特質」一三三頁。

(3) 大江志乃夫『日露戦争の軍事史的研究』(注2前掲書)第二章一「戦死傷病にしめされた戦争の特質」一二九頁。

(4) 陸軍省編『日露戦争統計集』二巻四編、動員及編成、近代日本歴史統計資料六(東洋書林、一九九四年)。

(5) 延廣壽一「従軍日記とは」(『兵士たちがみた日露戦争—従軍日記の新資料が語る坂の上の雲—』雄山閣、二〇一二年)。

(6) 茂沢祐作『ある歩兵の日露戦争従軍日記』(草思社、二〇〇五年)。

(7) 加藤建之助『日露戦争軍医の日記』(ユニオン出版社、一九八〇年)。

(8) 西川甚次郎「日露従軍日記」刊行会編『日露の戦場と兵士—第四師団野戦衛生隊担架卒の目から見た戦争—』岩田書院史料選書二(岩田書院、二〇一四年)。

(9) 田山花袋「第二軍従征日記」(『田山花袋集』明治文学全集六七、筑摩書房、一九六八年)二〇四頁。

(10) 陸軍省編『明治三十七八年戦役検疫誌』(陸軍省、一九〇七年)。

(11) 大江志乃夫『日露戦争と日本軍隊』(立風書房、一九八七年)第二章一節「軍事史料編纂から見た日露戦争」一七九~二一三頁。

(12)『陸軍現役将校同相当官実役停年名簿』大正一五年九月一日調（陸軍省、一九二六年）二等軍医正、一三四三頁に、下記のような記述がみえる。

現官ノ実役停年：二、四、一七　任官ノ年月日：明治三九、一〇、一一　三等軍医／同四二、一二、一五　二等軍医／大正元、一二、六　一等軍医／同八、一二、二〇　三等軍医正／同一三、四、一五　二等軍医正　職名、命課ノ年月日：陸軍々医学校部員／陸軍省医務局御用掛／一三、四、一五　本邦位・勲・功・爵・学位・外国勲章：正六、瑞六、旭四　氏名、年齢：石黒大介／四三、七

(13)石黒大介『戦時衛生勤務研究録』増補再版（陸軍軍医団、一九二七年）第七篇「師団衛生勤務」第一章「師団軍医部」六八～六九頁。

(14)石黒大介『戦時衛生勤務研究録』増補再版（注13前掲書）「緒言」。

(15)森林太郎「陸軍衛生教程」（『鷗外全集』第二八巻、岩波書店、一九七四年）。

(16)髙塚徳次郎著、髙塚醇編『衆―陸軍二等軍医日露戦役従軍記録―』（さいたま「マイブック」サービス、二〇〇一年）。

(17)佐藤信次遺稿『故陸軍三等軍医正佐藤信次君陣中日誌』（陸軍軍医団、一九三一年）。なお本書については、清水秀夫「弾雨をくゞる担架」（西村文雄・清水秀夫『軍医の観たる日露戦争　弾雨をくゞる担架』戦医史刊行会、一九三四年）の三〇二～三〇三頁の注に「佐藤軍医は戦死後三等軍医正に進級せられた、出征頭初から日夜陣中で日記を認められ、戦死当日の数時間前迄細かに記し綴つて

ゐられた、昭和六年十月実弟一等軍医田中潮氏によつて此の貴重なる日記が整理せられ、陸軍軍医団で印刷に附し、弘く団員に配布されたが、畏くも乙夜の覧を賜はつたことは寔に光栄の至りである。血染の手術衣及弾痕のある衛生材料は陸軍々医学校の参考館に保存せられてある」との記載がある。

(18) 鶴田禎次郎『鶴田軍医総監日露戦役従軍日誌』(陸軍軍医団、一九三六年)。

(19) 西村文雄・清水秀夫『軍医の観たる日露戦争 弾雨をくゞる担架』(注17前掲書)。

(20) 陸軍軍医団編『日露戦役戦陣余話』(陸軍軍医団、一九三四年)。

(21) 森鷗外『普国禁軍団歩兵第二聯隊隊務日記』(陸軍軍医学会、一八八八年)。

(22) 陸軍軍医学会編『陸軍軍医学会震災地派出員報告』(陸軍軍医学会、一八九二年)。

(23) 陸軍軍医学会編『陸軍衛生制規』(島根用三、一九〇六年)、陸軍軍医団編『陸軍衛生制規』(川流堂、一九〇九年)。

(24) 西村文雄『明治十年西南戦役衛生小史』(陸軍軍医団、一九一二年)。

(25) 陸軍軍医団編『陸軍衛生制度史』一・二(陸軍軍医団、一九一三〜一九二八年)。

(26) 陸軍軍医団編『陸軍衛生制度史抄』(陸軍軍医団、一九一三年)。

(27) 小池正晁『皮膚及花柳病講義録』(陸軍軍医団、一九二五年)。

(28) 岩崎小四郎述『「レントゲン」学講義録』(陸軍軍医団、一九二五年)。

(29) 佐藤恒丸等編『男爵小池正直伝』(陸軍軍医団、一九四〇年)。

(30) 陸軍軍医団編『陸軍軍医中将藤田嗣章』(陸軍軍医団、一九四三年)。
(31) 清水秀夫「はしがき」(清水秀夫「弾雨をくゞる担架」注17前掲書)。
(32) 合田平「序」(西村文雄「軍医の観たる日露戦争」注17前掲書)。
(33) 鶴田禎次郎「序」(西村文雄「軍医の観たる日露戦争」注17前掲書)。
(34) 西村文雄「軍医の観たる日露戦争」(注17前掲書)二二四頁。
(35) 尾立貴志「人道主義から戦術優先への退行—日本陸軍の戦場医療—」(『歴史群像』一〇四、二〇一〇年一〇月)。
(36) 陸軍省編『明治三十七八年戦役陸軍衛生史』第一巻三冊、第八編「旅順要塞攻略」三六六～三六七頁。
(37) 陸軍省編『明治三十七八年戦役陸軍衛生史』第三巻一冊、第一編「戦傷総論」六節「戦傷ノ治療」五章「第一処置ノ批評」三四七～三四八頁。
(38) 西村文雄「軍医の観たる日露戦争」(注17前掲書)二二四頁。
(39) 横川徳郎『唐陽山人詩鈔』巻三(私家版、一九二三年)。
(40) 善通寺市教育委員会市史編さん室編『善通寺市史』第三巻(善通寺市、一九九四年)六一二頁。
(41) 石田雄二「衛生隊に於ける経験」(『日露戦役戦陣余話』注20前掲書)一〇四頁。
(42) 石田雄二「衛生隊に於ける経験」(『日露戦役戦陣余話』注20前掲書)一〇四～一〇五頁。
(43) 西村文雄「軍医の観たる日露戦争」(注17前掲書)八八～八九頁。

（44）防衛ホーム新聞社編『彰古館—知られざる軍陣医学の軌跡—』（防衛ホーム新聞社、二〇〇九年）一一八～一二〇頁。

（45）水師営における乃木希典とステッセルの会見については、町田俊昭「水師営の会見と記念写真」（『日本歴史』三五四、一九七七年一一月）を参照。

（46）感状については、秦郁彦編『日本陸海軍総合事典』第二版（東京大学出版会、二〇〇五年）第五部「陸海軍用語の解説」七一五頁を参照。

（47）『陸軍軍医学校五十年史』（陸軍軍医学校、一九三六年）六五頁。なお第一師団衛生隊に対する乃木大将の感状は、陸軍省『明治三十七八年戦役感状写』第三巻（陸軍省、一九〇六年）二六頁にも掲載されているが、

第一師団衛生隊

明治三十八年三月八日ヨリ十日ニ至ル田義屯三台子「ウンガンツン」方面ノ戦闘ニ際シ真ニ避クヘカラサル状況ノ下ニ銃砲弾ノ危険界ニ包帯所ヲ開設シ多大ノ損害ヲ顧ミス勇敢機敏ノ動作ヲ以テ二千五百有余ノ傷者ヲ収容シ機ヲ失セス完全ナル応急処置を施シ得タリ

明治三十八年五月二十六日　　第三軍司令官　男爵乃木希典

と記されており『陸軍軍医学校五十年史』のものとは一部記述や日付が異なっている。

（48）西村文雄「軍医の観たる日露戦争」（注17前掲書）二二六頁。

（49）西村文雄「軍医の観たる日露戦争」（注17前掲書）二二七～二二八頁。

(50) 鶴田禎次郎『鶴田軍医総監日露戦役従軍日誌』(注18前掲書) 三六一〜三六二頁。
(51) 西村文雄「軍医の観たる日露戦争」(注17前掲書) 二一七頁。
(52) 高塚徳次郎著、高塚醇編『棗―陸軍二等軍医日露戦役従軍記録―』(注16前掲書) 一四九〜一五〇頁。なお、三台子方面には田義屯から師団衛生隊も派遣され、傷者の後送が企図されたことは、陸軍省編『明治三十七八年戦役陸軍衛生史』第一巻四冊、第十編「奉天附近ノ会戦」五五八頁にも次のように記されている。

同夜ヨリ夜襲ヲ以テ三台子ノ一角ヲ占領スルヤ其死傷頗ル多ク傷者ハ先ツ後方小地物若クハ窪地ニ之ヲ集メ漸次払暁マテニ其大部ヲ後送セリ然ルニ天明後ハ敵火ノ為メ復タ後方ノ連絡ヲ得ス傷者ハ終日囲壁ノ陰ニ置キ夜ニ入ルヲ待チテ潜カニ軽傷者ヲ退カシメタルモ尚ホ担架運搬ヲ企テ難ク暗ニ乗シテ此地ニ前進セル衛生隊ハ忽チ敵ノ猛火ヲ受ケ死傷アリ我占領地域ニ至ルヲ得ス十日衛生隊ハ戦列兵ノ誘導ニ依リテ我占領地域ニ達シタルモ依然重傷者ヲ運搬スルノ情況ニ至ラズ戦闘隊衛生部員及補助担架卒ト協力シテ戦場ノ傷者ヲ囲壁後ニ介護シ以テ戦況ノ推移ヲ待チ敵兵退却ノ後ニ之ヲ後送セリ

(53) 業務参与人名ならびに仮包帯所の収容患者数は、高塚徳次郎著、高塚醇編『棗―陸軍二等軍医日露戦役従軍記録―』(注16前掲書) 所収の「明治三十八年 (自三月八日 至全十日) 三台子付近戦闘ニ於ケル衛生業務報告」一四八〜一五五頁にもとづく。
(54) 陸軍省編『明治三十七八年戦役陸軍衛生史』第一巻四冊、第十編「奉天付近ノ会戦」五五八頁。

(55)『百花欄』二八（百花欄、一九〇五年四月）六三～六四頁。
(56) 鶴田禎次郎『鶴田軍医総監日露戦役従軍日誌』（注18前掲書）三六二～三六三頁。
(57) 和田亀治「第一師団田義屯付近（奉天北方）戦闘の思出」（『偕行社記事』六九〇号、一九三一年）。
(58) 田義屯付近の戦闘についての詳細は、参謀本部編『明治三十七八年日露戦史』第九巻、第一一篇五〇章「第三軍方面ノ戦闘」及び和田亀治「第一師団田義屯付近（奉天北方）戦闘の思出」（注57前掲文）、大江志乃夫『日露戦争の軍事史的研究』（注2前掲書）第三章二「戦地における軍隊と指揮官」三一五～三五一頁、同『世界史としての日露戦争』（立風書房、二〇〇一年）第五章一―七「奉天の会戦、大包囲作戦の挫折」六一三～六二六頁を参照。
(59) 陸軍省編『明治三十七八年戦役陸軍衛生史』第一巻四冊、第十編「奉天付近ノ会戦」五七〇頁。
(60) 歩兵第一連隊編『歩兵第一連隊歴史』（歩兵第一連隊、一九三五年）一五五頁。
(61)『歩兵第一連隊歴史』（注60前掲書書）一五六頁。
(62) 鶴田禎次郎『鶴田軍医総監日露戦役従軍日誌』（注18前掲書）三六三～三六四頁。
(63) 西村文雄「軍医の観たる日露戦争」（注17前掲書）二二七頁。
(64) 横川徳郎『唐陽山人詩鈔』（注39前掲書）。
(65)『鷗外全集』第三六巻（岩波書店、一九七五年）。
(66) 山田弘倫『軍医としての鷗外先生』（医海時報社、一九三四年）、のち改題され『軍医　森鷗外』（文松堂書店、一九四三年）として刊行。本稿の執筆にあたっては文松堂書店版を参照した。

(67) 小堀桂一郎『森鷗外―日本はまだ普請中だ―』ミネルヴァ日本評伝選（ミネルヴァ書房、二〇一三年）三〇九～三一〇頁。
(68) 山田弘倫『軍医 森鷗外』（注66前掲書）一九七頁。
(69) 西村文雄「軍医の観たる日露戦争」（注17前掲書）「自序」。
(70) 清水秀夫「弾雨をくゞる担架」（注17前掲書）三一九～三二一頁。
(71) 『百花欄』二八（注55前掲書）六四～六五頁。
(72) 清水秀夫「弾雨をくゞる担架」（注17前掲書）三二二～三二四頁。
(73) 清水秀夫「弾雨をくゞる担架」（注17前掲書）三三〇～三三二頁。
(74) 奉天の実勝寺や昭陵（北陵）については、村田治郎『満州の史蹟』（座右宝刊行会、一九四四年）が第二次世界大戦以前の状況にもとづいて紹介しており参考になる。
(75) 『鷗外全集』第三六巻（注65前掲書）二〇八頁。
(76) 苦木虎雄『鷗外研究年表』（鷗出版、二〇〇六年）。
(77) 『鷗外全集』第三六巻（注65前掲書）一七九～一八〇頁。
(78) 黒川洋一「中唐より北宋末に至る杜甫の発見について」（「四天王寺女子大学紀要」三、一九七〇年一二月、のち同『杜甫の研究』東洋学叢書、創文社、一九七七年に再録）は、杜甫はまず中唐・元和期の詩人によって注目されたが、その流れは継承されず、実際に杜詩の名声が確立されるのは北宋の半ばすぎであったと指摘している。

(79)『盛京通志』の諸本については、植野武雄『満支典籍攷』(奉天大阪屋号書店、一九四四年)所収の「盛京通志異本攷」「奉天通志に就て」を参照。
(80)稲葉君山『清朝全史』(早稲田大学出版部、一九一七年)。
(81)内藤虎次郎『清朝衰亡論』(弘道館、一九一二年)。
(82)内藤虎次郎『清朝史通論』(弘文堂、一九四四年)。
(83)田中末広編『満洲物産原誌』(日本原料政策学会、一九三二年)。
(84)小野玄妙編『古文献に基く支那物産分布資料 索引』(東亜研究所、一九四一年)。
(85)『百花欄』二九(百花欄、一九〇五年五月)六〇頁。
(86)清水秀夫「弾雨をくゞる担架」(注17前掲書)三三四頁。
(87)『鷗外全集』第三六巻(注65前掲書)二二七頁。この手紙の中で鷗外が唐陽に対して添削を依頼している「次慶雲堡岳翁有詩見贈次韵却寄」と題する七言律詩については、古田島洋介注釈『鷗外歴史文学集』一三巻、漢詩下(岩波書店、二〇〇一年)七九〜八四頁を参照。
(88)『鷗外全集』第三六巻(注65前掲書)二二九〜二一〇頁。なお、書簡中にみえる「『移し植うる』云々ハ、昨年兵ノ上陸ヲ見テ『人間有物難留連、難留連、易消歇、塞北花、江南雪』ヲヤキ直シタルニ過ギズ特ニヤキ直シノ標本トシテ御覧ニ入レシナリ」という記述の中で引用されている文章は、白居易の「真娘の墓」に「世間尤物難留連、難留連、易消歇、塞北花、江南雪(世間の尤物留連し難し、留連し難く、消歇し易し、塞北の花、江南の雪)」であろう。

(89)『鷗外全集』第三六巻（注65前掲書）二四〇〜二四一頁。

(90)『鷗外全集』第三六巻（注65前掲書）二五三頁。

(91) 藤川正数『森鷗外と漢詩』（有精堂出版、一九九一年）一五四頁。

(92) 古田島洋介注釈『鷗外歴史文学集』一三巻、漢詩下（注87前掲書）七九頁。

(93) 鷗外・唐陽と寧斎との関係については、合山林太郎「野口寧斎の後半生」（『幕末・明治期における日本漢詩文の研究』研究叢書四四四、和泉書院、二〇一四年、初出「斯文」一一五、二〇〇七年三月）にも一部言及されている。

(94)『明治三十七八年戦役日本赤十字社救護報告』（日本赤十字社、一九〇八年）第六章「内地勤務」第五節「名古屋予備病院派遣救護班ノ勤務及其成績」七二三〜七三四頁。

(95) 陸軍省編『明治三十七八年戦役陸軍衛生史』第一巻六冊、第十八編「予備病院 附要塞病院及対馬警備隊病院」四頁。

(96)『陸軍現役将校同相当官実役停年名簿』明治四五年七月一日調（川流堂、一九一二年）二等軍医正、一二六五頁に、次のような記述がみえる。

現官ノ実役停年：一・五・一　任官ノ年月日、二八・二・四　三等軍医、三〇・一〇・二五　二等軍医／三三・一一・一二　一等軍医／三八・四・二二　三等軍医正／四四・二・一　二等軍医正　職名：善通寺衛戍病院長　本邦位・勲・功・爵・学位・外国勲章：正六・瑞五・旭四・功五　道・府・県・族籍／氏名／年齢：東京・平／横川徳郎／四四・六・一二

(97)『陸軍現役将校同相当官実役停年名簿』大正六年九月一日調(陸軍省、一九一七年)一等軍医正、一三八五頁に、次のような記述がみえる。

現官ノ実役停年:〇・九・一七任官ノ年月日:明治二八・二・四 三等軍医〈中略〉大正五・一一・二五 一等軍医正 職名:第七師団軍医部長 本邦位・勲・功・爵・学位・外国勲章:従五・旭四・瑞三・功五道・府・県・族籍/氏名/年齢:東京/横川徳郎/四九・八

(98)「JACAR(アジア歴史資料センター)Rf.A11112640000、叙位裁可書・大正七年・叙位巻九(国立公文書館)」、http://www.jacar.go.jp/(アクセス:二〇一四年一〇月九日)。

陸軍軍医階級表（明治一二年～昭和一二年）

	明治一二年	明治一六年	明治三〇年	昭和一二年
中将			軍医総監	軍医中将
少将	軍医総監	軍医総監	軍医監	軍医少将
大佐	軍医監	軍医監	一等軍医正	軍医大佐
中佐	一等軍医正	一等軍医正	二等軍医正	軍医中佐
少佐	二等軍医正	二等軍医正	三等軍医正	軍医少佐
大尉	軍医	一等軍医	一等軍医	軍医大尉
中尉	軍医副	二等軍医	二等軍医	軍医中尉
少尉	軍医補	三等軍医	三等軍医	軍医少尉

※『男爵小池正直伝』（陸軍軍医団、一九四〇年）七頁に基づき作成

終　章　唐陽の足跡を辿って

——内部は薄暗く、とりたてて目にとまるものはない。ただ会見に使われた机が狭い部屋の大部分を占めていた。中国人の女性が説明してくれたが、この机は当時使ったものであるという。その机の表面に墨の文字が書かれていた。（中略）そして、ふと文の末尾の文字を読んで、思わず「えっ」と息をのんだ。そこには「第一師団衛生隊医長 横川徳郎識す」とあった。私の大叔父である。(1)

この偶然がなければ、私が今、日露戦争における横川唐陽の事績を書くこともまた、なかった。日露戦争における横川徳郎こと唐陽の事績を直接伝える資料はあまり知られていない。しかし、研究こそ少ないが、日露戦争における陸軍衛生部や軍医の様子を伝えた資料はいくつか現存するし、唐陽が水師営を経て奉天会戦のころまで所属した第一師団の動向については、ある程度詳細に記録されている。筆者は、横川端氏のこの一文によって唐陽が日露戦争に従軍していた事実を知って以来、日本近代の軍事史にはやや不案内ながら、資料の収集と閲覧に努めてきた。その中間報告としてとりまとめた文章が、本書の基礎となっている。横川端氏の水師営における大叔父との出会いと、この偶然をつないだ有縁の人々の尽力がなければ、本書は成立しえなかったといってもいい。

二〇一三（平成二五）年春の段階で、私の手元にあった資料は、横川端氏の随筆「父祖が呼んだ旅順」と唐陽漢詩集『唐陽山人詩鈔』のコピー、それから『明治漢詩文集』所収の「略歴」と藤川正数の『森鷗外と漢詩』にすぎなかった。当時、ある郷土資料館で教育普及の仕事をしていた筆者は、仕事を終えると『唐陽山人詩鈔』を繙き、何か手がかりを探しつつ、辞書を片手に、少しずつ読み進める日々が続いた。

唐陽がその晩年に自ら編んだ『唐陽山人詩鈔』は、先に刊行した詩集や各種雑誌に掲載された作品をスタイルごとに分類・収録した詩集で、作品がよまれた時期や背景が必ずしも明確でないものも多く含まれている。だれが、いつ、どこで、何を題材としてよんだ作品であるのか、という基本的な情報を欠いたまま、作品を鑑賞することは困難だ。夏の訪れとともに、ふるさと文化館での仕事に一区切りをつけた筆者は、大学院へともどり、関係資料の調査に乗り出した。

まず注目したのは、唐陽が『唐陽山人詩鈔』以前に刊行した著作群である。彼は、その時々の任地でよんだ作品を収録し、『游燕今體』、『揖五山館集』などの小冊にまとめているが、その大部分は、現在、東京大学総合図書館に鷗外文庫に収蔵されている。鷗外文庫は、森鷗外の死後、鷗外の自宅（観潮楼）と房州日在の別荘に分蔵されていた蔵書が、震災後の一九二六（大正一五）年に東京帝国大学の図書館に寄贈されたもので、唐陽の著作については、鷗外の生前に唐陽が寄贈したものと想像される。

こうした書冊のほかに、鷗外と唐陽の交友を伝える資料としては、『森鷗外全集』三六巻に収録された唐陽宛の書簡がある。ただ、注意しなければならないのは、『全集』に収録されている作品が、唐陽と鷗外の間で交わされた書簡のすべてではない、という点である。

鷗外の遺品は、現在文京区立森鷗外記念館などにも数多く収蔵されている。同館は、かつての文京区立本郷図書館鷗外記念室を独立させる形で設置された、比較的新しい文学館で、森鷗外の長男であった森於菟から寄贈された遺品資料を基盤とする、一連のコレクションが収められており、鷗外記念室時代に編纂された『森鷗外資料目録』[2]によって、その内容をうかがうことができる。筆者はまずこの目録を手がかりとして、唐陽から鷗外に宛てた書簡が数点同記念館にあることを確認し、二〇一四（平成二六）年二月、横川端氏・赤羽良剛氏とともに森鷗外記念館を訪れ、許可を得て実見する機会を得た。

二月の調査では、①葉書中に唐陽の肖像を含むものが一点あること、②一九一九（大正八）年元旦の年賀状に押捺された印が『図書の譜』一八号に紹介した各印影とは異なるものであること、③『森鷗外と漢詩』等の先行研究では利用されてこなかった資料であることが確認された。鷗外記念館には現在、鷗外から唐陽に宛てた葉書が一点、唐陽から鷗外に宛てた葉書七点が収められているが、津和野の森鷗外記念館から刊行された『鷗外宛年賀状聚成』[3]に紹介されているものを除いて未紹介の資料であり、日本近代史を専門とする漆畑真紀子氏（国士舘大学）の協力を得て、現在、翻刻を試みている。

なお、鷗外に関係するもののほかに、現存する唐陽の書いた手紙として、現在、徳富蘇峰記念館に収蔵されている徳富蘇峰に宛てたものを一通、挙げることができる。今のところ両者の関係は詳らかではないが、蘇峰は、その随筆集『書窓雑記』の中で、横川唐陽とその詩集『唐陽山人詩鈔』について、次のように記している。

頃ろ槐南門下の横川唐陽君、其の詩鈔を寄せ示さる。唐陽君は専門の詩人にあらず。其の名刺には、予備陸軍一等軍医正、正五位勲三等、功五級横川徳郎とある。即ち其の本職は、故鷗外氏の如くに、陸軍の軍医だ。君は実に鷗外氏の部下であつた。君は一昨年の秋不幸にして、類焼の厄に罹り、其の書籍、什器一切を灰燼とし、剰す所、唯だ其の詩稿であつた。此に於て、其の友人胥い議りて、之を鈔して出版した。『唐陽詩鈔』は即ち是れ（中略）但だ予が此の詩鈔を披いて、最も快味を覚ゆるは、君が官遊の跡、日本内地は勿論、台湾、朝鮮より、満州、支那に及び、其の随処の風土、光景に流連して、其の興会を暢叙したるものあるが為めだ。詩は実境に触れ来つて、尤も生色を帯ぶ。是れ本書の誦す可き所以。(4)

唐陽は、明治中頃の詩壇において大きな影響力をもっていた森槐南門下の詩人であるとともに、鷗外と同じように陸軍の軍医であった。したがって、その作品の中には、軍医として赴いた各地の風土、光景、その時々に興味を抱いたことなどがよみ込まれ、それがそのまま唐陽の詩の一つの特色となっている。　総じて蘇峰の評は、唐陽の詩人としての特色を的確に捉えている、といっていい。

もっとも、唐陽と交遊のあった人々の遺品に頼り、唐陽自身の事跡を探ることには一定の限界がある。そこで、少し対象を広げ、これまであまり語られることのなかった唐陽の前半生を、教育史や郷土史などの成果を援用しながら、可能な限り克明に描き出すことと、本調査の発端となった水師営の机に象徴される、日露戦争期の唐陽の足跡を追い、関係資料を博捜し叙述することを目標として、漸次、調査の範囲を広げていった。もともと日本近代史に格別な関心をもっていたわけではない私の書庫にも、しだいに、東洋史や中国哲学、仏教学の研究書の狭間に、日本近代の軍事史や医学史、教育史、文学に関する書冊が置かれ、各自治体が編纂した県史や各種報告書が山をなすようになった。

二〇一四（平成二六）年からは、資料収集や実地踏査の機会を増やし、研究の合間を見て旅をする機会が増えていった。行き先としてまず思い浮かんだのが、愛知県犬山市にある明治村である。ここには、明治一一年に建てられた名古屋衛戍病院のうち管理棟と病棟一棟が現在も保存され、移築保存の際の報告書が『明治村建造物移築工事報告書』の一冊として刊行されている(5)。この建物は、NHKが二〇〇九（平成二一）年に放送した「坂の上の雲」中、秋山真之が入院したシーンがここで撮影されており、見覚えのある方も多いのではないだろうか。奉天会戦後しばらくの間、兵站病院長として各地を転々としていた唐陽は、傷病者後送の進捗にともない、鷗外よりも一足先に日本への帰還を果たし、名古屋で続々と後送されてくる傷病者の収容・治療にあたっている。

その後唐陽は、浜松衛戍病院長、善通寺衛戍病院長を経て、旭川の第七師団軍医部長となり、退役後東京に戻った。筆者は、その彼の足跡を追うように各地を歩いたが、とりわけ印象に残っているのが、二〇一四（平成二六）年九月一六日から一七日にかけて、赤羽良剛氏とともに訪れた中讃地方の小都市、善通寺の風光であった。

御詠歌で「われすまば よもきゑはてじ 善通寺 ふかきちかいの 法のともしび」とうたわれる善通寺は、縁起によれば、この地にはもともと屏風ヶ浦と呼ばれ、平安時代の初期に空海の父佐伯善通の邸があり、空海もまたこの地で育ったと伝えられている。善通寺の裏手に香色山が、その西側には筆ノ山、我拝師山、中山、火上山が屏風のように連なり、善通寺の山号「五岳山」もこの山々に由来する。近在の、四国遍路の札所として知られる曼荼羅寺と出釈迦寺も、五岳山の主峰、我拝師山を山号としており、いずれも弘法大師空海ゆかりの霊場として、寺と五岳とは、古くから人々の篤い信仰を集めてきた。

一八九六（明治二八）年、小さな門前町として発展してきたこの地域の運命を、大きく変える出来事があった。陸軍第十一師団の設置である。初代師団長の任に補せられたのは、当時陸軍中将であった乃木希典。現在も鶴ヶ峰を背に立つ旧第十一師団司令部（乃木館）や、彼が宿舎とした金倉寺にその面影を偲ぶことができる。当時、師団司令部は県庁所在地などの都市部に置かれることが多く、小さな村にすぎなかった善通寺に設置されたことは、きわめて異例なことであったといわれている(6)。

東京から朝八時の新幹線で岡山へと向かい、弁当を片手に特急南風に乗り込んで列車に揺られること一時間弱、土讃線善通寺駅に着く。善通寺駅は一八八九（明治二二）年五月に讃岐鉄道会社の吉田駅として開業、翌年に善通寺駅と改称された。現存する木造駅舎の歴史は古く、開業時に遡るが、現在の形になったのは一九二二（大正一一）年秋の陸軍大演習にあわせて行われた大改修の時であり、駅の本屋、一番ホーム上屋、二番ホーム上屋、跨線橋が往時の鉄道景観をよく伝えるものとして、国の登録有形文化財に指定されている。

善通寺駅の改札を出て、一九二二（大正一一）年に建築された石段を降り、まっすぐに伸びた道の向こうに五岳山を臨む。片原町通りの向かって左側には、現在、市役所や郵便局、市民会館、四国学院大学の建物が建ち並んでいるが、もともとはいずれも第十一師団の敷地であった場所である。もともと第十一師団の輜重隊がいた善通寺郵便局の手前を左へ曲がり、四国学院大学の裏手を進む。再び南西へと歩けば、一九三〇（昭和五）に十一師団の陸軍主計中尉であった仁井榮四郎による、和洋折衷スタイルの住宅、磯野邸が見えてくる。その三叉路を右へと曲がり、しばらく歩くと旧第十一師団司令部に着く。

旧第十一師団指令部の建物は、現在、自衛隊善通寺駐屯地の中にある。門前で受付を済ませカイヅカイブキの並木道を抜けると、一八九八（明治三一）年竣工の指令部が顔を見せる。漆喰塗

絵葉書「丸亀歩兵第十二連隊・丸亀衛戍病院」(筆者所蔵)

りの外壁に寄せ棟の瓦屋根を乗せたこの洋風建築は、初代師団長の名にちなんで乃木館と名付けられ、善通寺の駅舎や市役所裏手に残る偕行社、四国学院のキャンパス内に残る騎兵第十一連隊の建物等とともに、明治・大正期の雰囲気を今日までよく伝えている。

一八九八(明治三一)年一〇月三日、乃木希典は第十一師団長に補任され、善通寺の師団指令部と当時歩兵第十二連隊が置かれていた丸亀のちょうど間に位置する、金倉寺の客殿に仮住まいすることになった。乃木は在任中、この金倉寺から丸亀の歩兵第十二連隊や善通寺の師団指令部へ馬で通っていたようで、最後の師団長大野広一は『日本防衛史と第十一師団の歴史』の中で「途中子供が敬礼しても必ず丁寧に答礼したから、子供が喜こんで将軍の通るすじに大勢集まって、おじぎをして将軍から答礼されることを、誇りとさえ感じた」という逸話を紹介している。[7] 筆者らも、たまたま立ち寄った駅前のもとは旅館であったという店で「乃木将軍が駅前の片原町通りを通る頃合いになると、みな店先へ出て挨拶をした」という話を耳にした。その後、一九〇一（明治三四）年に馬蹄銀事件が明るみに出ると、部下の関与が疑われた乃木希典は休職を願い出て善通寺を離れることになるが、[8] 初代師団長乃木希典の印象はのちのちまで師団関係者や地域の人々の心に生きつづけた。一九三七（昭和一二）年には一九二五（大正一四）年の軍縮によって、善通寺から徳島に転営した歩兵第四十三連隊跡地に乃木神社が造営され、[9] 四国教育図書株式会社より真田黙雄『乃木将軍と四国』[10] が刊行されるなど、人々の乃木大将に対する思慕はつづく。もちろん、昭和はじめの軍国化の時勢に押された部分も大きいのだが。[11]

師団の設置によって善通寺の人口は飛躍的な伸びを見せ、通りには商家が建ち並び、人々が行き交う都市として発展の道を歩んでいく。善通寺駅前から伸びる広い通りは片原町通りとよばれ、かつては地元の人々や師団関係者が往来するメインストリートの一つとして多くの人々が行き交い、駅前や善通寺の門前、赤門筋に立ち並ぶ旅館は、お遍路はもちろん軍人の家族などの泊まり客などで賑わった。一九〇三（明治三六）年には、陸軍将校のための集会所・社交場として偕行社が建設され、師団衛戍地としての善通寺を象徴する建物として改修を重ねつつ、今日に至っている。[12] 師団の設置は多くの需要を生んだ。騎兵連隊の兵営前には、当時まだ珍しかった写真館が建ち、地域や師団関係者の記念の場所として多くの人々が訪れた。[13] 市役所の前に立つ瀬川酒店では、初代師団長の乃木希典が八幡神社に奉納した酒を褒めたことに因んだ酒、「師団一」が売られ、本郷通りには大川酒店があって、一九二三（大正一二）年ごろから「清酒五岳」を醸し、好評を博していたという[14]。師団関係者の間では、日本酒はもちろんビールなどもよく飲まれていたようで、輜重隊の兵営前には洋酒専門の酒店もあった[15]。

ちなみに、「清酒金陵」で知られる琴平の西野商店もまた、師団に酒を納めていたらしい。唐陽が一九一五（大正四）年の晩秋に、西野商店の主人に求められて次の詩をよんでいる。

西野某索家釀金陵詩　　西野某 家釀金陵の詩を索む

吟魂酔後乍飛騰　　吟魂 酔後 乍ち飛騰す
略擬鳳凰台上凭　　略ぼ擬す 鳳凰台上に凭らんと
一笑詩腸泌王気　　一笑すれば詩腸に王気を泌む
杯中醇酒是金陵　　杯中の醇酒 是れ金陵

詩題の「金陵」とはいうまでもなく西野商店の酒のことを指す。しかし、ただ酒が旨いとよむだけでは漢詩としてはうまくない。そこで唐陽は、銘酒に一酔すると吟魂、つまり詩に対する情感のようなものがたちまちにして高く飛び上がるような心地がして、まるで鳳凰台上にもたれかかっているようだ――と表現してみせる。「金陵」の詩に「鳳凰台」とくれば、そう、唐代の詩人、李白の次のような詩が思い出されよう。[16]

登金陵鳳凰台

鳳凰台上鳳凰遊
鳳去台空江自流
呉宮花草埋幽径
晋代衣冠成古丘
三山半落青天外
一水中分白鷺洲
総為浮雲能蔽日
長安不見使人愁

金陵の鳳凰台に登る

鳳凰 台上 鳳凰遊ぶ
鳳去り台空しくして 江自ら流る
呉宮の花草 幽径に埋もれ
晋代の衣冠 古丘と成る
三山 半ば落つ 青天の外
一水 中分す 白鷺洲
総て浮雲の能く日を蔽うが為に
長安見えず 人をして愁えしむ

盛唐の詩人李白が四七歳の頃によんだ詩が、この「登金陵鳳凰台」である。唐陽は、自身の作「西野某索家醸金陵詩」の中で、詩題の「金陵」にあわせて「鳳凰台」の語を用いることで、観賞者に李白の「登金陵鳳凰台」を想起させ、長江に船を浮かべて遊び、酔って川面に浮かぶ月をとろ

絵葉書「善通寺衛戍病院」（筆者所蔵）

うとして溺死したと伝えられる酒仙李白のイメージを巧みに誘引してみせる。

　今回の旅の目的は、あくまで善通寺時代の唐陽に思いを致すための手がかりを探すことであった。唐陽自身の作品中に認められるさまざまな事物に思いを馳せるのも一案ではあるが、今は、できればもう少し具体的に、善通寺時代の唐陽が勤務した衛戍病院の跡や、今日も遺る師団関係の建造物やその遺構などをみておきたい。夜、居酒屋で金陵を一献傾けたあと、ホテルに戻り、収集した資料に目を通しながら翌日に備えた。

　大野広一の『日本防衛史と第十一師団の歴史』によれば、横川唐陽が善通寺衛戍病院長に任ぜられたのは、一九一一（明治四四）年一月のことであったという。[17] その後唐陽は、一九一五（大正四）年一二月に、旭川の第七師団へ軍医部長として栄転するまでの間この地で過ごしており、在任中、善通寺衛戍病院はもちろん、現存する師団指令部や偕行社にも幾度となく足を運んだと思われる。善通寺時代の唐陽の詩を収めた『揖五山館集』にも、一九一一（明治四四）年一二月七日に、善通寺の偕行社で行われた図上戦術演習をよんだ詩がある。

たしかに善通寺市には、今もなお旧軍時代の遺構が遺り、軍都としての一面を今日にまで色濃く伝えている。だが、時代が移ろいゆく中で、湮滅していったものもまた数多く存在することに、思いを致す必要もあるだろう。

善通寺時代の唐陽の足跡を辿る中で最も重要なのは、彼が病院長を務めた善通寺衛戍病院であろう。現在、善通寺市には、衛戍病院の面影をうかがう遺構はほとんどないが、その歴史的変遷を確認しておくことは、善通寺における唐陽を知る上で欠かせない。

唐陽が善通寺衛戍病院長として勤務した第十一師団には、複数の衛戍病院が設置されていたが、その数は時期によって異なっている。初代師団長乃木希典の時代には、連隊の衛戍地であった丸亀と高知の二病院が置かれていたが[18]、第五代師団長土屋光春の頃には善通寺・丸亀・高知・徳島の四病院体制となったことが『日本防衛史と第十一師団の歴史』の記述からうかがえる[19]。

日露戦争中、善通寺衛戍病院は師団の動員に伴い、善通寺予備病院として還送転送患者の収容・治療にあたった。しかし、師団や各連隊付の衛生部員たちの多くは出征した第十一師団とともに従軍しており、人出の少ない予備病院の業務は繁忙をきわめたという。一九〇四（明治三七）年六月二〇日の受入以降、漸次増加しつつあった還送患者の受入体制を整えるため、職員の増員と分院・転地療養所の増設が行われ、赤十字救護班の手を借りながら、一二月頃にはようやく軌道に乗り始める。『善通寺市史』によれば、一九〇六（明治三九）年一月一五日の留守師団完結までに受け入れた戦地還送患者の総数は三万二五一七名で、この間、第一～第五分院のほか急造仮舎の建築一一四棟、転地療養所五カ所が開設されたという。その後も善通寺衛戍病院は第十一師団の中心的な病院として機能しつづけ、一九三六（昭和一一）年には善通寺陸軍病院と改称し、一九四〇（昭和二〇）年の敗戦を迎えた。

第二次世界大戦後、陸軍病院・海軍病院が厚生省に移管されると、善通寺陸軍病院は廃止され、国立善通寺病院ならびに国立善通寺病院伏見病院として発足する。このうち伏見病院は、一九五五（昭和三〇）年には結核療養所として善通寺病院より独立し、国立香川療養所となったが、結核患者の減少にともない一九七五（昭和五〇）年には小児専門病院への転換を果たし、国立香川小児病院となっている。同病院は一九四三（昭和一八）年頃まで、四国少年院の裏手、善通寺衛戍病院（のち善通寺陸軍病院）の本院が置かれていた場所にあり、一八九七（明治三〇）年に構築された衛戍病院の病棟も、終戦までは存在していたという。[20]

善通寺衛戍病院に淵源をもつ二病院は、その後も地域の中核病院として地域医療に多大な貢献をつづけたが、一九八五（昭和六〇）年以降、国立病院・国立療養所の再編成・合理化が進められる中で両病院の統合も模索され、二〇一三（平成二五）年五月、善通寺病院と香川小児病院は善通寺病院（善通寺市仙遊町）の地で統合、国立病院機構四国こどもとおとなの医療センターとして新たに再出発している。

善通寺衛戍病院に限らず、衛戍地に設置された陸軍病院や海軍病院の多くが、善通寺の場合と同様、戦後、国立病院に転換されて、それぞれの地域医療を支える拠点としての機能を果たしてきたことは、思いのほか知られていない。善通寺の新病院に衛戍病院時代の面影はなく、病院の沿革やそこで勤務していた人々の事跡について人々の関心が及ぶことも稀であり、全国的にみても、編纂された「病院史」の数はさほど多くはない。もっとも善通寺衛戍病院の場合、大正から第二次世界大戦の終結に至るまでの史料が焼却処分されたこともあって、曖昧な点も多いのだが。

以上のような病院の歴史的経緯については、『善通寺市史』第三巻の「陸軍の病院から国立善通寺病院へ」に詳しいが、その中に、鷗外と唐陽をめぐる次のようなエピソードが紹介されている。

明治四一年（一九〇八）一月六日に、時の軍医総監森鷗外が金沢から浜寺を経て前日琴平花壇に宿泊し、病院の巡視に訪れた。夕方高松から船で大阪に向かったと彼の日記に記されている。それより三年後鷗外と漢詩を通じて交遊のあった横川徳郎が院長として赴任した。すなわち明治四四年（一九一一）一月二五日赴任後筆岡村中村の神原家を宿舎にあて病院に通った。彼は大変信仰が厚く宿舎から五岳を仰ぎつゝその館の名を「輯五山館」と名付けた。これは五山に対しお辞儀をする館という意でつけられたといわれている。軍務の余暇に詩をつくり鷗外と交遊し、つくられた詩は「唐陽山人詩抄」として大正一二年（一九二三）発行した。

唐陽は彼の号である。この本の中に村祭とか県内各所を訪れての作品、四国遍路などの詩とともに森鷗外と関係ある詩も九編のせられている。彼と鷗外は軍隊では主従の関係であったが、詩の上では鷗外が師と敬っていたことが鷗外の日記に記されている。[21]

日露戦争後の一九〇七（明治四〇）年一一月一三日、軍医総監となり、小池正直の後を受けて第八代陸軍省医務局長に就任した鷗外は、以降、一九一六（大正五）年四月までの八年五カ月その地位にあり、陸軍衛生部の最高位を占めつづけた。一方、日露戦争中の一九〇五（明治三八）年四月二二日に三等軍医正となっていた唐陽は、浜松衛戍病院長を経て、一九一一（明治四四）年一月一五日に善通寺衛戍病院長として香川県善通寺に赴任、同年二月一日、二等軍医正に昇進している。

日露戦争以降、地方師団での勤務が続いた唐陽と、陸軍衛生部の頂点に立つ鷗外との間には依然として大きな地理的隔たりがあったものの、漢詩を通じた交流はなおもつづいた。日露戦争後、鷗外と唐陽は前後して四国の地を踏んだが、かれらも軍医である以前に一詩人であったから、滞在中、当地のさまざまな事物に関心を向けたものと思われる。事実唐陽の、善通寺時代の作品を集めた『揖五山館集』の中には、金刀比羅や栗林公園など四国各地の史蹟名勝や当地にゆかりのある人物、たとえば、江戸中期丸亀の女流歌人、井上通女の墓に詣でた際によんだ詩などが収められている。また四国遍路の納経にも関心を示し、一九一五（大正四）年には『四国霊場奉納経』

を刊行、巻末に自作の四国遍路詞を載せている。

折に触れて地域の歴史や文化に関心を示し、漢詩文に基礎づけられた豊かな教養を背景として、自らの文学を創作していこうという姿勢は、鷗外と唐陽に共通してみられるものである。もちろん鷗外文学のもつ多様性にくらべて、文学の幅を漢詩文の世界に留め置いた唐陽のそれは、いささか広がりに欠けるかもしれないが、陸軍軍医という漢詩人としては特異な経歴と相俟って、明治漢詩の掉尾を飾る一詩人として後世まで記憶されるべき存在であると、私は信じる。

旅の終わりに、唐陽の住まいがあった筆岡村中村の地に立ち寄った。善通寺の脇を過ぎ、堅パンで知られる熊岡菓子店の前の細い道を進むと、かつての練兵場であった四国のこどもとおとなの医療センターが左手に見えてくる。病院を横目で見つつさらに北へと進むと、左手には五岳の山々が、右手奥には鬱蒼とした椰の木の杜が見え、旧筆岡村大字中村（現善通寺市中村町）の地に至る。

一九一一（明治四四）年一月、善通寺に着任すると唐陽は、ここ筆岡村中村の神原家を宿舎とし、一九一五（大正四）年までこの地にあった。彼はこの家から見える景観、とりわけ五岳の山々を愛し、住まいを「輯五山館」と名付け、そこからの眺望を愛でたことは、次の詩からもよみとれる。[22]

自題輯五山館壁　　自ら輯五山館の壁に題す

濃嵐密翠圧門扃
正看仄望倶妙型
展作屏風畳成障
五山描出大丹青

濃嵐 密翠 門扃を圧し
正看 仄望 倶に妙型
展ぶれば屏風と作り 畳めば障と成り
五山 描き出す 大丹青

かつて唐陽の住んだ輯五山館は、青々とした山のすがすがしい気配が感じ取れる、美しい田園風景の中にあった。南から北へ、香色山、筆ノ山、我拝師山、中山、火上山と続く五岳の山並みは、輯五山館からみれば美しい屏風のようであり、善通寺市街から山々を側望すれば衝立のようにも見える。善通寺に着任した唐陽は、五岳の美しい山容をいたく気に入り、先のような詩をよんだのであろう。

すでに衛戍病院も、輯五山館もなく、横川唐陽の足跡もまた消えようとしているが、彼の愛した風光は、今もなお善通寺の地において、その輝きを保ち続けている。

(1) 横川端「父祖が呼んだ旅順」(『文藝春秋』八八巻一五号、二〇一〇年一一月)。
(2) 文京区立鷗外記念本郷図書館編『森鷗外資料目録』二〇〇一年(平成一三年)版(文京区立鷗外記念本郷図書館、二〇〇一年)。

（3）森鷗外記念館編『鷗外宛年賀状聚成―森鷗外記念館開館一〇周年記念特別展図録―』（森鷗外記念館、二〇〇四年）。
（4）徳富猪一郎『書窓雑記』（民友社、一九三〇年）二一二～二一四頁。同書については次のような復刻版も刊行されている。徳富蘇峰『書窓雑記』書誌書目シリーズ三三、蘇峰書物随筆七（ゆまに書房、一九九三年）。
（5）博物館明治村編『明治村建造物移築工事報告書』第七集、名古屋衛戍病院―愛知県指定有形文化財―（博物館明治村、一九九二年）。
（6）善通寺における師団設置の経緯については、善通寺市教育委員会市史編さん室編『善通寺市史』第三巻（善通寺市、一九九四年）「第十一師団と善通寺」八四九～八八四頁、柴田久「師団設置による都市形成への影響に関する一考察―旧陸軍第十一師団と善通寺市の変遷を事例として―」（「土木史研究論文集」二三、二〇〇四年）、山本裕「第十一師団と善通寺」（坂根嘉弘編『西の軍隊と軍港都市―中国・四国―』地域のなかの軍隊五、吉川弘文館、二〇一四年）などを参照。とりわけ山本氏の論考は、先行研究を踏まえながら第十一師団の設置から敗戦後の市制施工までの善通寺市について概観したもので、参考になる。
（7）大野広一『日本防衛史と第十一師団の歴史』（第十一師団歴史刊行会、一九六九年）三二頁。なお、編者の大野広一は第十一師団最後の師団長で、一九五〇年代後半から六〇年代にかけて、本書のほかに、『第十一師団歴史』（大手前高校、一九五八年）、『第十一師団歴史的写真帳』（万成社、一九六九）などを編纂している。

（8）馬蹄銀事件については、小林正美『増補　義和団戦争と明治国家』（汲古書院、二〇〇八年）第四章第一節「馬蹄銀事件と明治の言論人―『万朝報』連載記事「北清分捕の怪聞」の紹介―」三七二～四〇七頁並びに、第四章第二節「「北清分捕」（馬蹄銀事件）始末」四〇八～四二八頁に詳しい。

（9）『善通寺市史』第三巻（注6前掲書）一〇五八～一〇七〇頁。

（10）真田黙雄『乃木将軍と四国』（四国教育図書、一九三五年）。著者の真田黙雄は、乃木希典第十一師団在任中、丸亀連隊（歩兵第十二連隊）に入営した経験をもつ。

（11）乃木大将の神格化については佐々木英昭『乃木希典―予は諸君の子弟を殺したり―』ミネルヴァ日本評伝選（ミネルヴァ書房、二〇〇五年）第六章「祭られる〈乃木〉」二四五～二八四頁を、善通寺における乃木神社の造営と第十一師団の関わりについては、『善通寺市史』第三巻（注6前掲書）「第十一師団と善通寺」一〇五八～一〇七〇頁、野村美紀「善通寺における乃木神社・護国神社の建設」（四国地域史研究連絡協議会編『戦争と地域社会―慰霊・空襲・銃後―』岩田書院ブックレット、岩田書院、二〇一一年）を参照。

（12）旧善通寺偕行社は二〇〇一（平成一三）年に国の重要文化財に指定され、二〇〇四（平成一六）年から二〇〇七（平成一九）年にかけて保存修理工事が行われた。そのときの記録は、旧善通寺偕行社保存修理事業報告書編纂委員会　総合監修『過去からの遺産を今と未来へ　文化財利活用にかけた一〇年間の軌跡―旧善通寺偕行社保存修理の歩み―』（善通寺市、二〇〇九年）にまとめられている。

（13）『みちくさ遍路』編輯委員会編『みちくさ遍路―善通寺八八カ所めぐり』二〇〇一（善通寺市、二〇〇一年）一五頁。

（14）『みちくさ遍路―善通寺八八カ所めぐり』二〇〇一（注13前掲書）一四頁および三三頁。

（15）『善通寺市史』第三巻（注6前掲書）「第十一師団と善通寺」一〇一一頁。

（16）唐陽の「西野某索家醸金陵詩」が李白の「登金陵鳳凰台」を踏まえていることについては、藤川正数『讃岐にゆかりのある漢詩文』（私家版、一九九二年）第五章「善通寺衛戍病院長 横川唐陽の漢詩」一八四頁に指摘がある。なお、李白の「登金陵鳳凰台」については、松浦友久編『校注唐詩解釈辞典』（大修館書店、一九八七年）六三四～六三七頁に通釈等が載録されており、参考になる。

（17）大野広一『日本防衛史と第十一師団の歴史』（注7前掲書）七八～七九頁。

（18）大野広一『日本防衛史と第十一師団の歴史』（注7前掲書）七八～七九頁。

（19）大野広一『日本防衛史と第十一師団の歴史』（注7前掲書）六四～六五頁。

（20）善通寺衛戍病院から国立善通寺病院・国立香川小児病院に至る歴史については、『善通寺市史』第三巻（注6前掲書）「陸軍の病院から国立善通寺病院へ―衛戍病院のうつりかわり―」六〇二～六五八頁を参照。

（21）『善通寺市史』第三巻（注6前掲書）「陸軍の病院から国立善通寺病院へ―衛戍病院のうつりか

わり――」六一一～六一二頁。

（22）「自題揖五山館壁」については、神田喜一郎編『明治漢詩文集』明治文学全集六二（筑摩書房、一九八三年）二〇一頁を参照。

附論

藤川正数の鷗外漢詩研究をめぐって

かつて、埋もれていた横川唐陽という漢詩人を、森鷗外との関わりから世に紹介した一人の研究者がいた。中国古代中世の礼学研究で知られた藤川正数である。

まずは藤川の経歴について簡単に紹介しておきたい。藤川は、一九一五（大正四）年、香川に生まれ、東京文理科大学文学科漢文学科を卒業後、香川大学、桜美林大学、岐阜女子大学教授を歴任。代表的な著作として『魏晋時代における喪服礼の研究』(1)、『漢代における礼学の研究』(2)があるが、他に、近世邦儒の荀子注釈史を取り上げた『荀子注釈史上における邦儒の活動』正・続や(3)、『論考集　讃岐の儒者』(4)、『森鷗外と漢詩』(5)、『讃岐にゆかりのある漢詩文』(6)、『新観　横井也有―漢学的視点から―』(7)など、日本近世・近代の漢学、漢詩文に関する業績を遺している。なかでも『森鷗外と漢詩』は、森鷗外自身の漢学的素養やその作品の紹介のみならず、漢詩を通じた交友関係にまで及ぶ周到な研究であり、鷗外自作の漢詩文を正面から取り上げた数少ない業績の一つとして、高く評価されてきた。

もともと経学、とりわけ礼学の分野で多くの業績を上げてきた藤川が、なぜ森鷗外の漢詩に強い関心を寄せ、自らの研究課題とするようになったのか。この点について、藤川自身は『森鷗外の漢詩』のあとがきの中で、次のように述べている。

夏休みのある日、友人の招きにより東海のある大学を訪れた。その構内で、ふと眼にとまったのは、山の湧き水を引いた小川に緋鯉・真鯉が群れ泳いでいる光景である。その一瞬、わたくしの脳裏にひらめいたのは、島根県の城下町、津和野の閑静なたたずまいである。鷗外が十一歳まで住まったという森家の旧邸、幼時に学んだ藩校養老館の建物、関係資料の展示されている郷土館、そして永明寺境内の「森林太郎墓」などが、昨日のことのようによみがえってくる。その時に決めた、もしも老後を本学に過ごすことができるならば、鷗外の漢詩を一つのテーマにしようと。これは無謀な企てであるかも知れない。これまで歩んできた専攻分野に比べて、あまりにも大きな方向変換だからである。けれども自分なりに何がしかの研究成果が挙げられるかも知れないという一縷の望みが、なくもない。(8)

岐阜女子大学に赴任した藤川は、一九八七(昭和六二)年から一九九〇(平成二)年にかけて森鷗外の漢詩や、その漢学的素養に関する考察、交友関係のあった漢詩人の紹介などを、『岐阜女子大学紀要』などに執筆するとともに、当時、有精堂から刊行されていた『日本の文学』第六集に「森鷗外と横川唐陽―漢詩を契機とする交遊を中心に―」と題する論考を発表し、漢詩を通じた鷗外と唐陽の交友関係について詳述している。のち、一九九一(平成元)年に有精堂から出版された『森鷗外と漢詩』は、一九九〇年代に、それまで十分に研究されていなかった鷗外漢詩とその周辺を、独自の視点からとりあげた数少ない成果の一つであった。

一九九七（平成九）年段階において鷗外漢詩研究の現況を整理した、古田島洋介「研究の回顧と展望―〈鷗外漢詩〉研究の現在―」[9]は、しばしば「漱石・鷗外」と併称されるにもかかわらず、漱石漢詩の研究がすでに多くの成果に恵まれているのに比べて、鷗外漢詩が立ち後れてきた背景に、昭和を代表する中国文学者の一人として知られる吉川幸次郎の鷗外漢詩に対する低い評価があったと指摘する。

実際、鷗外漢詩を正面から取り上げてみようとする試みが、広く一般に向けて示されるようになったのは、比較的最近のことである。一九八四（昭和五九）年に新潮選書の一冊として刊行された、小島憲之『ことばの重み―鷗外の謎を解く漢語―』[10]などは、なかでも最も先駆的な書物といってよいが、この著者も吉川と同様近代文学の研究者ではなかった。小島は、中国文学が上代文学にいかなる影響を与えたのかを論じた『上代日本文学と中国文学』[11]などの著作で知られる古代文学の泰斗であり、その豊かな学識を背景に、鷗外が用いた漢語の一つ一つに鋭いメスを入れ考証を積み重ねていくことで、従来の鷗外研究では十分に取り上げられてこなかった一面を明らかにしたのである。ただし本書は、鷗外が日記やさまざまな作品の中で用いた「漢語」に注目したもので、鷗外の漢詩のみを扱った書物ではない。

一方、藤川正数『森鷗外と漢詩』は、鷗外自身の作品はもちろん、彼が他者の漢詩をいかに解釈・鑑賞したのか、彼の創作や鑑賞を支えた漢学的素養はどのようなものであったのか等の問題に多角的に迫る本格的な鷗外漢詩研究であり、経書の学、とりわけ礼学の研究者として出発した藤川ならではの、精緻にして堅実な考証に裏付けられた成果であった。以下、その内容について簡単に紹介しておこう。

藤川は、第一章「漢学的素養」と第二章「評釈」を通じて、鷗外が著した三史伝『渋江抽斎』『伊沢蘭軒』『北条霞亭』の三史伝を中心とした考察を行い、史伝中にみえる経書や小学書、医書への言及や、伊沢、北條、管、頼らの漢詩に対する鑑賞や評釈を取り上げて鷗外の漢学的素養を論じた上で、第三章「鷗外の詩」において、鷗外自身の手になる漢詩を取り上げている。森鷗外の漢詩に関するまとまった専門書がない中で「漢学的な視点」から纏められた本書は、鷗外漢詩の全訳注が刊行された今日においてもなお、その価値を失していない。

藤川が横川唐陽という漢詩人を知り、その作品に接するようになった直接の契機もまた、一連の鷗外漢詩研究のうちにあった。『森鷗外と漢詩』の第四章五節「横川唐陽」は、『岐阜女子大学紀要』一八号に掲載された「森鷗外と漢詩（上）—作品を中心に—」（一九八九年二月）をもとに、「森鷗外と横川唐陽—漢詩を契機とする交遊を中心に—」（『日本の文学』第六集、有精堂、一九八九年一二月）によって増訂を加えたものであるという。藤川は研究を進めるうちに、『唐陽山人詩鈔』以前に刊行されていた既刊の詩集があることを知り、このうち『游燕今体』『論俳絶句』『輯五山館集』の三冊を遺族の好意により閲覧し、本書のあとがきにも、これらの詩集を見ることによって、鷗外と唐陽とのいわゆる「師友関係」のただならぬことが一層深く理解することができた。このような経緯によって第五「横川唐陽」の節は、他の四つの節に比べて紙幅が多くなった次第である。(12)

と述べている。藤川が閲読した既刊三冊のうち彼の興味を惹いたのは、善通寺陸軍衛戍病院長時代の作品を収めた『輯五山館集』であったようである。

のち藤川は『輯五山館集』の中から、金毘羅や善通寺、栗林公園など讃岐の各地をよんだ地域性に富む作品数篇を選んでその読解観賞を試みている。当初その成果は『ことひら』などに掲載されたが、のちに補訂が加えられ、叙勲の記念として自費出版した『讃岐にゆかりのある漢詩文』の第五章「善通寺陸軍衛戍病院長 横川唐陽の漢詩」に纏められている。ここでは、その冒頭にみえる、善通寺時代の唐陽に関する記述を紹介しておきたい。

唐陽は、明治四十四年一月二十五日から大正四年十二月二十三日まで、善通寺陸軍衛戍病院長として五年間勤務した。唐陽の住居は、善通寺市中村町一二七三—二神原周助氏の敷地にあった。現在、家屋は改築されたが二階建で、南西に五岳山を望む閑静な住宅で、唐陽はこの住居がたいへん気に入り、「輯五山館」と名づけた。神原氏宅の門柱と土塀の一部、厩舎跡(コンクリート)などは、当時のまま残存する。故老の話によると、十五夜には二階の部屋で月見の会を催し、大家やその親戚の子供たちも招かれて茶菓の接待に預かったということである。この地に在任中に男子が二人誕生した。そのうち、明治四十四年八月に生まれた第四児は、善通寺の地名に因んで「善」と名づけられた。第五児はこの館に因んで「輯五」と名づけられた。どちらも唐陽の任地を愛する人がらの偲ばれる話柄である。[13]

藤川は、唐陽の漢詩を論じるにあたって、単に『輯五山館集』をよむだけではなく、唐陽の子孫のもとを尋ね、あるいは自ら善通寺市へと足を運び地元の人々の話に耳を傾け、関係する資料の調査や史跡見学を丹念に行ったようである。善通寺に赴任した第十一師団の職員のうち、師団長以下連隊長クラスの高級将校は、概ね中村町宮西地区や乾地区に借家するのがふつうであったようである。『善通寺市史』には師団長以下参謀長兵器部長、衛戍病院長ら将校の止宿状況が記されており、衛戍病院長と兵器部長は宮西地区の神原邸に借家していたことがわかる。[14]一九一一（明治四四）年に善通寺衛戍病院長として着任した唐陽もまた、家族とともに神原邸に起居し、司令部や衛戍病院のある善通寺市内へと日々通ったのであろう。

藤川が『森鷗外と漢詩』や『讃岐にゆかりのある漢詩文』に結実する諸論考を著してから、すでに二十年以上の歳月が過ぎている。唐陽の面影に迫る手がかりは、日一日と失われ続けているのである。

（1）藤川正数『魏晋時代における喪服礼の研究』（敬文社、一九六〇年）。
（2）藤川正数『漢代における礼学の研究』（風間書房、一九六八年）。
（3）藤川正数『荀子注釈史上における邦儒の活動』正・続（風間書房、一九八〇～一九九〇年）。
（4）藤川正数『論考集 讃岐の儒者』（私家版、一九八四年）。
（5）藤川正数『森鷗外と漢詩』（有精堂出版、一九九一年）。
（6）藤川正数『讃岐にゆかりのある漢詩文』（私家版、一九九二年）。
（7）藤川正数『新観 横井也有―漢学的視点から―』（研文社、一九九四年）。
（8）藤川正数『森鷗外と漢詩』（注5前掲書）二五七頁。
（9）古田島洋介「研究の回顧と展望―〈鷗外漢詩〉研究の現在―」（『鷗外の知的空間』講座森鷗外三、新曜社、一九九七年）。
（10）小島憲之『ことばの重み―鷗外の謎を解く漢語―』新潮選書（新潮社、一九八四年）。
（11）小島憲之『上代日本文学と中国文学―出典論を中心とする比較文学的考察―』上・中・下（塙書房、一九六二～一九六五年）。
（12）藤川正数『森鷗外と漢詩』（注5前掲書）二六〇頁。
（13）藤川正数「善通寺衛戍病院長横川唐陽の漢詩」（『讃岐にゆかりのある漢詩文』（注6前掲書）一七六頁。
（14）善通寺市教育委員会市史編さん室編『善通寺市史』第三巻（善通寺市、一九九四年）『善通寺市史』

第三巻、八七三頁。

横川唐陽の蔵書と蔵書印

明治時代の記憶が遠い過去のものとなるにつれ、その時代を物語る資料もまた、日々喪われつづけている。森鷗外や夏目漱石に代表される、近代日本の文学史を語る上で欠かせない人物に関しては、文学館や資料館、図書館による資料収集の取り組みに支えられ、資料の保存と収集の努力が日々積み重ねられている。けれども、これまでの文学史の中で触れられる機会の少なかった人物に関しては、資料の保存・収集は、関心をもつ個人の力に任されているといってよい。筆者もまた、漢詩人横川唐陽に調査を進めていく上で、以上のような状況を念頭に置きながら資料調査や実地踏査を実施してきた。本節では、二〇一三（平成二五）年度に実施した横川唐陽の蔵書印調査の経緯について述べながら、蔵書ならびに蔵書印

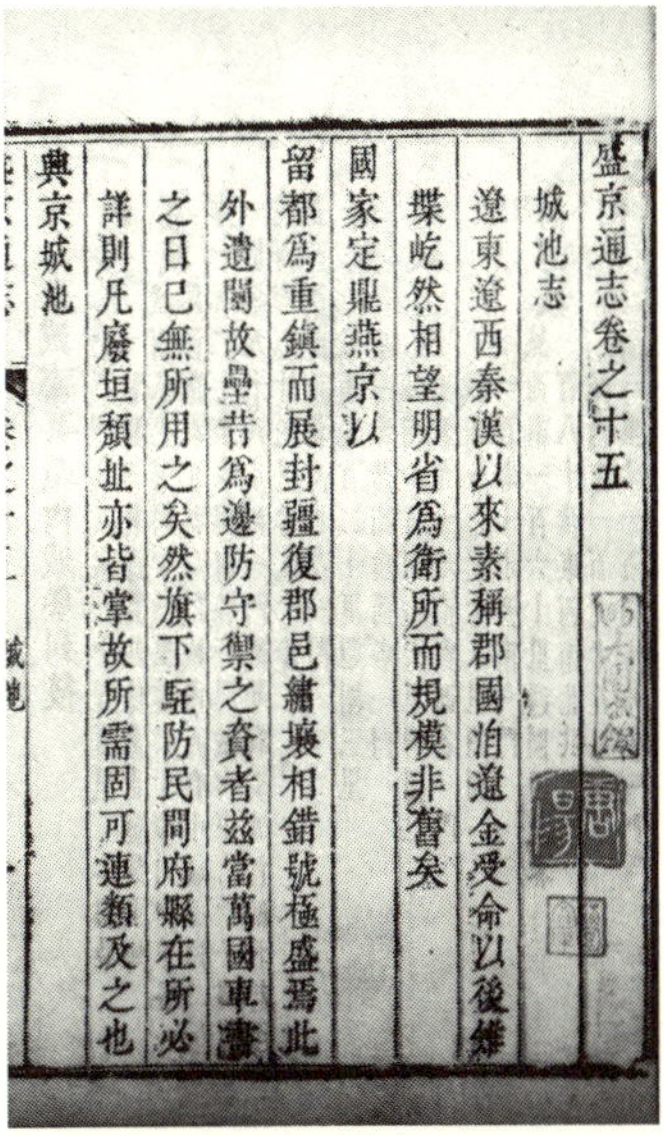
盛京通志卷之十五
城池志
遼東遼西秦漢以來素稱郡國迫遼金受命以後雉
堞屹然相望明省爲衛所而規模非舊矣
國家定鼎燕京以
留都爲重鎭而展封疆復郡邑繕壊相錯號極盛焉此
外遺闕故壘昔爲邊防守禦之資者玆當萬國車書
之日已無所用之矣然旗下駐防民間府縣在所必
詳則凡廢垣頽址亦皆掌故所需固可連類及之也
興京城池

明治大学中央図書館蔵『盛京通志』

調査の意義について考えてみたい。

蔵書印とは、一般に書物に押捺された所蔵者や旧蔵者の印記（印影）のことをいう。今日でも、図書館の蔵書には館名を彫り込んだ印が押捺されているし、個人で蔵書印を持つ人も多い。蔵書印を押す最大の理由は「集書の散逸を防ぐ」ことにあるが、印の大きさや意匠・字体はさまざまでそれぞれに個性があり、蔵書印そのものが趣味や賞玩の対象とされることも多かった。唐陽が自身の『盛京通志』の巻ごとに異なる印を押捺したのも、そのような理由によるものと想像される。

萩園文庫

書物に押捺された蔵書印について調べることは、その書物が歩んできた歴史を明らかにすることに繋がる。その印が誰のものであるのかを調べるためには、まず印文を調べる必要がある。著名な蔵書家であれば、小野則秋『日本蔵書印考』や、渡辺守邦・島原泰雄『蔵書印提要』、中野三敏編『近代蔵書印譜』のような書物で特定できる場合も多いが[1]、不明な場合は、篆刻字典を頼りに印文をよみ、印が押捺されている書物の来歴を、周辺的な事柄を含め可能な限り調べあげることで、印の持ち主を特定していく作業が必要になる。もっとも書物を愛する人々にとっては、そうした作業でさえ楽しいものなのだが。

神保町にほど近い明治大学中央図書館は、二〇一二（平成二四）年現在、一三〇万冊を超える蔵書数を擁し、蘆田文庫、アフリカ文庫、江戸文藝文庫、カール・ボーズル文庫、ロマーン・シュ

明治大学中央図書館蔵『盛京通志』押捺横川唐陽所用印

徳印

臣徳郎

横川徳印

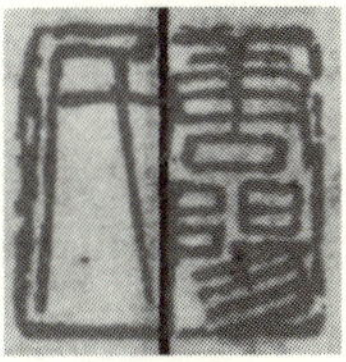

唐陽氏

唐陽

唐陽

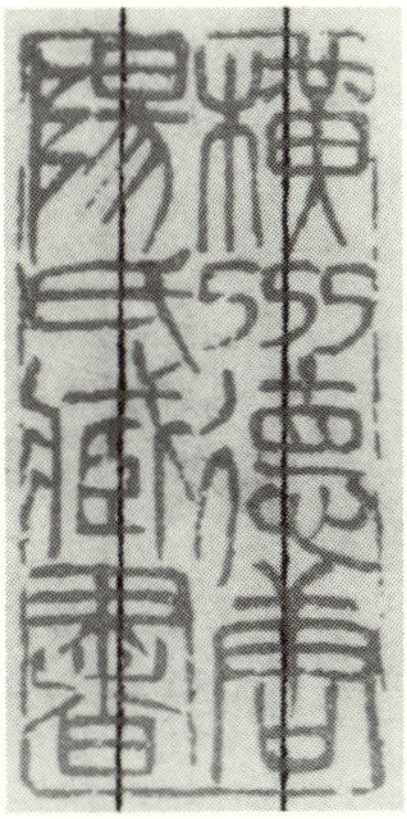

横川徳唐陽氏蔵書

輯五山人

徳印

徳字有鄰

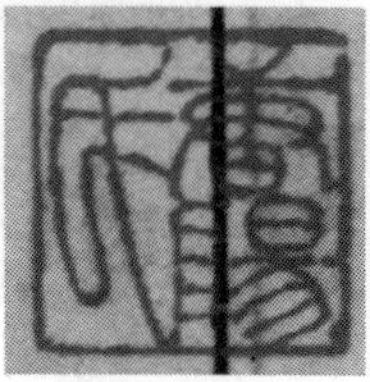

唐陽氏

ヌール文庫、ケベック文庫などのコレクションで知られる大学図書館である。東洋史関係のコレクションとしては、永田雄三教授によるトルコ文庫のほかに、二〇〇二（平成一四）年に購入された「和田清博士旧蔵 漢籍コレクション」があり、後者には、明、清、民国期の刊本等八七六点九七七五冊が収蔵されている。筆者はこの図書館を頻繁に利用しているが、そのすべてを閲覧したことはなく、この一大漢籍コレクションのうちに、横川唐陽旧蔵本が紛れ込んでいることを知り得たのは、ほとんど偶然の出来事であった。

今日、図書館の膨大な蔵書の中から目的の本を探し出すには、Online Public Access Catalog（以下OPACと略す）を使用するのが一般的である。OPACは、書名や著者名、探したいキーワードを用いて検索することで、資料の書誌情報や、所在情報、状態等を把握することができるオンライン目録であり、今日の、全国の図書館でごく日常的に用いられている。未知の資料との出会いを求めて図書館を訪れる場合、ＯＰＡＣで、さまざまな検索法を駆使して探すよりも、冊子体で刊行された書誌や目録を手に取り、あるいは目的をもたず、気の赴くままに書架の間を歩き、目にとまった本を手に取り拾い読むブラウジングを行うほうが、効率がよいこともある(2)。

江戸・明治期ごろまでに刊行された漢籍を対象として検索する場合、まず繙くべきは、四庫分類に基づいて配列された漢籍目録であろう。目録は、コレクションごとに編纂されるのが常であり、かつては、都度個々の冊子体目録を参照するのがふつうであったが、二〇〇一(平成一三)年以降、全国漢籍データベース協議会による「全国漢籍データベース」が整備され、検索の便宜がはかられている。ただし、このデータベースによって全国の図書館に散在する漢籍コレクションのすべてを網羅的に検索できるわけではない。実際、今回調査の対象とした「和田清博士旧蔵漢籍コレクション」(通称「和田本」)も、二〇一四(平成二六)年一月現在、独立した「漢籍目録」が編まれておらず、また利用者の第三書庫への立ち入りも制限されているため、明治大学図書館のOPACで探るより他はない状況にある。

実際に検索してみよう。明治大学図書館のOPACを開き、「盛京通志」をキーワードにして検索すると、四種類の『盛京通志』が収蔵されていることがわかる。まず『中国辺疆叢書』と『中国地方志集成』に収められている影印本が二種類。これらは底本を写真撮影し印刷した、いわゆる「複製本」であり、特段珍しいものではない。のこる二種類の『盛京通志』はいずれも線装本だが、このうち中央図書館の和装本書庫に架蔵されている『盛京通志』四八巻図一巻は、歴史地理学者として知られる薗田伊人旧蔵のものであることが注記されており、その来歴は比較的明瞭である。問題は第三書庫に架蔵されている『盛京通志』四八巻図一巻で、ＯＰＡＣに掲出されている書誌には旧蔵者に関する記載はみられない。ただ、各項目を丁寧に見ていくと、印記について、

「横川徳印」、「横川徳唐陽氏蔵書」、「唐陽氏」、「臣徳□」、「陏□」、「唐陽」、「徳字有鄰」、「徳印」、「□五□□」、「萩園文庫」

という注記がなされていることに気づく。「萩園文庫」と、判読不明とされた「□五□□」はともかく、「徳」「唐陽」「有鄰」など、横川唐陽の本名や字、号などの文字を含む蔵書印が押捺されているという事実は、この『盛京通志』が、横川唐陽旧蔵の品であることを示している。なお、唐陽の蔵書については『唐陽山人詩鈔』の序に「近歳退現役、住東京渋谷街、専業医。前日近鄰失火延焼、君宅典籍書画皆帰烏有（近歳現役を退き、東京渋谷街に住み、医を専業とす。前日近鄰失火延焼し、君宅の典籍書画皆な烏有に帰す。）」とあることから、その多くが焼失したものと見られていた。だが、それ以前に人の手に渡ったものや、焼失を免れたものもあったのだろう。現在、明治大学に所蔵されている『盛京通志』もまた、そうしたものの一つであったと考えられる。

この本が唐陽の旧蔵本であるとして、まず明らかにしなければならないのは、本書の入手経緯であろう。実は、この段階では本書が「和田清博士旧蔵 漢籍コレクション」の一部であることが明確でなかったため、明治大学中央図書館レファレンス係の久松薫子氏に、入手の経緯につい

て尋ねてみることにした。

ほどなくして、久松氏から回答があった。第三書庫の『盛京通志』は、二〇〇二(平成一四)年に「和田清博士旧蔵 漢籍コレクション」として、図書館が購入したものであるという。

和田清（一八九〇〜一九六三）は、昭和前半期に活躍した東洋史学者で、一八九〇（明治二三）年一一月、神奈川県高座郡鶴嶺村萩園に生まれ、第一高等学校を経て東京帝国大学史学科で学んだ。彼がしばしば自らの蔵書に押捺した「萩園文庫」の印は、その出生地にちなむものである。

その後、和田は本格的に学究としての道を歩み始める。一九二二（大正一一）年には東京帝国大学文学部講師を嘱託され、一九二七（昭和二）年には助教授、昭和八年には教授となっている。一九三五（昭和一〇）年二月に「明初の蒙古経略」にて文学博士の学位を取得。なお、一九三三（昭和八）年四月から一九四六（昭和二一）年四月まで明治大学教授を兼ねている。[3] 彼は、池内宏、加藤繁とならんで昭和前半期の東大東洋史学を主導した人物の一人で、満蒙史、とりわけ明代モンゴル史の専家として知られるが、中国史、東アジア全体に関わる著述も多い。また、一九二九（昭和四）年には満州における地理歴史調査を委嘱され、以来、たびたび中国・満州へ出張し調査を行うとともに、池内宏の要請で「満鮮地理歴史研究報告」の執筆者の一人となり、数篇の論文を載せている。[4] 和田清が、研究上の必要から清代に編纂された地方志である『盛京通志』を必要としたことは、その専門領域や業績からも容易に想像されよう。[5] なお、和田の主要論文は、『東亜史論藪』、『東亜史研究』蒙古篇、同満州篇に収められているので、[6] 関心のある向きはそちらをみられたい。

『盛京通志』には、唐陽のものとみられる複数の印が押捺されている。これらの多くは、号の「唐陽」か、本名の「徳郎」に因むものが目立つ中で、「揖五山人」の印が異彩を放っている。この印については、現在『揖五山館集』ならびに『唐陽山人詩鈔』にみえる唐陽の「自題揖五山館壁」という詩に詠まれている、善通寺衛戍病院長時代の住まいであった「揖五山館」に由来するものであろう。このことから「揖五山人」の印は、唐陽が善通寺衛戍病院長であった一九一一（明治四四）年から一九一五（大正四）年の間に押捺された可能性が指摘できる。

なお、現在、明治大学に所蔵されている和田清博士旧蔵『盛京通志』のほかに、唐陽所用印の印影が確認できる資料として、京都大学大学院経済学研究科・経済学部図書室に所蔵されている『東坡先生詩鈔』がある。本書は河上肇の旧蔵本で、各冊本文冒頭には「横川／徳郎／蔵本」（陰刻、朱印、五×五㎝）印が押捺されている。なお本印は、和田清博士旧蔵『盛京通志』にはみられない。

河上肇（一八七九～一九四六）は明治から昭和前期にかけての経済学者で、一九一五（大正四）年に京都帝国大学教授となり、マルクス主義の研究や紹介につとめたことで知られる。一九二八（昭和三）年に教授の職を辞し、一九三二（昭和七）年に共産党に入党するが、翌年検挙され入獄。獄中において多くの中国古典詩を読破し、出獄後、漢詩作法の学習に励み、多くの優れた作品を遺した。現在、京都大学経済学部図書室に置かれている河上文庫は、一九六九（昭和四四）年に経済学部創立五〇周年を記念して寄贈されたもので、漢籍や中国文学関係の和書が含まれており、『河上肇文庫目録』と、[7] 一海知義「漢詩人河上肇の旧蔵書―京大河上文庫訪書記―」[8]によれば、河上文庫中、蘇軾（東坡）に関するものとして、横川唐陽の蔵書印をもつ『東坡先生詩鈔』と続国訳漢文大成本の『蘇東坡詩集』の二種があり、[9] 宋代の詩人のものとしては陸游に次いで多く、河上が、蘇軾の詩を愛好していた様子がうかがえる。[10] 和田本『盛京通志』や、河上本『東坡先生詩鈔』がいつごろ唐陽の手元を離れたのかは定かではないが、本に押捺された蔵書印からは、その本が歩んできた歴史の断片が見て取れる。

なお、本節で紹介した資料のほかに、唐陽所用印の印影が認められる資料としては、唐陽が鷗外に宛てた一連の葉書がある。森鷗外記念館開館津和野町十周年記念特別展の図録として刊行された『鷗外宛年賀状聚成』所収の唐陽から鷗外に宛てた一九一九（大正八）年の賀状には「唐／陽」の印が見られるものの、本稿で取り上げた印影とはまた異なる。唐陽から鷗外に宛てて送られた葉書の多くは、現在、文京区立森鷗外記念館に所蔵されているが、これらは、唐陽と森鷗外の交友をうかがう貴重な資料であり、調査していく必要があろう。

奉天における、鷗外と唐陽の対話の中で俎上に登ったという「奉天城の起源やら故事来歴、皇陵の歴史」も、『百花欄』に載せられた唐陽の書簡によれば、[11] どうやら鷗外が清朝に関する編年体の歴史書『十一朝東華録』などを買い込んで読み、訪れた唐陽に対して読書の成果を披瀝していたようにもみえる。

唐陽が、中国東北部の地方志である『盛京通志』を手にした直接の理由については、すでに第三章でも考察を試みたように、軍医としての職務上からくる関心や、漢詩・漢文に対する個人的な漢詩などの趣味的な面がまず考えられよう。だがその基底にあるものは、唐陽と鷗外の文学的交遊をささえる「教養」にあるのではあるまいか――。唐陽と鷗外の間には、同じ陸軍の軍医であるという共通点のほかに、野口寧斎のような漢詩によって結ばれた知友の存在や、漢詩の創作に必要な中国古典に対する深い理解、蒐書や読書の喜びを分かち合えるだけの知的基盤などを、共通のものとして持っていた。しかし、唐陽よりも少しあとの世代になると、日常の中から漢文はしだいに姿を消していき、漢詩文に寄せられていた関心は相対的に低いものとなっていく。漢籍を読む力を持たず、当地の歴史や文化に関心を示さないものに、『十一朝東華録』などを広げながら奉天城の起源やら故事来歴をあれこれと語り、知識をひけらかしてみたところで仕様がない。

すでに横川唐陽の蔵書は散逸しており、その全貌は明らかではない。だが、同時代を生きた漢詩人の蔵書がどのようなものであったのかは、いくつかの大学や研究機関に収蔵された特殊コレクションによってうかがい知ることができる。東京大学には、鷗外文庫の他に森槐南旧蔵の漢籍一二一一点を収めた槐南文庫があり、合山林太郎が同コレクションにのこる槐南自身の書き入れを利用して、彼の若年期における読書歴について分析している。[12] 唐陽と関係の深かった野口寧斎や落合東郭の旧蔵本も、それぞれ早稲田大学と熊本大学に収められており、このうち一九〇五（明治三八）年に島文次郎によって寄贈された早稲田大学の「寧斎文庫」には、漢詩文を中心に書画・

金石・地誌などの漢籍六三五部五一五九冊が、熊本大学の「落合文庫」には漢籍三五〇一点がそれぞれ収蔵されている。こうしたコレクションからは、この時代の漢詩人による集書や読書の様子がうかがえるだけでなく、彼らの事跡や作品を研究するための材料をも提供してくれる。

晩年に蔵書の大部分を失った唐陽の場合、森槐南や野口寧斎、落合東郭といった人々に比べ、現存する蔵書や遺愛の品々は圧倒的に少ないが、それでもさまざまな経緯を経て、今日にまで伝えられているものは確かに存在しているのだ。『盛京通志』に押捺された蔵書印の紹介を通じて、唐陽の痕跡をとどめる品々が新たに発見されることを期待しつつ、筆をおく。

※横川唐陽の蔵書印については、拙稿「横川唐陽の蔵書印―和田清博士旧蔵『盛京通志』にみる―」(『図書の譜―明治大学図書館紀要―』一八号、二〇一四年三月)で紹介したことがある。叙述の大部分は本稿と重なるが、関心のある方はご一読いただければ幸いである。

(1) 小野則秋『日本蔵書印考』(文友堂書店、一九四三年)、渡辺守邦・島原泰雄『蔵書印提要』日本書誌学大系四一、全五編(青裳堂書店、一九八五年)、中野三敏編『近代蔵書印譜』日本書誌学大系四四(青裳堂書店、一九八四年)。

(2) 日本図書館情報学会用語辞典編集委員会編『図書館情報学用語辞典』第四版(丸善出版、二〇一三年)は「ブラウジング」について、「明確な検索戦略を持たないまま、偶然の発見を期待して漫然と情報を探すこと（中略）文献を対象とした場合、書架上で図書の背表紙を気の向くままにながめ読みしたり、特定の目的を持たずに新聞や雑誌を手にとって中身を拾い読みしたりいる行為などを含む。ブラウジングにより、情報検索とは異なった方向から関心事に該当する情報を偶発的に得ることもできる」（二一六頁）と説明している。

（3）　和田清の略歴については、和田清「学究生活の想出」（『東亜史研究』満州篇、一九五五年）、「先学を語る─和田清─」（『東方学』五六輯、一九五八年七月）、村松淳「和田清」（『東洋学の系譜』第二集、一九九四年）、窪添慶文「和田清」（『歴史学事典』第五巻、歴史家とその作品、弘文堂、一九九七年）を参考に記述した。

（4）　和田清は「満鮮地理歴史研究報告」の執筆者の一人となった経緯について「学究生活の想出」（注3前掲文）の中で「私は間もなく池内博士に呼ばれて、「満鮮地理歴史研究報告」の執筆者の一人になることを要請せられた。これはやはり白鳥博士の事業の一で、初めは満鉄の東京支社内に置かれた学術調査部の仕事で、そこで有名な「満州歴史地理」や「朝鮮歴史地理」などを出したが、後に東京大学に依託されて継続していた事業である。その初めは箭内亙博士・稲葉岩吉博士・松井等氏及び津田左右吉博士・池内宏博士など多士済々の陣容であったが、この時に及んで箭内・稲葉・松井諸氏は皆去り、津田・池内博士のみ残り、頗る寂寥になったので、数ならぬ私まで加えて陣容の強化を図られたのである」（六七〇頁）と述べている。「満鮮地理歴史研究報告」と戦前の日本人研究者による満鮮史研究については、桜沢亜伊「『満鮮史観』の再検討─『満鮮歴史地理調査部』

と稲葉岩吉を中心として―」(『現代社会文化研究』三九巻、二〇〇七年七月)を参照。

(5) なお和田清は、現在『東亜史論藪』(生活社、一九四二年)に収められている「支那の記載に現はれたる黒龍江下流域の原住民」(初出は一九三九年)と題する論文の中で『盛京通志』を引用し、その「注三六」で「盛京通志は乾隆元年本に拠る。但し乾隆四十四年の増補本によっても此の条はほぼ同じである」(五〇三頁)と記している。ここでいう「乾隆元年本」は、呂耀曾等修・魏樞等纂『盛京通志』四八巻図一巻のことを、「乾隆四十四年増補本」は、阿桂等撰・劉謹之等纂『盛京通志』一三〇巻図一巻を指すものとみられ、本稿で取り上げた和田清博士旧蔵『盛京通志』四八巻図一巻は前者に属する。両書の内容とその差異については、《中国方志大辞典》編輯委員会編『中国方志大辞典』(浙江人民出版社、一九八八年)一六六~一六七頁を参照。

(6) 和田清『東亜史論藪』(注5前掲書)、同『東亜史研究』満州篇、東洋文庫論叢三七(東洋文庫、一九五五年)、同『東亜史研究』蒙古篇、東洋文庫論叢四二(東洋文庫、一九五九年)。

(7) 京都大学経済学部編『河上肇文庫目録』(京都大学経済学部、一九七九年)。

(8) 一海知義「漢詩人河上肇の旧蔵書―京大河上文庫訪書記―」(『経済論叢』一二四巻五・六号、一九七九年一一月)。

(9) このうち国訳漢文大成本『蘇東坡詩集』は、河上の入獄中に差し入れられたものである。なお、河上肇の注文によって、夫人が神田の古本屋で『蘇東坡集』六巻を購入した話は、一海知義「大輪の花―白楽天」(『河上肇と中国の詩人たち』筑摩書房、一九七九年)の中で紹介されている。

(10)一海知義氏は、「依然守故處―蘇東坡」（『河上肇と中国の詩人たち』筑摩書房、一九七九年）の中で「河上さんが東坡の詩について正面から論じた文章は、今のところ見当らない。しかし、東坡の詩句に対する愛好は、同じ宋代の詩人陸放翁への傾倒に次ぐものではないか、と私は思う」（一三三頁）と述べて、河上の蘇軾の詩の愛好ぶりを伝えるとともに、河上肇が蘇軾と自らの性格との間に類似点を見いだし『自叙伝』や日記の中でふれていたことなどを、『自叙伝』などの記述によりながら紹介している。

(11)『百花欄』二九集（百花欄、一九〇五年五月）六〇頁。

(12)合山林太郎「森槐南の読書歴―青少年期を中心に―」（『幕末・明治期における日本漢詩文の研究』和泉書院、二〇一四年）。

あとがき

自由に研究できることのすばらしさが身にしみた三年間だった。

大学院生活はそれなりに忙しい。博士前期課程の学生は、入学して早々に進学や就職の心配をしなければならないし、博士後期課程に入れば一本でも多く論文を書いて学術雑誌に投稿し、一日でも早く博士論文を完成させることが求められる。一方で、生活はなかなか安定しない。自分の専門領域から逸脱して、他のテーマに取り組んでいる時間はないのではないか。そのように心配してくださる人もいた。けれども私は、この機縁を大切にしたかったし、何より横川唐陽の研究は「今、やらなければ」という思いが強かった。

その後、新しい発見があるたびに、横川端氏や赤羽良剛氏と食事を共にしつつ、情報や意見交換を行ってきた。地道に全国の図書館や資料館、古書肆へと足を運び、時には実地踏査などを行いながら資料を収集していくうちに、横川唐陽の歩んだ人生がしだいに明らかになっていく。本書の大部分は、その過程で執筆したいくつかのレポートが元になっている。

唐陽との距離が縮まるにつれ「ここから、私なりの研究を打ち立てていくことができるのではないか」という考えが、ふいに頭をよぎる。人物にこだわり、彼の生きた時代に寄り添いながら、周辺的な事柄にまで考察を及ぼしていくことで、従来の詩人伝とは異なる叙述の形をめざす。いうほど簡単なことではないが、試してみる価値はあるように思われた。長きにわたった学生生活のおわりに、新たなテーマにめぐり逢えた喜びと、この研究を機縁として出会うことのできた人々に支えられ、本書はしだいに形をなしていく。気がつけば、もう三月も半ばを過ぎていた。

最後に、本書の執筆にあたり種々のご高配を賜りました、横川端氏、赤羽良剛氏、森晴彦氏、資料の閲覧・提供に快く応じて下さった内山公正氏をはじめとする関係者各位、刊行をご快諾いただいた論創社の森下紀夫氏に厚く御礼申し上げます。

平成二八年三月

佐藤 裕亮

横川唐陽略年譜（稿）

西暦（和暦）	年齢	関連事項
一八六八（慶応三）年	一歳	慶応三年一二月二〇日（陽暦では一八六八年一月一四日にあたる）、横川唐陽（徳郎）、父横川庸義、母さきの次男として信州諏訪郡神戸村に生まれる
一八七三（明治六）年	七歳	三月、頼重院に神戸学校が設置される 六月、神戸村「官立学校設置伺」を提出「第三十八区第二十七番小学至善学校」設置を願出る
一八八六（明治一九）年	二〇歳	四月一〇日、中学校令公布
一八八七（明治二〇）年	二一歳	九月、高等中学校医学部設置 この頃より漢詩を森槐南に師事。同門に野口寧斎、落合東郭、関澤霞庵らがいた
一八九〇（明治二三）年	二四歳	九月、森槐南、漢詩結社「星社」を復興し盟主に推される 唐陽も槐南門下の一人としてこれに参加
一八九一（明治二四）年	二五歳	平田耕石と共に『鷗夢新誌』の補助員となる
一八九三（明治二六）年	二七歳	九月、第一高等中学校医学部の卒業試問を受ける
一八九四（明治二七）年	二八歳	五月、陸軍省医務局御用掛となる 八月、日清両国が宣戦布告（日清戦争）
一八九五（明治二八）年	二九歳	二月四日、三等軍医となる 四月一七日、日清講和条約（下関条約）締結 七月三日、台湾平定作戦に従軍するため宇品を発ち台湾へ 七月八日、基隆兵站病院付 この頃、同門の野口寧斎『大纛余光』を刊行、唐陽の漢詩も掲載される 九月八日、台北兵站病院付 九月一六日夜、唐陽、台北で森鷗外と面会

一八九六（明治二九）年	三〇歳	この頃、東京衛戍病院付として勤務 六月、明治三陸地震発生。唐丹村にて救災活動に従事
一八九七（明治三〇）年	三一歳	一〇月二五日、二等軍医となる
一八九八（明治三一）年	三二歳	この頃、歩兵第三連隊付として勤務
一八九九（明治三二）年	三三歳	この頃、歩兵第十八連隊付一等軍医職務心得として勤務 四月、槐南主催の『新詩綜』印行開始。二集以降、唐陽の作品たびたび掲載される
一九〇〇（明治三三）年	三四歳	一一月一二日、一等軍医となる
一九〇一（明治三四）年	三五歳	平田多七の長女イチ子と婚姻。二月八日婚姻届 二月二六日、長男 官一 誕生 六月一〇日、小倉にて森鷗外と面会 この頃、清国駐屯軍第一野戦病院付として勤務
一九〇二（明治三五）年	三六歳	この頃、東京衛戍病院付として勤務 三月、岸上操『明治二百五十家絶句』を刊行。唐陽・雲波の作品も掲載される 二月四日、唐陽、戦時衛生事蹟編纂委員を命ぜられる 七月、『游燕今体』を刊行
一九〇三（明治三六）年	三七歳	一月六日、次男 新 誕生 この頃、歩兵第一連隊付兼医務局御用掛として勤務 一一月二四日、長女 マサ子 誕生
一九〇四（明治三七）年	三八歳	日露戦争勃発。第一師団衛生隊医長として出征 八月一九日～二四日、第一次旅順総攻撃 九月一九日、第三軍旅順要塞への攻撃を再開 一〇月二六日～三一日、第二次旅順総攻撃

一九〇五（明治三八）年	三九歳	一月二日、水師営で旅順開城規約の調印が行われる 三月一日～一五日、奉天会戦。第一師団衛生隊感状を受く 四月二二日、三等軍医正となる 四月二九日、野口寧斎死去、『百花欄』廃刊 九月五日、ポーツマス条約調印、日露戦争終結
一九〇六（明治三九）年	四〇歳	この頃、名古屋予備病院付兼騎兵第三連隊付として勤務
一九〇七（明治四〇）年	四一歳	陸軍省医務局、『明治二十七八年役陸軍衛生事蹟』刊行 七月二日、三男 文 誕生
一九〇八（明治四一）年	四二歳	歩兵第六十七連隊付兼浜松衛戍病院長として勤務
一九〇九（明治四二）年	四三歳	六月二九日、妻イチ死去 七月二日、鷗外、唐陽の妻イチ死去の報に接し、弔辞を贈る
一九一〇（明治四三）年	四四歳	樺正薫の養女タイと結婚。六月一九日、婚姻届
一九一一（明治四四）年	四五歳	一月、第十一師団善通寺衛戍病院長となる 二月一日、二等軍医正となる。同月『論俳絶句』を刊行 三月七日、森槐南死去 八月七日、四男 善 誕生
一九一三（大正二）年	四七歳	五月一六日、五男 揖五 誕生
一九一五（大正四）年	四九歳	九月、『四国霊場奉納経』を刊行 一二月二三日、第七師団軍医部長となる
一九一六（大正五）年	五〇歳	四月、『揖五山館集』を刊行。鷗外、同書の内題を揮毫 一一月一五日、一等軍医正となる
一九一七（大正六）年	五一歳	七月一〇日、六男 忠美 誕生
一九一八（大正七）年	五二歳	四月一日、予備役編入。退役後医院を開業

一九二二（大正一一）年	五六歳	火災に遭い蒐集の典籍・書画、詩稿を失う 七月九日、森鷗外死去
一九二三（大正一二）年	五七歳	一〇月二〇日、『唐陽山人詩鈔』を刊行
一九二九（昭和四）年	六三歳	一二月一二日、横川唐陽死去。戒名 徳信院忠鄰唐陽居士

本書で引用した文章の一部に、不適切な語句や表現がありますが、
時代的背景や資料性を鑑み、あえて原文のままといたしました。

佐藤 裕亮（さとう・ゆうすけ）
1983 年東京都練馬区生まれ。大正大学文学部史学科卒業、明治大学大学院文学研究科史学専攻博士前期課程修了、同博士後期課程単位取得退学。共著に『明日へ翔ぶ―人文社会学の新視点 2―』（風間書房）、主要論文に「魏晋南北朝時代における一仏教僧の修道」、「南北朝隋唐時代、弘農華陰の仏教者たち」などがある。

鷗外の漢詩と軍医・横川唐陽

2016 年 6 月 20 日　初版第 1 刷印刷
2016 年 6 月 30 日　初版第 1 刷発行

著　者　佐藤裕亮
発行者　森下紀夫
発行所　論 創 社
東京都千代田区神田神保町 2-23　北井ビル（〒010-0051）
tel. 03（3264）5254　fax. 03（3264）5232　web. http://www.ronso.co.jp/
振替口座　00160-1-155266
装幀／宗利淳一
印刷・製本／中央精版印刷　組版／フレックスアート
ISBN978-4-8460-1533-6